Veni vidi vici
Geflügelte Worte aus dem Griechischen und Lateinische

Ausgewählt und erläutert von
Klaus Bartels

Deutscher
Taschenbuch
Verlag

dtv

Die erste Auflage und fünf nachfolgende unveränderte Auflagen sind seit 1966 unter der Mitautorschaft von Ludwig Huber in der Reihe ‹Lebendige Antike› beim Artemis Verlag, Zürich, erschienen. Die Taschenbuchausgabe basiert auf der 7., grundlegend erneuerten und wesentlich erweiterten Auflage des Artemis Verlags, Zürich 1989. Das Buch liegt als gebundene Ausgabe vor bei: Wissenschaftliche Buchgesellschaft, Darmstadt 1992.

Von Klaus Bartels
ist im Deutschen Taschenbuch Verlag erschienen:
Wie die Amphore zur Ampel wurde (10836)

Ungekürzte Ausgabe
1. Auflage September 1992
2. Auflage Februar 1993: 14. bis 25. Tausend

Umschlaggestaltung: Celestino Piatti
Gesamtherstellung: C. H. Beck'sche Buchdruckerei, Nördlingen
Printed in Germany · ISBN 3-423-30322-0

Das Buch

Von dem Archimedischen Freudenruf «heureka!» bis zu Caesars Siegesdepesche «veni vidi vici» sind die Geflügelten Worte aus dem Griechischen und Lateinischen ein wahrhaft quicklebendiges Erbe aus den sogenannten toten Sprachen. Dutzende griechischer und Hunderte lateinischer Zitate werden bei uns bis heute geläufig in ihrer Originalsprache verwendet, denn, so bemerkte schon Heinrich Heine, «so ein paar grundlegende Zitate zieren den ganzen Menschen». Die von Klaus Bartels zusammengestellte Sammlung enthält rund 500 Geflügelte Worte sowie mehr als 250 Formeln und Floskeln. Freilich sind die «Geflügelten» Worte meist auch «entflogene» Worte: Wer sie gebraucht, weiß oft gar nicht, bei welchem Autor und in welchem Werk diese literarischen Zugvögel ihre Heimat haben. Der reichhaltige hier gesammelte Zitatenschatz bietet dem des Lateinischen und Griechischen Unkundigen präzise Übersetzungen; zugleich ist er mit seinen Quellennachweisen und ausführlichen Erläuterungen auch für den Kenner eine wahre Fundgrube.

Der Autor

Klaus Bartels, geboren am 19. Februar 1936, studierte in Tübingen, München und London Klassische Philologie und Philosophie. Nach mehrjähriger Verlagstätigkeit wechselte er 1972 an die Zürcher Kantonsschule und lehrt dort Alte Sprachen und Philosophie. Daneben arbeitet er für Presse, Radio und Fernsehen und publiziert regelmäßig seine Kolumne ‹Streiflichter der Antike› in der ‹Neuen Zürcher Zeitung›. Zahlreiche Veröffentlichungen, zuletzt ‹Zeit zum Nichtstun› (1989).

Vorwort zur Taschenbuchausgabe

Die Zitatensammlung ‹Veni vidi vici›, die erstmals im Jahre 1966 in der Reihe ‹Lebendige Antike› in Zürich erschienen war und in der Folge fünf unveränderte Neuauflagen erlebt hatte, präsentiert sich seit ihrer 7. Auflage von 1989 grundlegend erneuert und wesentlich erweitert: Aus dem schmalen Bändchen von gut achtzig Seiten ist durch den Zuwachs vieler Jahre ein stattlicher Band mehr als doppelten Umfangs geworden.

Wie das alte ‹Veni vidi vici› von 1966, so sucht auch die vorliegende erweiterte Sammlung alle die griechisch- und lateinischsprachigen Zitate zu vereinigen, die heutzutage allenfalls noch als «Geflügelte Worte» gelten können, ohne Unterschied ihrer Herkunft und ihres Ranges, ihres Alters und ihrer Geschichte, ob sie nun aus einer Sophokleischen Tragödie oder aus einem feuchtfröhlichen Studentenlied stammen. Anders als im guten alten ‹Büchmann› sind hier auch alle die Geflügelten Worte einbezogen, deren Ursprung nicht mit Autor und Werk, Kapitel und Paragraph nachgewiesen werden konnte.

Neu aufgenommen sind gegen siebzig griechische und lateinische Geflügelte Worte sowie im Anhang eine größere Zahl fast ausschließlich lateinischer «Formeln und Floskeln». Im ganzen galt und gilt weiterhin das Prinzip, in diese Sammlung nur das einigermaßen Geläufige aufzunehmen. Die Grenzen sind freilich fließend: Was dem einen noch «geflügelt» scheint, kommt dem anderen schon spanisch vor. Hinzugekommen sind vor allem Erläuterungen zum Zusammenhang an der Ursprungsstelle eines Wortes sowie eine Vielzahl von Zeugnissen zur Prägungs- und Wirkungsgeschichte solcher Worte in der Antike. Die gegen sechzig griechischen und gegen vierhundert lateinischen Geflügelten Worte sind in ihrer heute gebräuchlichen Fassung zitiert und nach ihren Anfängen alphabetisch angeordnet. Ein deutsches Register eröffnet einen Zugang über Stich- und Schlagwörter.

Das Sammeln vielzitierter, «Geflügelter» Worte hat eine lange, reiche Tradition, die in der Neuzeit bis auf Erasmus und seine ‹Adagia› (zuerst 1500) zurückgeht; dieser Tradition ist auch die vorliegende Sammlung vielfältig verpflichtet. Neben Georg Büchmanns klassischem ‹Zitatenschatz des deutschen Volkes› (zuerst 1864), dessen glücklich gewählter Haupttitel ‹Geflügelte Worte› der ganzen Gattung den Namen gegeben hat, und den einschlägigen Zitatenlexika wurde für das Sprichwörtliche verglichen A. Otto: ‹Die Sprichwörter und sprichwörtlichen Redensarten der Römer›, Leipzig 1890 (Nachdruck: Hildesheim 1962). Mittelalterliche Sprichwörter sind zitiert nach Jakob Werner: ‹Lateinische Sprichwörter und Sinnsprüche des Mittelalters›, 2., überarbeitete Auflage von Peter Flury, Heidelberg 1966. Für den besonderen juristischen Bereich sei verwiesen auf die reichhaltige Sammlung ‹Lateinische Rechtsregeln und Rechtssprichwörter›, zusammengestellt, übersetzt und erläutert von Detlef Liebs, München 1982.

Der Dank des Autors gilt zunächst nochmals dem alten Studienfreund Ludwig Huber für seinen Anteil an der gemeinschaftlich gezeichneten Erstausgabe dieser Sammlung von 1966; weiter vielen Freunden und Lesern für eine Fülle wertvoller Hinweise; schließlich dem Deutschen Taschenbuch Verlag in München für die Veranstaltung dieser leichtbeflügelten Taschenbuchausgabe: *Quod bonum, faustum, felix fortunatumque sit!*

K. B.

ʼΑγεωμέτρητος μηδεὶς εἰσίτω *(Ageometretos medeis eisito).* «Keiner, der nichts von Geometrie versteht, trete hier ein!» (in dem Sinne: «Keiner, der nichts von Mathematik versteht ...»). Nach spätantiker Überlieferung Inschrift über dem Eingang zu Platons Akademie, so bezeugt bei Elias, Kommentar zu Aristoteles, Kategorien, in: Commentaria in Aristotelem Graeca, Band 18, S. 118, Zeile 18f.; ähnlich vorher bei Philoponos, Kommentar zu Aristoteles, De anima, in: Commentaria in Aristotelem Graeca, Band 15, S. 117, Zeile 27 (ʼΑγεωμέτρητος μὴ εἰσίτω) und später bei Tzetzes, Historiarum variarum chiliades 8, 973 (Μηδεὶς ἀγεωμέτρητος εἰσίτω μου τὴν στέγην, «... betrete mein Haus»). Die Mathematik galt Platon als die Vorschule der Dialektik.

Ἄγνωστος θεός *(Agnostos theos).* «Unbekannter Gott.» Aus dem Anfang der Rede des Apostels Paulus auf dem athenischen Areopag, bei Lukas, Apostelgeschichte 17, 23: «Denn als ich durch eure Stadt ging und eure Heiligtümer betrachtete, fand ich auch einen Altar, auf dem die Inschrift stand: ‹Dem unbekannten Gott.› Nun denn: Was ihr, ohne es zu kennen, bereits verehrt, eben das will ich euch heute verkündigen.»

Ἄγραφος νόμος *(Agraphos nomos).* «Ungeschriebenes Gesetz.» Der Begriff des «ungeschriebenen Gesetzes» ist zuerst in einem bei Andokides, Rede über die Mysterien 85ff., angeführten Solonischen Gesetz bezeugt, das die Anwendung nicht schriftlich aufgezeichneter und öffentlich bekanntgemachter Gesetze strikte ausschloß. In der Folge bezeichnet der Begriff insbesondere das in der Natur begründete, schriftlicher Bestätigung nicht bedürftige «Naturrecht»; so bei Sophokles, Antigone 454f., wo Antigone sich gegenüber Kreons Gebot, den Leichnam des toten Polyneikes nicht zu bestatten, sondern den Vögeln und Hunden zu überlassen, auf die «ungeschriebenen, niemals wankenden Satzungen der Götter» beruft, und bei Thukydides, Geschichte des Peloponnesischen Krieges 2, 37, 3, wo Perikles in seiner Rede auf die Gefallenen für die athenische Demokratie besonders auch den Gehorsam gegenüber den «ungeschriebenen Gesetzen» in Anspruch nimmt, die, wenn sie übertreten werden, «nach allgemeinem Urteil Schande bringen».

Ἀεὶ γὰρ εὖ πίπτουσιν οἱ Διὸς κύβοι *(Aei gar eu piptusin hoi Dios kyboi).* «Denn allemal gut fallen die Würfel des Zeus.» Als ein Zitat aus Sophokles angeführt in einem Scholion zu Euripides, Orestes 603, ohne Nennung eines Autors auch sonst mehrfach zitiert (in: Nauck, Tragicorum Graecorum Fragmenta, Sophokles, Fragment 809). Eustathios, Kommentar zu Homers Ilias 1084, 2f. und zur Odyssee 1397, 18, nennt den Vers «sprichwörtlich».

(Κἀν βροτοῖς) / αἱ δεύτεραί πως φροντίδες σοφώτεραι *(Kan brotois / hai deuterai pos phrontides sophoterai).* «(Und überhaupt sind unter Menschen) die zweiten Gedanken irgendwie die klügeren.» Euripides, Hippolytos 435f.; die Amme zu Phädra. In seiner 12. Philippischen Rede (2, 5) führt Cicero das griechische Dichterwort in lateinischer Fassung als ein geläufiges Zitat an: *Posteriores enim cogitationes, ut aiunt, sapientiores solent esse,* «Die späteren Gedanken sind ja, wie man sagt, gewöhnlich die klügeren». Eine griechische Anspielung auf das Euripideszitat findet sich auch in Ciceros Briefen an seinen Bruder Quintus 3, 1, 18. – Vgl. *Errare humanum est*, unten S. 72.

Αἰὲν ἀριστεύειν καὶ ὑπείροχον ἔμμεναι ἄλλων / μηδὲ γένος πατέρων αἰσχυνέμεν *(Aien aristeuein kai hypeirochon emmenai allon / mede genos pateron aischynemen).* «Immer der Beste zu sein und überlegen zu sein den anderen (und dem Geschlecht der Väter nicht Schande zu machen).» Homer, Ilias 6, 208; die Mahnung des Hippolochos, des Sohnes des Bellerophontes, an seinen Sohn Glaukos bei dessen Aussendung in den Trojanischen Krieg. Cicero führt den Vers in einem Brief an seinen Bruder Quintus (3, 5, 4) in griechischer Sprache an.

Ἀλλ' ἤτοι μὲν ταῦτα θεῶν ἐν γούνασι κεῖται *(All' etoi men tauta theon en gunasi keitai).* «(Aber wahrhaftig!) Das liegt nun im Schoße der Götter.» Homer, Ilias 20, 435; Hektor zu Achilleus, unmittelbar vor Beginn des für ihn tödlichen Zweikampfes. Wiederholungen des Formelverses erscheinen in der Ilias 17, 514, und in der Odyssee 1, 267; 1, 400; 16, 129.

Ἄνδρα μοι ἔννεπε, Μοῦσα, πολύτροπον ... *(Andra moi ennepe, Musa, polytropon ...)* «Den Mann nenne mir, Muse, den vielgewandten ...» Homer, Odyssee 1, 1. Die Eingangsworte des zweitältesten überlieferten Werkes der europäischen Literatur mit der Anrufung der Muse und der Bezeichnung des Titelhelden Odysseus.

Ἀνέγνων, ἔγνων, κατέγνων *(Anegnon, egnon, kategnon).* «Ich habe gelesen, ich habe verstanden, ich habe verworfen.» Kaiser

Julianus Apostata, der vom Christentum «Abtrünnige», in einem (nicht datierbaren) Brief an die führenden Bischöfe, bei Sozomenos, Kirchengeschichte 5, 18, 7. Wie Sozomenos weiter berichtet, erwiderten die Bischöfe: «Du hast wohl gelesen, doch nicht verstanden; denn hättest du verstanden, hättest du nicht verworfen.» Das kaiserliche Verdikt ist offensichtlich der prägnanten Kürze des Caesarischen *Veni vidi vici* (unten S. 187) nachgebildet.

Ἄνθρωπος μέτρον ἁπάντων *(Anthropos metron hapanton).* «Der Mensch ist das Maß aller Dinge.» Der sogenannte «Homomensura-Satz» des Protagoras, des Archegeten der griechischen Sophistik, im Wortlaut und vollständig angeführt bei Sextus Empiricus, Adversus mathematicos 7, 60, und bei Diogenes Laërtios, Leben und Lehre der Philosophen 9, 51 (in: Diels-Kranz, Fragmente der Vorsokratiker, Protagoras, Fragment B 1): Πάντων χρημάτων μέτρον ἐστὶν ἄνθρωπος, τῶν μὲν ὄντων ὡς ἔστιν, τῶν δὲ οὐκ ὄντων ὡς οὐκ ἔστιν, «Aller Dinge Maß ist der Mensch, sowohl der seienden, daß (wie) sie sind, als auch der nichtseienden, daß (wie) sie nicht sind». Zitate in abhängiger Rede bereits bei Platon, Kratylos 385 E (nur der erste Teil) und Theaitetos 152 A. An der zweiten Stelle erklärt Platon den so schlicht formulierten wie herausfordernden Satz, mit dem Protagoras seine Schrift «Wahrheit, oder: Niederwerfende Reden» eröffnet hat, folgendermaßen: «Er meint es doch ungefähr so: wie die einzelnen Dinge mir erscheinen, geradeso sind sie für mich, und wie sie dir erscheinen, so sind sie wiederum für dich: Mensch aber bist du so gut wie ich.» Vgl. noch Theaitetos 161 C ff. In den «Gesetzen», 4. 716 C, stellt Platon der Protagoreischen These schließlich seine Antithese entgegen: Ὁ δὴ θεὸς ἡμῖν πάντων χρημάτων μέτρον ἂν εἴη μάλιστα, καὶ πολὺ μᾶλλον ἤ πού τις, ὥς φασιν, ἄνθρωπος, «Der Gott also wäre uns wohl am ehesten das Maß aller Dinge, und das viel eher als etwa, wie sie sagen, irgendein Mensch».

Ἄριστον μὲν ὕδωρ, ὁ δὲ χρυσός ... *(Ariston men hydor, ho de chrysos ...).* «Ein hohes Gut zwar ist das Wasser, und das Gold ...» Pindar, Olympische Oden 1, 1. Die Eingangsworte des Siegesliedes für Hieron von Syrakus, Sieger mit dem Rennpferd im Jahre 476 v. Chr.

Ἀρχὴ ἥμισυ παντός *(Arche hemisy pantos).* «Der Anfang ist die Hälfte des Ganzen.» Von Platon, Gesetze 6. 753 E, und Aristoteles, Politik 5, 4. 1303 b 29, als «sprichwörtlich» angeführt. Platon fährt an der Stelle mit einem wahren «Lobpreis» des richtigen Anfangens fort: Τὸ δ' ἔστιν τε, ὡς ἐμοὶ φαίνεται, πλέον ἢ τὸ ἥμισυ, «(Der Anfang) ist aber sogar, wie mir scheint, mehr als die Hälfte»; diese gesteigerte Fassung erscheint wieder bei Aristoteles, Nikomachische Ethik 1, 7. 1098 b 7: Δοκεῖ γὰρ πλεῖον ἢ ἥμισυ τοῦ παντὸς εἶναι ἡ ἀρχή, «Denn der Anfang scheint mehr als die Hälfte des Ganzen zu sein». Eine Abwandlung dieser Steigerung auch bei Aristoteles, Sophistici elenchi 33. 183 b 22 f. Vgl. das Horazische *Dimidium facti, qui coepit, habet,* unten S. 63.

Αὐτὸς ἔφα *(Autos epha).* «Er selbst hat es gesagt.» Die unwiderlegliche, alles widerlegende Formel, mit der die Mitglieder des Pythagoreischen Ordens, besonders die traditionalistischen «Akusmatiker», sich auch sachlichen Einwänden gegenüber auf die Autorität ihres Ordensgründers, des alten Pythagoras «selbst», zu berufen pflegten, zitiert bei Clemens Alexandrinus, Stromata 2, 5, 24; vgl. Diogenes Laërtios, Leben und Lehre der

Philosophen 8, 46. Die lateinische Version *Ipse dixit* zitieren Cicero, De natura deorum 1, 5, 10, und Quintilian, Handbuch der Rhetorik 11, 1, 27.

Γηράσκω δ' αἰεὶ πολλὰ διδασκόμενος *(Gerasko d'aiei polla didaskomenos).* «Ich werde alt und lerne stets noch vieles hinzu.» Solon in seinen Elegien, bei Pseudo-Platon, Amatores 133 C, und bei Plutarch, Solon 31, 7 und 2, 2 (in: Diehl, Anthologia Lyrica Graeca, Solon, Fragment 22, 7). Platon nimmt mehrfach Bezug auf die Stelle; vgl. Laches 188 B und 189 A; Staat 7. 536 D.

Γνῶθι σεαυτόν *(Gnothi seauton).* «Erkenne dich selbst!» (in dem Sinne: «Erkenne, daß du ein Mensch bist!») Nach Platon, Protagoras 343 Af. und Charmides 164 Dff. (vgl. auch Philebos 48 C), neben Μηδὲν ἄγαν, «Nichts im Übermaß!» (unten S. 21), Inschrift am Apollontempel in Delphi, von Platon den Sieben Weisen gemeinschaftlich zugeschrieben, als «gemeinsame Erstlingsgabe ihrer Weisheit» und Weihegabe an Apollon. Aristoteles, Rhetorik 2, 21. 1395 a 21 f., nennt die Mahnung als ein Beispiel für «allgemein geläufige Worte» (δεδημοσιευμένα). Bei Stobaios, Anthologie 3, 1, 172 (in: Diels-Kranz, Fragmente der Vorsokratiker, Band I, S. 63, Zeile 25), eröffnet das Wort die Reihe der Weisheitssprüche des Lakedämoniers Chilon. An der angeführten Stelle des Platonischen «Charmides» wird die Kardinaltugend der σωφροσύνη, nach gewöhnlicher Übersetzung der «Besonnenheit», als ein «Sich selbst Erkennen» definiert und der Appell «Erkenne dich selbst!» entsprechend als ein Aufruf zu solcher «Besonnenheit», das heißt zu maßvollem Denken, Reden und Handeln erklärt. Der delphische Weisheitsspruch «Erkenne dich selbst!» fordert nicht im Sinne der modernen

Psychoanalyse zur Aufdeckung des persönlichen Seelenlebens auf, sondern erinnert im Sinne der delphischen Theologie an das allseits engbegrenzte Maß der Menschendinge. Vgl. die lateinische Version *Nosce te ipsum*, unten S. 120.

Δὶς καὶ τρὶς τὸ καλόν *(Dis kai tris to kalon)*. «Zweimal und dreimal das Schöne!» (in dem Sinne: «Nicht nur einmal soll man, was gut und richtig ist, sagen beziehungsweise tun»). Bei Platon, Gorgias 498 E und Philebos 59 Ef., wird diese Aufmunterung als «sprichwörtlich» angeführt. Ein Scholion zu der ersten Stelle führt das Wort auf Empedokles zurück (in: Diels-Kranz, Fragmente der Vorsokratiker, Empedokles, Fragment B 25): Καὶ δὶς γάρ, ὃ δεῖ, καλόν ἐστιν ἐνισπεῖν, «Denn auch zweimal ist, was geboten ist, schön zu verkünden». Doch spielt auch Empedokles hier wohl nur auf das Sprichwort an.

Δός μοι ποῦ στῶ καὶ κινῶ τὴν γῆν *(Dos moi pu sto kai kino ten gen)*. «Gib mir einen Platz, wo ich stehen kann, und ich bewege die Erde.» Archimedes bei Pappos, Collectio 8, 10, S. 1060 Hultsch; ähnlich bei Plutarch, Marcellus 14, 12; Simplicius zu Aristoteles, Physik 7, 5. 250 a 19 (in: Commentaria in Aristotelem Graeca, Band 10, S. 1110, Zeile 5); Tzetzes, Historiarum variarum chiliades 2, 130; 6, 62. Mit der herausfordernd kühnen Ankündigung, die – im Weltmittelpunkt ruhend gedachte – Erde aus den Angeln zu heben, wenn man ihm nur einen festen Standort, eine «zweite Erde», dazu biete, bekräftigt Archimedes seine These, jeder noch so schwere gegebene Körper müsse sich unter Zwischenschaltung einer entsprechenden Untersetzung durch eine noch so geringe gegebene Kraft fortbewegen lassen (so bei Plutarch, Marcellus 14, 12; im Anschluß daran schildert

Plutarch eine spektakuläre Demonstration dieses später zur «Goldenen Regel der Mechanik» erhobenen Satzes durch Archimedes selbst vor König Hieron).

Δόσις δ' ὀλίγη τε φίλη τε / γίνεται ἡμετέρη *(Dosis d'olige te phile te / ginetai hemetere)*. «(Denn von Zeus her sind sie alle, wie die Gastfreunde, so auch die Bettler;) und so gering sie auch ist, so lieb ist doch unsere Gabe» (in dem Sinne: «... so gern wird sie gegeben und genommen»). Homer, Odyssee 14, 58f., wo der treue Sauhirt Eumaios zu dem in Bettlergestalt heimkehrenden Odysseus spricht; vgl. Odyssee 6, 208, wo die Königstochter Nausikaa das Wort im Hinblick auf den schiffbrüchigen Odysseus sagt.

Εἷς οἰωνὸς ἄριστος, ἀμύνεσθαι περὶ πάτρης *(Heis oionos aristos, amynesthai peri patres)*. «Ein einziges Vogelzeichen ist das beste: sich zu wehren um die väterliche Erde.» Homer, Ilias 12, 243. Hektor, der Vorkämpfer der Trojaner, zu seinem Landsmann Pulydamas, der ihn unter dem Eindruck eines unglückverheißenden Vogelzeichens (Vers 195ff.) aufgefordert hat, den Angriff auf das griechische Schiffslager abzubrechen. Aristoteles, Rhetorik 2, 21. 1395 a 14, zitiert den Vers als Beispiel für eine «allgemein geläufige Sentenz» (κοινὴ γνώμη); Plinius der Jüngere, Briefe 1, 18, 4, führt ihn im Sinne eines an sich selbst gerichteten Aufrufs zur Zivilcourage an. – Eine Parodie des Homerverses erscheint bei dem Komödiendichter Metagenes, Fragment 18 (in: Kock, Comicorum Atticorum Fragmenta, Band I, S. 709): ..., ἀμύνεσθαι περὶ δείπνου, «..., sich zu wehren um die abendliche Mahlzeit».

῎Επεα πτερόεντα *(Epea pteroenta).* «Geflügelte Worte.» Aus dem vielfach wiederholten Homerischen Halbvers … ἔπεα πτερόεντα προσηύδα, in Vossens Übersetzung: «… sprach er (sie) die geflügelten Worte», zur Einleitung einer wörtlich angeführten Rede. Zugrunde liegt die bildhafte Vorstellung, daß die Worte wie auf Flügeln vom Mund des Sprechenden zum Ohr des Hörenden durch die Luft hinüber«fliegen». Die übertragene Bedeutung des «Geflügelten Wortes» im Sinne eines «geläufigen Zitats» geht auf Georg Büchmanns erstmals im Jahre 1864 erschienene Sammlung «Geflügelte Worte. Der Citatenschatz des Deutschen Volkes» zurück.

Ἐπὶ ξυροῦ ἵσταται ἀκμῆς *(Epi xyru histatai akmes).* «Es steht auf Messers Schneide.» Homer, Ilias 10, 173. Nestor zu Diomedes, im Gedanken an das trojanische Biwak unmittelbar vor dem griechischen Schiffslager: «Denn jetzt steht es vollends für uns alle auf Messers Schneide: entweder ein sehr trauriges Verderben für die Achaier, oder daß wir leben.» Wiederaufgenommen bei Herodot, Geschichte 6, 11, 2, wo der phokäische Heerführer Dionysios vor dem Fall von Milet im Jahre 494 v. Chr. seine jonischen Landsleute zum Widerstand gegen die Perser aufruft: Ἐπὶ ξυροῦ γὰρ ἀκμῆς ἔχεται ἡμῖν τὰ πρήγματα, ἄνδρες Ἴωνες, ἢ εἶναι ἐλευθέροισι ἢ δούλοισι …, «Denn auf Messers Schneide stehen für uns die Dinge, Männer Joniens, ob wir freie Menschen bleiben oder zu Sklaven werden …».

῎Εργον δ' οὐδὲν ὄνειδος, ἀεργίη δέ τ' ὄνειδος *(Ergon d'uden oneidos, aergie de t'oneidos).* «Die Arbeit, die ist keine Schande; das Nichtstun jedoch, das ist Schande!» Hesiod, Werke und Tage 311. Ein Zitat des ersten Gliedes bei Plutarch, Solon 2, 6.

Ἔσσεται ἦμαρ, ὅτ' ἄν ποτ' ὀλώλῃ Ἴλιος ἱρὴ *(Essetai emar, hot' an pot' olole Ilios hire).* «Sein wird der Tag, da einst zugrunde geht die heilige Ilios (und Priamos und das Volk des lanzenguten Priamos).» Homer, Ilias 6, 448f.; der trojanische Vorkämpfer Hektor, ein Sohn des Königs Priamos, zu seiner Gattin Andromache, beim Abschied der Gatten voneinander. Die gleichen Verse erscheinen nochmals 4, 164f.; dort spricht Agamemnon zu dem verwundeten Menelaos, und nun im Sinne der Siegeszuversicht. Wie Polybios in seinem Geschichtswerk (38, 22) «als Ohrenzeuge» berichtet, hat Publius Cornelius Scipio Aemilianus, vom Untergang Karthagos im Jahre 146 v. Chr. tief erschüttert, angesichts der brennenden Feindesstadt Hektors Worte zitiert und sie «ohne Rückhalt» auf seine eigene Vaterstadt bezogen, «für die er also, auf das wechselnde Menschenlos hinblickend, fürchtete». Die Schilderung des Polybios ist bei Appian, Libyke 132, überliefert; vgl. Diodor, Bibliothek 32, 24.

Εὕρηκα, εὕρηκα *(Heureka, heureka).* «Ich hab's gefunden! Ich hab's gefunden!» Der Entdeckerruf des Archimedes, bei Vitruv, De architectura 9, Praefatio 10. Auf eine Anzeige gegen den beauftragten Goldschmied hin habe König Hieron II. von Syrakus, so überliefert uns Vitruv, Archimedes aufgefordert, die Echtheit eines geweihten goldenen Kranzes zu prüfen, ohne jedoch dieses Weihgeschenk selbst dabei im geringsten anzugreifen. Nach langem Nachdenken habe Archimedes die Lösung des Problems schließlich in einem öffentlichen Bad, beim Einsteigen in die Wanne, gefunden: daß er durch Eintauchen des Kranzes in Wasser zunächst dessen Volumen und sodann das Verhältnis des Gewichts zum Volumen bestimmen könne. Glücklich über seine Entdeckung sei der geniale Gelehrte darauf unverzüglich, nackt wie er war, mit dem wiederholten Freudenruf *«Heureka! Heureka!»* nach Hause gelaufen, um das so entdeckte «spezifische Gewicht» des zu dem Kranz verwendeten Edelmetalls zu bestimmen und mit dem entsprechenden «spezifischen Gewicht» reinen Goldes zu vergleichen. Die goldglänzende Weihegabe habe sich dabei, so schließt Vitruv seinen Bericht, tatsächlich als Fälschung erwiesen. Vgl. auch das anonyme Carmen de ponderibus et mensuris 124ff., in: Baehrens, Poetae Latini minores, Band V, S. 78ff.

Θάλαττα, θάλαττα *(Thalatta, thalatta).* «Das Meer, das Meer!» Xenophon, Anabasis 4, 7, 24. Der doppelte Freudenruf der griechischen Söldner, die sich nach der Schlacht bei Kunaxa (am linken Euphratufer, im Norden von Babylon) im Jahre 401 v. Chr. bis nach Trapezunt an der Südostküste des Schwarzen Meeres durchgeschlagen hatten, beim ersten Anblick des Meeres, das ihnen die Rettung aus der Gefahr und die Rückkehr in die Heimat verhieß.

Καιρὸν γνῶθι *(Kairon gnothi).* «Den (richtigen) Augenblick erkenne!» Pittakos von Mytilene, einer der Sieben Weisen, bei Stobaios, Anthologie 3, 1, 172, in: Diels-Kranz, Fragmente der Vorsokratiker, Band I, S. 64, Zeile 12.

Κοινὰ τὰ (τῶν) φίλων *(Koina ta ton philon).* «Gemeinsames (Gut) ist das (Gut) von Freunden» oder «... der Freunde». Ein griechisches, in der Spätantike mehrfach den Pythagoreern zugeschriebenes Sprichwort, zitiert bei Platon, Phaidros 279 C (als das Schlußwort des Dialogs); Aristoteles, Nikomachische Ethik 8, 11. 1159 b 31; 9, 8. 1168 b 7f.; Menander, Brüder, Fragment 10

Körte; danach in lateinischer Übersetzung bei Terenz, Brüder 804: *... communia esse amicorum inter se omnia*, «... daß alles (Gut) von Freunden unter ihnen gemeinsames (Gut) sei». Weitere Zitate des Sprichworts und Anspielungen darauf in lateinischer Version bei Cicero, De officiis 1, 16, 51; 2. Rede gegen Verres 2, 36, 89; Seneca, De beneficiis 7, 4, 1; 7, 12, 1; Briefe an Lucilius 6, 3; 48, 2; Symmachus, Briefe 9, 106 (97); Ambrosius, De viduis 1, 4; Hieronymus, Apologia adversus libros Rufini 3, 39 (in: Migne, Patrologia Latina, Band 23, Spalte 507).

Κτῆμά τε ἐς αἰεὶ μᾶλλον ἢ ἀγώνισμα ἐς τὸ παραχρῆμα ἀκούειν ξύγκειται *(Ktema te es aiei mallon e agonisma es to parachrema akuein xynkeitai).* «Als ein Besitz für jegliche künftige Zeit eher denn als ein Wettkampf-Glanzstück für den Ohrengenuß im Vorübergehen ist es geschrieben.» Thukydides, Geschichte des Peloponnesischen Krieges 1, 22, 4. Mit einem deutlichen Seitenhieb auf die Effekthascherei in den Redewettkämpfen seiner Zeit erklärt Thukydides am Schluß der Einleitung zu seinem Geschichtswerk: «Zum Zuhören wird vielleicht diese undichterische Darstellung minder ergötzlich scheinen; wer aber das Gewesene klar erkennen will und damit auch das Künftige, das wieder einmal, nach der menschlichen Natur, gleich oder ähnlich sein wird, der mag es so für nützlich halten, und das soll mir genug sein: Zum dauernden Besitz, nicht als Prunkstück fürs einmalige Hören ist es aufgeschrieben.» (Übersetzt von Georg Peter Landmann.)

Κύκλος τῶν ἀνθρωπηίων πρηγμάτων *(Kyklos ton anthropeion pregmaton).* «Der Kreislauf der Menschendinge» (in dem Sinne: «Der Wechsel der Glücksumstände»). Nach Herodot, Geschichte 1, 207, 2: ... ὡς κύκλος τῶν ἀνθρωπηίων ἐστὶ πρηγμάτων, περιφερόμενος δὲ οὐκ ἐᾷ αἰεὶ τοὺς αὐτοὺς εὐτυχέειν, «Es gibt einen Kreislauf der Menschendinge, der läßt mit seinem Umlauf nicht zu, daß immer dieselben im Glück sind». In der letzten Szene der tragischen Kroisosnovelle steht der zu Anfang sprichwörtlich glückliche, am Ende ins Unglück gestürzte alte Lyderkönig Kroisos dem jungen Perserkönig Kyros gegenüber; auf das Verlangen des Kyros äußert sich Kroisos zu dem bevorstehenden Feldzug der Perser gegen die Massageten, in dem ihr König Kyros den Tod finden wird. Dem strategischen Rat stellt Kroisos eine menschliche Lehre voran: «Mein Leid, so unerfreulich es war, ist mir zur Lehre geworden. Wenn du meinst, unsterblich zu sein und über ein ebensolches Heer zu gebieten, so wäre es sinnlos, daß ich dir riete. Wenn du dir aber bewußt bist, selbst ein Mensch zu sein und über andere ebensolche Menschen zu gebieten, so laß dir dieses als erstes sagen: Es gibt einen Kreislauf der Menschendinge, der läßt mit seinem Umlauf nicht zu, daß immer dieselben im Glück sind.» Im lateinischen Mittelalter lebt dieser Herodoteische «Kreislauf der Menschendinge» in Gestalt der Rota Fortunae, des «Rades der Glücksgöttin», fort, so in den Carmina Burana, Nr. 16 und 17. Vgl. die aus dem Anfang dieser Rede stammende Formel παθήματα μαθήματα, «Leiden sind Lehren», unten S. 25, sowie die Solonische, an denselben Kroisos gerichtete Mahnung *Nemo ante mortem beatus,* unten S. 111.

Λάθε βιώσας *(Lathe biosas).* «Lebe im Verborgenen!» (in dem Sinne: «Lebe zurückgezogen!») Epikur, Fragment 551 Usener. Plutarch hat diesem bedeutenden Grundsatz der Epikureischen Ethik, der von jeglichem öffentlichen, zumal jeglichem politischen Engagement abrät, ein Essay gewidmet: «Ist die Maxime ‹Lebe im Verborgenen› richtig?» Vgl. die entsprechende lateinische Maxime *Bene vixit, qui bene latuit*, unten S. 48.

Λέγειν τὰ λεγόμενα *(Legein ta legomena)*. «Berichten, was berichtet wird.» Herodot, Geschichte 7, 152, 3. Angesichts einer politisch brisanten, heiklen Kontroverse – es geht um das Verhalten von Argos gegenüber den Persern – sieht sich der *pater historiae*, der «Vater der Geschichtsschreibung» (unten S. 132), veranlaßt, sich grundsätzlich zur Verantwortung des Historikers gegenüber der Überlieferung zu äußern: Ἐγὼ δὲ ὀφείλω λέγειν τὰ λεγόμενα, πείθεσθαί γε μὲν οὐ παντάπασιν ὀφείλω, «Ich fühle mich verpflichtet zu berichten, was berichtet wird; alles und jedes zu glauben jedoch fühle ich mich nicht verpflichtet; (und diese Erklärung hierzu soll Geltung haben für meine ganze Darstellung)». – Vgl. die lateinische Version *Relata refero* (unten S. 155) sowie das verwandte *Prodenda, quia prodita* (unten S. 141).

Μέγα βιβλίον μέγα κακόν *(Mega biblion mega kakon)*. «Ein großes Buch ist ein großes Übel.» Kallimachos bei Athenaios, Auszug aus dem 3. Buch, 72 A (Fragment 465 Pfeiffer): Ὅτι Καλλίμαχος ... τὸ μέγα βιβλίον ἴσον ἔλεγε εἶναι τῷ μεγάλῳ κακῷ, «Daß Kallimachos ... gesagt habe, das große Buch sei gleich dem großen Übel». Die alexandrinische Dichtung lehnte das weitgespannte Homerische Epos und überhaupt jedes voluminöse literarische Kunstwerk ab und bevorzugte stattdessen die im Umfang enger bemessenen, dafür brillant geschliffenen kleinen Formen wie zumal die des Epigramms.

Μέτρον ἄριστον *(Metron ariston)*. «Das Maß ist das Beste.» Kleobulos von Lindos auf Rhodos, einer der Sieben Weisen, bei Stobaios, Anthologie 3, 1, 172, in: Diels-Kranz, Fragmente der Vorsokratiker, Band I, S. 63, Zeile 2.

Μὴ κινεῖν κακὸν εὖ κείμενον *(Me kinein kakon eu keimenon)*. «Ein Übel, das gut liegt, nicht bewegen» (in dem Sinne: «... nicht aufrühren»). Eine sprichwörtliche Mahnung, in dieser Fassung bezeugt bei Hypereides, Fragment 30 Jensen, zitiert in den Scholien zu Platon, Philebos 15 C. Neben der angeführten Platonstelle vgl. die früheren Bezeugungen bei Theognis, Elegeia 423, und bei Sophokles, Ödipus auf Kolonos 510. Die Mahnung begegnet auch in der Variante Μὴ κινεῖν τὰ ἀκίνητα, «Das Unbewegliche nicht bewegen», so bei Platon, Gesetze 11. 913 B. Dieser einfacheren Fassung entspricht die lateinische Version *Quieta non movere*, unten S. 148.

Μηδὲν ἄγαν *(Meden agan)*. «Nichts im Übermaß!» Nach Platon, Protagoras 343 A f., neben Γνῶθι σεαυτόν, «Erkenne dich selbst!» (oben S. 12) Inschrift am Apollontempel in Delphi, von Platon den Sieben Weisen gemeinschaftlich zugeschrieben, als «gemeinsame Erstlingsgabe ihrer Weisheit» und Weihegabe an Apollon. Weitere Zitate bei Platon, Charmides 165 A; Menexenos 247 E; Philebos 45 D. Aristoteles, Rhetorik 2, 21. 1395 a 21 f., nennt die Mahnung als ein Beispiel für «allgemein geläufige Worte» (δεδημοσιευμένα). Bei Stobaios, Anthologie 3, 1, 172 (in: Diels-Kranz, Fragmente der Vorsokratiker, Band I, S. 63, Zeile 14) eröffnet das Wort die Reihe der Solonischen Weisheitssprüche. Vgl. die lateinische Version *Ne quid nimis*, unten S. 110.

Μῆνιν ἄειδε, θεά, Πηληιάδεω Ἀχιλῆος … *(Menin aeide, thea, Peleiadeo Achileos …).* «Den Zorn singe, Göttin, des Peleussohnes Achilleus …» Homer, Ilias 1, 1, der Eingangsvers des ältesten schriftlich aufgezeichneten und uns überlieferten Werkes der europäischen Literatur, der im 8. Jahrhundert v. Chr. entstandenen Homerischen «Ilias». Sogleich im ersten Wort nennt der Dichter in seinem Musenanruf den Gegenstand seines Werkes: den «Zorn des Achilleus».

Νόμος ὁ πάντων βασιλεὺς θνατῶν τε καὶ ἀθανάτων / ἄγει δικαιῶν τὸ βιαιότατον / ὑπερτάτᾳ χειρί *(Nomos ho panton basileus thnaton te kai athanaton / agei dikaion to biaiotaton / hypertata cheiri).* «Der (geltende, ordnende) Nomos, der König über alle, Sterbliche und Unsterbliche, führt mit sich, es rechtfertigend, das Gewalttätigste, in übermächtiger Hand.» Pindar, Fragment 169, 1ff. Snell, wörtlich zitiert bei Platon, Gorgias 484 B, bei Aristeides, Reden 45, 52 (Band II, S. 68 Dindorf), und in den Scholien zu Pindar, Nemeen 9, 35 a. Der unübersetzbare griechische Grundbegriff «Nomos», hier erhoben zur obersten Ordnungsmacht, bezeichnet im Griechischen alles, was anerkannt ist und in Geltung steht: Brauch und Sitte, Norm und Regel, Recht und Gesetz; vgl. auch Ἄγραφος νόμος, «Ungeschriebenes Gesetz», oben S. 7. Im Anschluß an eine Gegenüberstellung der griechischen und der indischen Bestattungsbräuche vor dem persischen Großkönig stimmt Herodot, Geschichte 3, 38, 4, dem Pindarwort von dem geltenden, ordnenden Nomos, der König über alle sei, ausdrücklich und nachdrücklich zu. In Platons «Gorgias» (484 B f.) sucht Kallikles, ein radikaler Anhänger des vornehmeren Gorgias und hitzköpfiger Verfechter eines vitalen Naturrechts, das Pindarwort in den Dienst seiner These vom uneingeschränkten Faustrecht des jeweils Stärkeren als dem ursprünglichen, eigentlichen «Gesetz der Natur» zu stellen.

Ὁ ἄνθρωπος φύσει πολιτικὸν ζῷον *(Ho anthropos physei politikon zoon).* «Der Mensch ist von Natur ein staatenbildendes Lebewesen.» Aristoteles, Politik 1, 2. 1253 a 1 ff.: «Daraus ergibt sich nun deutlich, daß die Staatsgemeinschaft zu den naturgegebenen Dingen gehört und daß der Mensch von Natur ein staatenbildendes Lebewesen ist; wer aufgrund seiner inneren Anlage und nicht aufgrund äußerer Umstände außerhalb der Staatsgemeinschaft steht, der ist entweder mißraten oder aber ein Übermensch.» Vgl. Aristoteles, Politik 3, 6. 1278 b 19; Nikomachische Ethik 1, 5. 1097 b 11; 9, 9. 1169 b 18.

Ὁ μὴ δαρεὶς ἄνθρωπος οὐ παιδεύεται *(Ho me dareis anthropos u paideuetai).* «Der Mensch, der nicht geschunden wird, wird nicht erzogen.» Menander, Einzelverse 573 Jäkel.

Οἶδα οὐκ εἰδώς *(Oida uk eidos).* «Ich weiß, daß ich nichts weiß.» Nach Platon, Apologie des Sokrates 21 B: Ἐγὼ γὰρ δὴ οὔτε μέγα οὔτε σμικρὸν σύνοιδα ἐμαυτῷ σοφὸς ὤν, «Denn ich bin mir doch nicht bewußt, irgend etwas Großes oder etwas Kleines zu wissen» (vgl. auch 21 D und 23 B). In diesem grundlegenden Abschnitt seiner Verteidigungsrede (20 D – 23 C) stellt Sokrates die ihn auszeichnende Einsicht in die Nichtigkeit aller menschlichen Erkenntnis dem nicht stichhaltigen Scheinwissen der anderen, zumal der Politiker, gegenüber (21 D): «Im Vergleich zu diesem Menschen bin ich der Weisere. Denn es scheint ja keiner von uns beiden irgend etwas Schönes und Gutes zu wissen; dieser aber bildet sich ein, etwas zu wissen, obwohl er doch nichts weiß; ich dagegen, wie ich nun einmal nichts weiß, bilde mir auch nicht ein, etwas zu wissen. Offenkundig bin ich, verglichen mit diesem, um eben dieses kleine Bißchen weiser: daß ich, was ich nicht weiß, mir auch nicht zu wissen einbilde.» Schon zu Anfang dieses Abschnitts hatte Sokrates, das Ende vorwegnehmend, diese Einsicht in die Nichtigkeit alles menschlichen Erkennens im Sinne des delphischen Γνῶϑι σεαυτόν, «Erkenne dich selbst!» (oben S. 12) als ein spezifisch «menschliches Wissen» bezeichnet. Vgl. auch den Abschnitt 29 B f.

Οὐκ ἀγαϑὸν πολυκοιρανίη· εἷς κοίρανος ἔστω, / εἷς βασιλεύς *(Uk agathon polykoiranie; heis koiranos esto, / heis basileus).* «Nichts Gutes ist Vielherrscherei; einer soll Herrscher sein, einer König.» Homer, Ilias 2, 204f. Odysseus zum gemeinen Mann im griechischen Heer, das, von Agamemnon in einer Heeresversammlung auf die Probe gestellt, in wilden Haufen und «mit wirrem Geschrei» zu den Schiffen davonstürzt. – In seiner «Politik» (4, 4. 1292 a 13ff.) wirft Aristoteles die Frage auf, ob Homer hier an eine nach den Gesetzen regierte demokratische oder an eine von Demagogen gelenkte despotische «Vielherrscherei» gedacht habe. In seiner «Metaphysik» (11, 10. 1076 a 3f.) zitiert er den Vers mit Bezug auf die Einheit des höchsten Prinzips, des «ersten Bewegers», und beschließt das Buch mit dem Homerzitat: Τὰ δὲ ὄντα οὐ βούλεται πολιτεύεσϑαι κακῶς· οὐκ ἀγαϑὸν πολυκοιρανίη· εἷς κοίρανος, «Das Seiende will keiner schlechten Verfassung gehorchen: ‹Nichts Gutes ist Vielherrscherei›; einer (ist) Herrscher». – Eine Parodie des Homerverses findet sich bei Plutarch, Antonius 81, 5, wonach der griechische Philosoph Areios Didymos, der Lehrer des Caesar «Octavianus», des späteren Kaisers Augustus, diesem nach der Einnahme von Alexandria im Jahre 30 v. Chr. mit dem Wortspiel: Οὐκ ἀγαθὸν πολυκαισαρίη, «Nichts Gutes ist Vielcaesarei», die Beseitigung des jungen Kaisarion, eines Sohnes Gaius Julius Caesars und der Kleopatra, nahegelegt habe.

Οὔτοι συνέχθειν, ἀλλὰ συμφιλεῖν ἔφυν *(Utoi synechthein, alla symphilein ephyn).* «Nicht doch mitzuhassen, sondern mitzulieben bin ich geboren.» Sophokles, Antigone 523; Antigone zu Kreon. Die Tochter des Ödipus und Schwester der im Zweikampf um Theben gefallenen Brüder Eteokles und Polyneikes weist das Gebot des neu zur Macht gelangten Kreon zurück, ihren Bruder Polyneikes als Landesfeind zu ächten und seinen Leichnam unbestattet zu lassen.

Παθήματα μαθήματα *(Pathemata mathemata).* «Leiden sind Lehren.» Nach Herodot, Geschichte 1, 207, 1: Τὰ δέ μοι παθήματα ἐόντα ἀχάριτα μαθήματα γέγονε, «Meine Leiden, so unerfreulich sie waren, sind mir zu Lehren geworden». Der sprichwörtlich glückliche, dann ins Unglück gestürzte alte Lyderkönig Kroisos zu dem jungen Perserkönig Kyros, vor dessen Feldzug gegen die Massagetenkönigin Tomyris, in dem Kyros den Tod finden wird. Hinter dem Herodoteischen Wortspiel in dieser letzten Szene der tragischen Kroisosnovelle steht, beziehungsvoll genug, die noch knappere, auf zwei Worte zusammengezogene Prägung bei Aischylos, Agamemnon 177: Πάθει μάθος, «Durch Leid Lehre». Offensichtlich im Anschluß an das Kroisoswort bei Herodot stellt die «Moral» der Äsopischen Fabel vom Hund und dem Koch (Nr. 254 Perry), fest, ... ὅτι πολλάκις τὰ παθήματα τοῖς ἀνθρώποις μαθήματα γίνεται, «... daß vielfach die Leiden für die Menschen zu Lehren werden». Eine Abwandlung des Herodoteischen Wortspiels findet sich bei Dionysios von Halikarnassos, Antiquitates Romanae 8, 33, 3: Τἀμὰ παθήματα παιδεύματα γενήσεται τοῖς ἄλλοις, «Meine Leiden werden zu Lehren werden für die andern».

Πάντα ῥεῖ *(Panta rhei)*. «Alles fließt» (in dem Sinne: «Alles ist im Fluß»). Heraklit bei Aristoteles, De caelo 3, 1. 298 b 29f.: Τὰ μὲν ἄλλα πάντα γίνεσθαί φασι καὶ ῥεῖν, «Die anderen Dinge alle, sagen sie, seien beständig im Werden und Fließen»; Metaphysik 1, 6. 987 a 33f.: ... ὡς ἁπάντων τῶν αἰσθητῶν ἀεὶ ῥεόντων, «... da ja alle wahrnehmbaren Dinge beständig im Fließen seien»; bei Simplicius, Kommentar zu Aristoteles, Physik 8, 8. 265 a 2ff., in: Commentaria in Aristotelem Graeca, Band 10, S. 1313, Zeile 8f.: ... ὅτι ἀεὶ πάντα ῥεῖ, «... daß beständig alles im Fließen sei». In der geläufigen knappen Fassung Πάντα ῥεῖ, «Alles fließt», ist die prägnante Kurzformel für den Heraklitischen Gedanken eines beständigen Wandels und «Fließens» als verläßlich bezeugtes Fragment nicht überliefert. Platon, Kratylos 402 A, zitiert Heraklit mit der schlichten Formulierung Πάντα χωρεῖ καὶ οὐδὲν μένει, «Alles weicht, und nichts bleibt» und dem einprägsamen Vergleich «Zweimal kannst du wohl nicht in ein und denselben Fluß steigen» (Fragment B 91 Diels-Kranz, vgl. B 12 und 49 a). Vgl. die lateinischen Versionen bei Ovid, Metamorphosen 15, Vers 177f.: *Nihil est toto, quod perstet, in orbe, / cuncta fluunt* ..., «Nichts ist auf der ganzen Welt, das Bestand hat; alles ist im Fluß ...», und schon vorher Vers 165: *Omnia mutantur, nihil interit*, «Alles verwandelt sich, nichts geht zugrunde» (zu letzterem vgl. wiederum *Tempora mutantur, et nos mutamur in illis*, unten S. 175).

(Νήπιοι, οὐδὲ ἴσασιν, ὅσῳ) πλέον ἥμισυ παντός *(Nepioi, ude isasin, hoso pleon hemisy pantos).* «(Die Toren! Und sie wissen nicht, um wieviel) die Hälfte mehr ist als das Ganze.» Hesiod, Werke und Tage 40. Eine paradoxe Warnung vor unersättlicher Habgier, in dem Sinne: «Weniger wäre mehr.» Zitiert bei Platon, Staat 5. 466 C und Gesetze 3. 690 E.

Ποῖόν σε ἔπος φύγεν ἕρκος ὀδόντων; *(Poion se epos phygen herkos odonton?)* «Was für ein Wort entfloh dem Gehege deiner Zähne?» Homer, Ilias 4, 350; Odyssee 1, 64; vielfach wiederholter epischer Formelvers.

Πόλεμος πάντων μὲν πατήρ ἐστι, πάντων δὲ βασιλεύς *(Polemos panton men pater esti, panton de basileus).* «Krieg ist Vater von allem, König über alles, (und die einen hat er zu Göttern bestimmt, die andern zu Menschen, die einen hat er zu Sklaven gemacht, die andern zu Freien).» Heraklit bei Hippolytos, Refutatio omnium haeresium 9, 9 (in: Diels-Kranz, Fragmente der Vorsokratiker, Heraklit, Fragment B 53). Der «Krieg» und die Herrschaft der Götter über die Menschen, der Freien über die Sklaven stehen hier bildhaft für den dauernden Widerstreit des Entgegengesetzten, in dem Heraklit das so offenbare wie verborgene wahre Wesen der lebendig sich wandelnden Welt erkennt. Vgl. Πάντα ῥεῖ, «Alles fließt», oben S. 26.

Πολλὰ τὰ δεινὰ κοὐδὲν ἀνθρώπου δεινότερον πέλει *(Polla ta deina k'uden anthropu deinoteron pelei).* «Viel Ungeheures ist, doch nichts so Ungeheures wie der Mensch» (Übersetzung von Wolfgang Schadewaldt). Sophokles, Antigone 332, am Anfang eines Chorliedes, das die bewundernswerten Kulturleistungen des Menschen von der Schiffahrt bis zur Heilkunst staunend aufführt, um schließlich vor eben diesem doppelgesichtigen technischen Vermögen des zu allem fähigen Menschen zu erschaudern: «In dem Erfinderischen der Kunst / eine nie erhoffte Gewalt besitzend, / schreitet er bald zum Bösen, bald zum Guten ...» Das griechische Adjektiv *deinós,* hier mit «ungeheuer» übersetzt, deutet mit seiner Doppelbedeutung «äußerst befähigt» und «äußerst gefährlich» auf die tragische Bestimmung des Menschen, die ihm gesetzten Grenzen immer wieder kühn zu überschreiten und so immer wieder gerade an seiner Größe zu scheitern.

Πολλὰ ψεύδονται ἀοιδοί *(Polla pseudontai aoidoi).* «Vieles lügen die Dichter.» Der zumal gegen die Homerische Epik und die klassische Tragödie gerichtete Satz wird von Aristoteles, Metaphysik 1, 2. 983 a 3, und Pseudo-Platon, De iusto 374 A, als ein «altes Sprichwort» angeführt; als eine offensichtlich geläufige Wendung erscheint er noch einmal bei Plutarch, Quomodo adulescens poetas audire debeat 16 A. Ein Scholion zu Pseudo-Platon, De iusto 374 A, führt das Wort auf Solons Elegien zurück (in: Diehl, Anthologia Lyrica Graeca, Solon, Fragment 21). Jedenfalls gehört der Satz in die von Xenophanes im 6. Jahrhundert v. Chr. eröffnete, später von Platon fortgesetzte philosophische Kritik am Götter- und Menschenbild des alten Mythos und der frühen Dichtung, wie es zumal durch die beiden Homerischen Epen und die Hesiodeische «Theogonie» vermittelt wurde.

Πολυμαθίη νόον (ἔχειν) οὐ διδάσκει *(Polymathie noon echein u didaskei).* «Vielwisserei lehrt nicht Einsicht (haben), (denn sonst hätte sie Hesiod Einsicht gelehrt und Pythagoras und wiederum

Xenophanes und Hekataios).» Heraklit bei Diogenes Laërtios, Leben und Lehre der Philosophen 9, 1, und bei Athenaios, Deipnosophisten 13. 610 B (in: Diels-Kranz, Fragmente der Vorsokratiker, Heraklit, Fragment B 40). Demokrit hat diese grundsätzliche Kritik an der «Vielwisserei» aufgenommen – «Viele Vielwisser haben keine Einsicht» – und der Heraklitischen *polymathíe* eine danach geprägte *polynoíe* gegenübergestellt: Πολυνοΐην, οὐ πολυμαθίην ἀσκέειν χρὴ, «Viel zu denken, nicht viel zu wissen sollte einer sich bemühen». (Fragment B 64 und 65 Diels-Kranz.)

Πρῶτον ψεῦδος *(Proton pseudos).* «Erster Irrtum» (in dem Sinne: «grundlegender Irrtum»). Aristoteles, Erste Analytik 2, 18. 66 a 16: Ὁ δὲ ψευδὴς λόγος γίνεται παρὰ τὸ πρῶτον ψεῦδος, «Die irrige Schlußfolgerung ergibt sich entsprechend einem ‹ersten Irrtum› (in einer der beiden Voraussetzungen)». Der «erste Irrtum» geht in alle unmittelbar oder auch mittelbar von ihm abgeleiteten Schlußfolgerungen ein; er kann so – bei einwandfreiem Schlußverfahren – zu zahlreichen weiteren entsprechenden Irrtümern führen.

(Ἐπάμεροι· τί δέ τις; τί δ' οὔ τις;) σκιᾶς ὄναρ / ἄνθρωπος *(Epameroi; ti de tis? ti d'u tis? Skias onar / anthropos).* «(Dem Tag unterworfen: Was ist einer? Was ist einer nicht?) Eines Schattens Traum ist der Mensch» (in dem Sinne: «Ein Schatten im Traum ist der Mensch»). Pindar, Pythische Oden 8, 135 f. Die Bezeichnung des Menschen als ἐπάμερος, «Tageswesen», eigentlich: «auf den Tag gestellt», bezieht sich nicht etwa auf die Kürze des menschlichen Lebens, sondern auf den Wechsel des Glücks von einem Tag zum anderen.

Τέτλαϑι δή, κραδίη· καὶ κύντερον ἄλλο ποτ' ἔτλης *(Tetlathi de, kradie, kai kynteron allo pot' etles)*. «Halte denn aus, Herz! Noch Hündischeres hast du auch schon ausgehalten, (an dem Tage, als mir der Kyklop ... die trefflichen Gefährten verzehrte).» Homer, Odyssee 20, 18. Der in Bettlergestalt in sein eigenes Haus heimgekehrte Odysseus am Vorabend des Strafgerichtes an den Freiern, angesichts der unverschämten Dienerinnen, die lachend an ihm vorbeigehen, um mit den Freiern zu schlafen. Der Gedanke – die Wappnung gegen ein gegenwärtiges Übel durch die Erinnerung an ein vergangenes – begegnet mehrfach wieder; so bei Horaz, Satiren 2, 5, 20f.; Oden 1, 7, 30f.; Vergil, Aeneis 1, 198f.; Ovid, Tristien 5, 11, 7. Vgl. das Vergilische *Forsan et haec olim meminisse iuvabit*, unten S. 80.

Τῆς δ' ἀρετῆς ἱδρῶτα ϑεοὶ προπάροιϑεν ἔϑηκαν / ἀϑάνατοι· μακρὸς δὲ καὶ ὄρϑιος οἶμος ἐς αὐτήν ... *(Tes d'aretes hidrota theoi proparoithen ethekan / athanatoi; makros de kai orthios oimos eis auten ...)*. «Vor die Vollendung haben die Götter den Schweiß gesetzt, die unsterblichen, und lang und steil ist der Weg zu ihr.» Hesiod, Werke und Tage 289f. Voraufgeht in Vers 287f.: «Ja, die Schlechtigkeit, die kann jeder haufenweise sich nehmen, ohne Mühe: geebnet ist der Weg, ganz nahebei wohnt sie; doch vor die Vollendung ...» – Vgl. *Per aspera ad astra*, unten S. 135.

Τίς πόϑεν εἶς ἀνδρῶν; πόϑι τοι πόλις ἠδὲ τοκῆες; *(Tis pothen eis andron? Pothi toi polis ede tokees?)* «Wer und woher bist du unter den Menschen? Wo ist deine Heimat und deine Eltern?» In Homers «Odyssee» mehrfach wiederholte formalhafte Anrede gegenüber einem Fremden, zum Beispiel 10, 325 (Kirke zu

Odysseus). Der erste Teil der Frage auch schon in der «Ilias», 21, 150 (Achilleus zu Asteropaios).

Χρύσεα χαλκείων, ἑκατόμβοι' ἐννεαβοίων (*Chrysea chalkeion, hekatomboi' enneaboion*). «(Da wieder benahm dem Glaukos der Kronossohn Zeus die Sinne, daß der mit dem Tydeussohn Diomedes die Waffen tauschte:) goldene gegen bronzene, die einen hundert Rinder, die andern neun Rinder wert.» Homer, Ilias 6, 236. Der auf seiten der Trojaner kämpfende lykische Heerführer Glaukos und Diomedes, ein Vorkämpfer auf seiten der Griechen, entdecken auf dem Schlachtfeld vor Troja die einstmals von den Großvätern geschlossene Gastfreundschaft zwischen ihren Häusern und bekräftigen das von Zeus geheiligte, noch die Enkel verbindende Gastrecht zwischen ihnen durch den Tausch von «Gastgeschenken»: der bronzenen Waffen des Diomedes und der unvergleichlich wertvolleren goldenen des Glaukos. Das Wort wird zitiert mit Bezug auf einen ungleichen Tausch: «Gold gegen Bronze», oder auch umgekehrt: Χάλκεα χρυσείων, «Bronze gegen Gold».

Ὦ ξεῖν', ἀγγέλλειν Λακεδαιμονίοις, ὅτι τῇδε / κείμεϑα, τοῖς κείνων ῥήμασι πειϑόμενοι (*O xein', angellein Lakedaimoniois, hoti tede / keimetha, tois keinon rhemasi peithomenoi*). «Fremder, melde den Lakedämoniern, daß wir hier liegen, ihren Gesetzen gehorsam.» Simonides bei Herodot, Geschichte 7, 228 (in: Diehl, Anthologia Lyrica Graeca, Simonides, Fragment 92 a). Das lakonisch knappgefaßte Grabepigramm ehrt den Opfermut der dreihundert Spartaner, die unter ihrem König Leonidas im Jahre 480 v. Chr. die Landenge der Thermopylen in Mittelgriechenland mehrere Tage lang erfolgreich gegen die persische

Übermacht verteidigten und schließlich, nachdem durch den Verrat des Ephialtes eine persische Abteilung auf einem Gebirgspfad in ihren Rücken gelangt war, dort auf verlorenem Posten bis auf den letzten Mann fielen. Cicero hat das Grabepigramm des Simonides ins Lateinische übersetzt: *Dic, hospes, Spartae nos te hic vidisse iacentes, / dum sanctis patriae legibus obsequimur,* «Sage, Fremder, in Sparta, du habest uns hier liegen gesehen, indem wir den heiligen Gesetzen des Vaterlandes Folge leisten» (Tuskulanische Gespräche 1, 42, 101); die klassische Übersetzung des bis heute auf griechisch, lateinisch und deutsch zitierten Epigramms ins Deutsche stammt von Friedrich Schiller: «Wanderer, kommst du nach Sparta, verkündige dorten, du habest / uns hier liegen gesehn, wie das Gesetz es befahl» (Der Spaziergang, Vers 97f.).

Ab imo pectore. «Aus tiefster Brust.» Mehrfach in epischer Sprache, vgl. zum Beispiel Catull, Gedichte 64, 198 *(pectore ab imo);* Lukrez, De rerum natura 3, 57 *(pectore ab imo);* Vergil, Aeneis 1, 371 *(imo ... a pectore);* 1, 485 *(pectore ab imo).*

Ab Iove principium, Musae. «Von Jupiter her (nehmt) den Anfang, Musen»; mit anderem Bezug vielleicht auch zu verstehen in dem Sinne: «Von Jupiter her (rührt) der Anfang (meiner) Muse.» Vergil, Bucolica 3, 60; die ersten Worte wiederaufgenommen Aeneis 7, 219: *Ab Iove principium generis,* «Von Jupiter her (rührt) der Anfang unseres Geschlechtes». Der Vergilische Musenanruf schließt sich an den Eingangsvers der Aratischen «Phainomena» an: Ἐκ Διὸς ἀρχώμεσθα, «Von Zeus aus wollen wir beginnen», vgl. den gleichlautenden Musenanruf bei Theokrit, Idyllen 17, 1. Cicero, De legibus 2, 3, 7, zitiert als seine eigene Übersetzung des Aratverses *Ab Iove Musarum primordia,* «Von Jupiter her (rühren) die Uranfänge der Musen». Julius Caesar Germanicus ist in seiner Aratübersetzung Vergil gefolgt: *Ab Iove principium magno deduxit Aratus,* «Von dem großen Jupiter hat Arat den Anfang hergeleitet». Vgl. Ovid, Metamorphosen 10, 148f. *(Ab Iove, Musa parens, ... / carmina nostra move);* Fasti 5, 111 *(Ab Iove surgat opus);* Calpurnius Siculus, Eklogen 4, 82 *(Ab Iove principium, si quis canat aethera, sumat);* Statius, Silvae 1, Praefatio *(Sumendum enim erat ab Iove principium);* Quintilian, Lehrbuch der Rhetorik 10, 1, 46 *(ut Aratus ab Iove incipiendum putat).* Die Aratstelle geht ihrerseits wohl auf Alkman, Fragment 29 Page, zurück: Ἐγὼ δ' ἀείσομαι ἐκ Διὸς ἀρχομένα, «Ich will singen, von Zeus aus anfangend».

Ab ovo. «Vom Ei (der Leda) an» (in dem Sinne: «vom ersten Anfang an», «von Adam und Eva an» etwas erzählen). Horaz, Ars poetica 147. Horaz illustriert die Kunst, ein episches Gedicht richtig anzufangen, am Beispiel Homers, der den Trojanischen Krieg nicht *gemino ... ab ovo,* «vom Zwillings-Ei (der Leda) an», zu erzählen beginne, sondern den Hörer sogleich *in medias res,* «mitten ins Geschehen hinein» (unten S. 93), mit sich fortreiße. Leda, die Gattin des spartanischen Königs Tyndareos, hatte nach ihrer Vereinigung mit Zeus in der Gestalt eines Schwans in einem einzigen Ei oder auch in zweien neben den Dioskuren Kastor und Polydeukes auch die schöne Helena geboren; um ihretwillen war es in der Folge, nach dem Parisurteil zugunsten der Aphrodite und der Entführung der inzwischen mit Menelaos vermählten Helena von Sparta nach Troja, zum Trojanischen Krieg gekommen. Die Horazische Prägung wurde sprichwörtlich; vgl. Atilius Fortunatianus, Ars metrica, in: Keil, Grammatici Latini, Band VI, S. 278, Zeile 13f.: *Altius et ab ovo mihi, quod aiunt, repetenda res est,* «Ich muß in der Sache weiter zurückgreifen und die Dinge ‹vom Ei an›, wie man sagt, darlegen». Vgl. das folgende ebenfalls ursprünglich Horazische *Ab ovo / usque ad mala.*

Ab ovo / usque ad mala. «Vom Ei bis zu den Äpfeln» (in dem Sinne: «Von der Vorspeise bis zum Dessert», vom Anfang der Mahlzeit bis zu ihrem Ende). Horaz, Satiren 1, 3, 6f. Vgl. das voraufgehende ebenfalls ursprünglich Horazische *Ab ovo.*

Ab urbe condita (a. u. c.) «Seit Gründung der Stadt.» Die gelehrte römische Zeitrechnung ging aus von dem Epochenjahr der Gründung der Stadt: 751/750 v. Chr. nach der älteren, im 2.

Jahrhundert v. Chr. bei Cato dem Zensor und noch bei Polybios verwendeten Zählung, 753 v. Chr. nach der jüngeren Zählung, die seit ihrer Einführung durch Varro im 1. Jahrhundert v. Chr. gebräuchlich geblieben ist. Livius gab seinem klassischen Geschichtswerk den Titel *«Ab urbe condita»*. Im alltäglichen Leben wurden die Jahre in Rom allerdings nicht «seit Gründung der Stadt» durchgezählt, sondern vielmehr mit den Namen der Konsuln bezeichnet.

Abusus non tollit usum. «Der Mißbrauch (eines Rechtes) hebt den Gebrauch (dieses Rechtes) nicht auf.» Die Quelle des Wortes ist nicht nachgewiesen.

Abusus optimi pessimus. «Der Mißbrauch des Besten ist der schlimmste.» Die Quelle des Wortes ist nicht nachgewiesen.

Ad Kalendas Graecas (soluturos). «An den griechischen Kalenden (werden sie zahlen)» (in dem Sinne: «Am St.-Nimmerleins-Tag . . .»). Kaiser Augustus bei Sueton, Augustus 87, 1, mit Bezug auf säumige Schuldner, von denen er keinerlei Zahlungen mehr erwartete. Die *Kalendae*, der «Monatserste» im römischen Kalender, waren ein gebräuchlicher Zahlungstermin; daher hießen sie bei den Schuldnern auch *celeres Kalendae*, «rasende Kalenden». Im griechischen Kalender gab es solche römischen «Kalenden» natürlich nicht.

Ad maiorem Dei gloriam (vicit pietas). «Zum größeren Ruhme Gottes (siegte die Frömmigkeit).» Papst Gregor I., der Große (590–604), Dialoge 1, 2 (in: Migne, Patrologia Latina, Band 77, Spalte 160). Die Formel *Ad maiorem Dei gloriam* erscheint später mehrfach in den Beschlüssen des Tridentinischen Konzils (1545–1563); durch Ignatius von Loyola wurde sie zum Wahlspruch des im Jahre 1534 gegründeten Jesuitenordens.

Ad usum Delphini. «Für den Gebrauch des Dauphin», «Für die Hände des Dauphin». Eine heute nur noch ironisch gebrauchte Formel zur Bezeichnung zensurierter, «gereinigter» Textausgaben, in denen in sittlicher Hinsicht etwa anstößige Stellen gestrichen oder gemildert sind, nach den Klassikerausgaben, die Jacques Bénigne Bossuet und Pierre Daniel Huet im Auftrag Ludwigs XIV. von Frankreich für den jugendlichen Thronfolger, mit seinem Titel: den «Dauphin», besorgt haben.

(Grammatici certant, et) adhuc sub iudice lis est. «(Die Philologen streiten untereinander, und) noch ist der Rechtsstreit nicht entschieden.» Horaz, Ars poetica 78, dort mit Bezug auf die Frage, wer das elegische Versmaß, das sogenannte «Distichon», als erster eingeführt habe.

Advocatus diaboli. «Anwalt des Teufels.» Eine volkstümliche Bezeichnung für den *Promotor fidei,* den «Förderer des Glaubens», der im Prozeß der Selig- und der Heiligsprechung gegenüber dem entsprechend auch als *Advocatus Dei,* «Anwalt Gottes», bezeichneten *Postulator,* dem «Forderer» der Kanonisation, alle der Selig- oder Heiligsprechung etwa entgegenstehenden Umstände zu untersuchen und geltend zu machen hat.

Aequam memento rebus in arduis / servare mentem, (non secus in bonis / ab insolenti temperatam / laetitia, moriture Delli). «Einen gleichmütigen Sinn sei eingedenk zu bewahren in schweren Zeiten, (nicht anders in guten einen von überschwenglicher Freude gemäßigten, sterblicher Dellius)» (in dem Sinne: «... da du ja in jedem Falle einmal sterben wirst»). Horaz, Oden 2, 3, 1 ff. Aus der Schlußstrophe derselben Ode, Vers 25, stammt das gleichfalls «geflügelte» *Omnes eodem cogimur*, unten S. 127.

Agnosco veteris vestigia flammae. «Ich erkenne die Spuren des alten Feuers wieder.» Vergil, Aeneis 4, 23; die von neuem Liebes-«Feuer» für den aus Troja flüchtigen und nun schiffbrüchigen Aeneas ergriffene Karthagerkönigin Dido zu ihrer Schwester Anna, in Erinnerung an die «alte» Liebes-«Flamme» für ihren ersten, in ihrer phönizischen Heimat ermordeten Gatten Sychaeus.

Alea iacta est. «Der Würfel ist geworfen» (in dem Sinne: «Das Wagnis ist eingegangen», nicht: «Die Entscheidung ist gefallen»). Sueton, Caesar 32 *(Iacta alea est)*. Bei der Überschreitung des Grenzflusses Rubico, mit der er am 10./11. Januar 49 v. Chr. unwiderruflich den Bürgerkrieg gegen Pompeius eröffnete, rief Caesar, ein verbreitetes griechisches Sprichwort aus Menanders «Arrhephoros» zitierend, in griechischer Sprache (Plutarch, Pompeius 60, 4): 'Ανεϱϱίφθω κύβος, «Hochgeworfen sei der Würfel!» (Plutarch, Caesar 32, 5; Pompeius 60, 4). Das Sprichwort bezeichnet den Augenblick des Wagnisses, da der Würfel aus der Hand «geworfen», aber noch nicht zu Boden gefallen ist; die geläufige Übersetzung «Der Würfel ist gefallen» entspricht weder der historischen Situation noch dem griechischen oder dem lateinischen Text. Der Menandervers (bei Athenaios 13, 559 E; Fragment 59, 4 Körte) lautet vollständig: Δεδογμένον τὸ πϱᾶγμ'· ἀνεϱϱίφθω κύβος, «Beschlossen ist die Sache; hochgeworfen sei der Würfel!» Caesar erwähnt die Episode in seinem «Bürgerkrieg» nicht. Die dem griechischen Wortlaut nicht vollkommen entsprechende lateinische Fassung *Iacta alea est* findet sich zuerst bei Sueton; zur Angleichung der lateinischen Übersetzung an das griechische Original hat Erasmus für die Stelle die Lesung *Iacta alea esto* vorgeschlagen. Vgl. die Anspielung bei Petron, Satiricon 122, 174: *Iudice Fortuna cadat alea,* «Fortuna sei Richterin, wenn der Würfel fällt».

Alter ego. «Ein zweites Ich.» Die Bezeichnung eines Freundes als eines «zweiten Ich» (wie umgekehrt die des Ich als eines «ersten Freundes») geht auf griechische Gedanken zurück; vgl. zum Beispiel Aristoteles, Nikomachische Ethik 9, 4. 1166 a 31 f.: Ἔστι γὰρ ὁ φίλος ἄλλος αὐτός, «Denn der Freund ist ein zweites Selbst», wiederaufgenommen 9, 9. 1169 b 6 f.; übertragen auf die Kinder 8, 14. 1161 b 28 f. In einer lateinischen Übersetzung begegnet diese Aristotelische Definition bei Cicero, Laelius oder «Über die Freundschaft» 21, 80: *Verus amicus ... est tamquam alter idem,* «Ein wahrer Freund ... ist gleichsam ein zweites Selbst». Die heute eher geläufige Formel *Alter ego* erscheint bei Cicero, Briefe an die Freunde 7, 5, 1 (an Caesar): *Vide, quam mihi persuaserim te me esse alterum,* «Sieh, wie sehr ich überzeugt bin, daß du mein zweites Ich bist».

Alterius non sit, qui suus esse potest. «Einem anderen gehöre nicht, wer sich selbst gehören kann.» Aus dem «Aesop» des sogenannten Anonymus Neveleti 21 b, 22, einer im 12. Jahrhundert entstandenen, im Mittelalter weit verbreiteten Fabelsammlung; bei Werner A 70. Der Aufruf zur Selbstbestimmung geht zurück auf Cicero, De re publica 3, 25, 37, bei Nonius, De compendiosa doctrina, S. 109, 2: *Est enim genus iniustae servitutis, cum ii sunt alterius, qui sui possunt esse,* «Es gibt nämlich eine Art ungerechtfertigter Sklavenschaft, wenn solche (Menschen) einem anderen gehören, die (doch) sich selbst gehören können».

Amantes amentes. «Liebende, Rasende.» Titel einer im Jahre 1609 erschienenen, in deutscher Sprache geschriebenen Komödie des lateinisch und deutsch schreibenden Magdeburger Dichters Gabriel Rollenhagen, nach Plautus, Mercator 82, wo das lateinische Wortspiel in der Zusammenordnung *amens amansque,* «rasend und liebend», erscheint, und Terenz, Andria 218, wo es in der Entgegensetzung auftritt: *Nam inceptio est amentium, haud amantium,* «Denn ein Beginnen Rasender ist es, nicht Liebender». Weitere Beispiele bei Otto, Nr. 79.

Amicus certus in re incerta cernitur. «Ein sicherer Freund wird in unsicherer Lage erkannt.» Ennius bei Cicero, Laelius 17, 64 (Fragmente der Tragödien, Vers 388, in: Ribbeck, Scaenicae Romanorum poesis fragmenta). Der Vers des Ennius geht vielleicht zurück auf Euripides, Hekabe 1226f.: Ἐν τοῖς κακοῖς γὰρ ἀγαθοὶ σαφέστατοι / φίλοι, «Denn im Unglück sind die guten Freunde am deutlichsten zu erkennen». Ähnlich Plautus, Epidicus 113: *Is est amicus, qui in re dubia re iuvat, ubi re est opus,* «Das ist ein Freund, der in zweifelhafter Lage (auch) mit einer Tat beisteht, wo es einer Tat bedarf»; Publilius Syrus, Sentenzen A 41: *Amicum an nomen habeas, aperit calamitas,* «Ob du einen (wahren) Freund oder nur ein (leeres) Wort hast, das offenbart ein Unglücksfall»; Petron, Satiricon 61, 9: *In angustiis amici apparent,* «In der Bedrängnis zeigt sich, wer die (wahren) Freunde sind».

Amicus Plato, sed magis amica veritas. «Unser Freund ist Platon, aber mehr noch unser Freund die Wahrheit.» Die lateinische Version eines in der Antike dem Sokrates-«Schüler» Platon zugeschriebenen, in späterer Zeit auf den Platonschüler Aristoteles übertragenen Gedankens, aus einer anonymen spätantiken Aristotelesbiographie, der sogenannten Vita vulgata (§ 9; in: Ingemar Düring, Aristotle in the ancient biographical tradition, 1957, S. 132): Φίλος μὲν Σωκράτης, ἀλλὰ μᾶλλον φιλτάτη ἡ ἀλήθεια, «Unser Freund ist Sokrates, aber mehr noch (und) unser bester Freund die Wahrheit». Der Aristotelesbiograph rechtfertigt mit dem Zitat die Aristotelische Kritik an der Platonischen Lehre; er zitiert anschließend noch den sinnverwandten Ausspruch aus Platons «Phaidon» 91 C, wo Sokrates zu Simmias und Kebes gewendet sagt: «Nehmt nicht so sehr Rücksicht auf Sokrates als vielmehr auf die Wahrheit.» Platon wiederholt den Gedanken noch einmal in seinem «Staat» 10. 595 C, wo Sokrates mit Bezug auf Homer erklärt: «Aber höher jedenfalls als die Wahrheit darf ein (noch so nah vertrauter und hoch verehrter) Mensch nicht geschätzt werden.» Aristoteles hat sich auch selbst zu dieser Platonischen Maxime der Wissenschaft bekannt; vgl. die Vorbemerkung zur Kritik an den «Freunden, die die Ideen eingeführt haben» in seiner «Nikomachischen Ethik» 1, 4. 1096 a 14 ff.: «Dennoch scheint es vielleicht besser, ja notwendig zu sein, zur Rettung der Wahrheit auch das nah Vertraute umzustürzen, zumal wir ja ‹Philosophen›, ‹Freunde des Wissens›, sind. Beides (das heißt: Platons Ideenlehre und die Wahrheit) ist uns lieb; jedoch die Ehrfurcht gebietet uns, der Wahrheit den Vorzug zu geben» (ἀμφοῖν γὰρ ὄντοιν φίλοιν ὅσιον προτιμᾶν τὴν ἀλήθειαν).

Amor fati. «Liebe zum Schicksal.» Aus Nietzsche, Ecce homo, Warum ich so klug bin, § 10: «Meine Formel für die Größe am Menschen ist *amor fati:* daß man nichts anders haben will, vorwärts nicht, rückwärts nicht, in alle Ewigkeit nicht. Das Notwendige nicht bloß ertragen, noch weniger verhehlen – aller Idealismus ist Verlogenheit vor dem Notwendigen –, sondern es lieben.»

Anathema sit! «Verflucht sei er!» Paulus, Brief an die Galater 1, 8f. *(anathema sit)* und 1. Brief an die Korinther 16, 22 *(sit anathema)* Vulgata (im griechischen Original ἀνάθεμα ἔστω bzw. ἤτω ἀνάθεμα). Vgl. Brief an die Römer 9, 3 und 1. Brief an die Korinther 12, 3. *Anathema sit* ist nach den angeführten Paulusstellen zur festen Formel für die Exkommunikation aus der katholischen Kirche geworden.

Anima naturaliter christiana. «Die natürlicherweise christliche Seele (des Menschen).» Nach Tertullian, Apologeticum 17, 6: *O testimonium animae naturaliter christianae!* «Welches Zeugnis für die natürlicherweise christliche Seele!» Als solche Zeugnisse für die christliche Natur der menschlichen Seele zitiert Tertullian alltägliche, geläufige Worte wie «der gute und große Gott», «was Gott geben möge», «Gott sieht es», «das lege ich in Gottes Hände» oder «Gott wird es mir vergelten», die in aller Menschen Munde seien, und fügt hinzu, bei diesen Worten blicke der Mensch nicht zum Kapitol, sondern zum Himmel empor.

Animula vagula blandula ... «Seelchen, du schweifendes, schmeichelndes ...» Hadrian, Fragment 3, 1, in der Historia Augusta, Hadrian 25, 9 (in: Morel, Fragmenta Poetarum Latinorum). Der erste von fünf Versen eines kleinen Gedichtes, das der Kaiser in Erwartung des Todes an seine scheidende Seele gerichtet hat.

Aquila non captat muscas. «Ein Adler fängt keine Fliegen» (in dem Sinne der Rechtsregel *Minima non curat praetor,* «Um Kleinigkeiten kümmert sich der Prätor nicht», unten S. 104). Die Quelle der Sentenz, die den Adler als den König der Vögel anspricht, ist nicht nachgewiesen.

Arma virumque cano, (Troiae qui primus ab oris ...) «Von Waffen und dem Mann singe ich, (der als erster von den Küsten Trojas ...)» Vergil, Aeneis 1, 1. Die beiden Anfangsworte des Vergilischen Epos *arma virum(que)* sind zitiert bei Ovid, Tristien 2, 534, Persius, Satiren 1, 96, Martial, Epigramme 8, 55, 19 und 14, 185, 2; vgl. in Vergils «Aeneis» selbst, 9, 777, den Anklang des Ausdrucks *arma virum,* «Waffen der Männer», an den Anfang des Werkes. Zweimal erscheint der erste Vers der «Aeneis» auf den Wänden von Pompeji (in: Corpus Inscriptionum Latinarum, Band IV, Nr. 4832 und 8831), ein drittes Mal auch frech parodiert: *Fullones ululamque cano, non arma virumque,* «Von den Walkern und ihrem Käuzchen singe ich, nicht ‹von Waffen und dem Mann› » (Band IV, Nr. 9131; in der Eule der Athena verehrten die Walker ihre Schutzgöttin Minerva). Vgl. die Anfangsworte der Homerischen Odyssee Ἄνδρα μοι ἔννεπε, ..., «Den Mann nenne mir, ...», oben S. 9.

Audacter calumniare, semper aliquid haeret. «Verleumde nur frech drauflos; etwas bleibt immer hängen.» Die Quelle des Wortes ist nicht nachgewiesen. Francis Bacon, De dignitate et augmentis scientiarum (1623), zitiert es als Sprichwort. Zum Gedanken vgl. Hesiod, Werke und Tage 763f.: «Ein Gerede vergeht niemals gänzlich, das einmal viele Leute geredet haben», und Plutarch, Wie ein Schmeichler von einem Freund zu unterscheiden ist 65 D, wo die Verleumdung mit einem Biß verglichen wird: Selbst wenn die Wunde verheilt ist, bleibt doch die Narbe bestehen.

Audax omnia perpeti / gens humana ruit per vetitum nefas. «Tollkühn, alle (noch so schweren Strafen) zu durchleiden, stürzt das Menschengeschlecht dahin durch den verbotenen Frevel.» Horaz, Oden 1, 3, 25f. In einer schaudernden Vergegenwärtigung hybrider menschlicher Grenzüberschreitungen gegenüber der göttlichen Weltordnung und den natürlichen Elementen nennt Horaz vier mythische Exempel, die den vier Elementen Wasser, Feuer, Luft und Erde entsprechen: die erste Schiffahrt der Argonauten, den Feuerdiebstahl des Prometheus, den Flug des Dädalus und des Ikarus und die Hadesfahrt des Hercules. In ihrer Schlußstrophe gipfelt die Ode in dem gleichfalls «geflügelten» *Nil mortalibus ardui est*, «Nichts ist den Sterblichen unersteiglich» (unten S. 113), und in der Vision einer Erstürmung des göttlichen Himmels selbst.

Audiatur et altera pars. «Auch die andere Partei soll gehört werden.» Die geläufige Fassung der vielzitierten Regel scheint nicht auf die Antike zurückzugehen. Am nächsten kommen ihr in der lateinischen Literatur Seneca, Medea 199f.: *Qui statuit aliquid parte inaudita altera, / ... haud aequus fuit*, «Wer einen Beschluß gefaßt hat, ohne die andere Partei zu hören, ... ist nicht gerecht gewesen», und Augustin, De duabus animabus 14, 22:

Audi partem alteram! «Höre (auch) die andere Partei!» Vgl. auch Corpus iuris civilis, Digesten 48, 17, 1: ... *neque enim inaudita causa quemquam damnari aequitatis ratio patitur,* «... denn daß irgend jemand, ohne daß sein Rechtsgrund gehört worden wäre, verurteilt wird, läßt das Prinzip von Recht und Billigkeit nicht zu». Die Regel ist auch für das griechische Recht bezeugt; in dem bei Demosthenes, Kranzrede 2 und 6, und Isokrates, Antidosisrede 21, zitierten attischen Richtereid heißt es: Ἀκροάσομαι τοῦ τε κατηγόρου καὶ τοῦ ἀπολογουμένου ὁμοίως ἀμφοῖν, «Ich will den Kläger und den Beklagten beide in gleicher Weise anhören». Vgl. auch das griechische Sprichwort Μηδὲ δίκην δικάσῃς, πρὶν ἀμφοῖν μῦθον ἀκούσῃς, «Urteile nicht, ehe du beide Seiten gehört hast!» (in: Leutsch-Schneidewin, Paroemiographi Graeci, Band II, S. 759).

Aura popularis. Die «Volksgunst» (eigentlich: der «Volkswind», der – unbeständige – Rückenwind, mit dem das Volk seine Günstlinge in den Hafen eines Amtes gelangen läßt). Zuerst bei Cicero, Rede über das Gutachten der Opferschauer 20, 43 *(Sulpicium ... longius quam voluit popularis aura provexit);* später bei Horaz, Oden 3, 2, 20 *(arbitrio popularis aurae)*; Vergil, Aeneis 6, 816 *(nimium gaudens popularibus auris);* Livius, Ab urbe condita 3, 33, 7 *(omnis aurae popularis captator)* und noch öfter.

Aurea mediocritas. «Goldenes Mittelmaß.» Nach Horaz, Oden 2, 10, 5f.: *Auream quisquis mediocritatem / diligit* ..., «Wer das goldene Mittelmaß wertschätzt ...» (ist gleicherweise sicher vor erniedrigender Armut und neiderregendem Reichtum). Vgl. das Ovidische *Medio tutissimus ibis,* unten S. 101. Ein Zitat der paradoxen Horazischen Wortverbindung bei Ausonius, Gratiarum actio ad Gratianum imperatorem pro consulatu 6: … *temperata et, quae vocatur, aurea … mediocritas,* «… ein begrenztes und, wie man es nennt, goldenes Mittelmaß». Die hohe Wertung des «Mittelmaßes» (μεσότης) als des «Angemessenen» (μέτριον) zwischen einem darüber hinausschießenden Zuviel (ὑπερβολή) und einem dahinter zurückbleibenden Zuwenig (ἔλλειψις) geht zurück auf Aristoteles; vgl. besonders Nikomachische Ethik 2, 5. 1106 a 14ff.; Politische Schriften 4, 11. 1295 a 35ff.

(**Quid non mortalia pectora cogis,**) / **auri sacra fames!** «(Wozu nicht treibst du die sterblichen Herzen,) verfluchter Hunger nach Gold!» Vergil, Aeneis 3, 56f. Macrobius, Saturnalien 5, 16, 7, nennt das Zitat unter den Worten, die «sprichwörtlich in aller Munde» seien *(vice proverbiorum in omnium ore funguntur);* eine Reihe von Variationen bei Otto, Nr. 221. Die einleitende rhetorische Frage erscheint nochmals in dem gleichfalls «geflügelten» Vergilzitat *Improbe Amor, quid non mortalia pectora cogis!* unten S. 91.

Aut Caesar aut nihil. «Entweder ein Caesar oder nichts.» Die kompromißlose Alternative, die der machtgierige, skrupellose Renaissance-«Principe» Cesare Borgia gewiß nicht ohne Bezug auf seinen ominösen Vornamen Cesare zu seinem Wahlspruch gewählt – oder auch selbst geprägt – und mit einem Bildnis Gaius Julius Caesars verbunden hat, dürfte zurückgehen auf eine entsprechende Alternative, mit der Kaiser Caligula seine beispiellose Verschwendungssucht zu entschuldigen pflegte. Sueton, Caligula 37, 1, zitiert den Kaiser mit dem «häufig wiederholten» Ausspruch: *aut frugi hominem esse oportere … aut Caesarem,* «entweder müsse einer ein haushälterischer Mensch sein oder ein Caesar». «Kaiser» Gaius Julius Caesar, mit seinem Spitznamen Caligula, bezieht sich hier auf das Cognomen Caesar, das er von seinem Urgroßvater, dem «Kaiser» Caesar Augustus, und dieser wieder von dem vergöttlichten Gaius Julius Caesar ererbt hatte.

Aut prodesse volunt aut delectare poetae / (aut simul et iucunda et idonea dicere vitae). «Entweder Nutzen bringen oder Freude bereiten wollen die Dichter (oder zugleich sowohl Vergnügliches als auch fürs Leben Brauchbares sagen).» Horaz, Ars poetica 333f. Horaz fordert eine Verbindung von beidem; vgl. Vers 343f.: *Omne tulit punctum, qui miscuit utile dulci / lectorem delectando pariterque monendo*, «Jede Stimme hat der davongetragen, der das Nützliche dem Angenehmen beigemischt hat, indem er den Leser erfreut und zugleich ermahnt», unten S. 126.

Barba non facit philosophum. «Der Bart (allein) macht (noch) keinen Philosophen.» Vielleicht nach Plutarch, Über Isis und Osiris 3. 352 C: Οὔτε γὰρ φιλοσόφους πωγωνοτροφίαι ... καὶ τρίβωνοφορίαι ποιοῦσιν ..., «(Solche Äußerlichkeiten wie) sich einen langen Bart wachsen lassen und einen abgewetzten Mantel tragen machen (allein noch) keinen Philosophen». Vgl. Gellius, Attische Nächte 9, 2, 2: *Video ... barbam et pallium, philosophum nondum video,* «Ich sehe wohl ... den Bart und den Mantel, den Philosophen sehe ich noch nicht». Der wildwüchsige Bart und der abgewetzte Mantel waren die sprichwörtlichen Kennzeichen zumal des kynischen Philosophen.

Beatus ille, qui procul negotiis, / (ut prisca gens mortalium,) / paterna rura bobus exercet suis / (solutus omni faenore). «Glücklich der Mann, der fern von (städtischen) Geschäften, (wie das alte Geschlecht der Sterblichen,) die väterlichen Felder mit seinen eigenen Ochsen bestellt, (frei von jeglichem Zins und Wucher).» Horaz, Epoden 2, 1 ff.

Beati possidentes. «Glücklich die Besitzenden.» Nach einem bei Stobaios, Anthologie 91, 23 überlieferten Vers aus der «Danaë» des Euripides (in: Nauck, Tragicorum Graecorum Fragmenta, Euripides, Fragment 326, 8): Κακὸς δ' ὁ μὴ ἔχων, οἱ δ' ἔχοντες ὄλβιοι, «Schlecht (hat es) der nicht Besitzende; doch die Besitzenden (sind) glücklich». Die Quelle der auch als Rechtsregel zitierten lateinischen Version ist nicht nachgewiesen.

Bella gerant alii, tu, felix Austria, nube! / (Nam quae Mars aliis, dat tibi regna Venus). «Kriege mögen andere führen, du, glückliches Österreich, heirate! (Denn die der Kriegsgott Mars anderen gibt, die Königreiche gibt dir die Liebesgöttin Venus.)» Das humanistisch geschliffene Epigramm eines unbekannten zeitgenössischen Autors ist auf die erfolgreiche Heiratspolitik Kaiser Maximilians I. (1493–1519) gemünzt. Der erste Halbvers des Hexameters ist Zitat aus Ovid, Heroides 13 (Laodamia an ihren Gatten Protesilaus), 82: *Bella gerant alii, Protesilaus amet*, «Kriege mögen andere führen, Protesilaus soll lieben!» Der thessalische Heros Protesilaus fällt vor Troja als erster, sogleich bei der Landung der griechischen Flotte. Eine ganz entsprechende Gegenüberstellung der «Tapferen» und des «Liebenden» findet sich im gleichen Werk, Heroides 17 (Helena an Paris), 254: *Bella gerant fortes, tu, Pari, semper ama!* «Kriege mögen die Tapferen führen, du, Paris, liebe nur immerfort!»

Bellum omnium contra omnes. «Der Krieg aller gegen alle.» Nach Thomas Hobbes, De cive 1, 12 *(bellum omnium in omnes)*, 5, 2 und noch mehrfach. Der englische Philosoph kennzeichnet mit der Formel vom «Krieg aller gegen alle» den natürlichen Zustand der menschlichen Gesellschaft vor der vertraglichen Setzung einer staatlichen Rechtsordnung. Vgl. den Schluß eines Fragmentes aus den Satiren des Lucilius, Vers 1234 Marx: *... ut si hostes sint omnibus omnes*, «... wie wenn alle allen feind wären».

Bene vixit, qui bene latuit. «Gut hat der sein Leben geführt, der sich gut verborgen hat» (in dem Sinne: «der in der Öffentlichkeit nicht hervorgetreten ist»). Nach Ovid, Tristien 3, 4, 25: *Bene qui latuit, bene vixit*, «Der sich gut verborgen hat, der hat sein Leben gut geführt». Vgl. die Epikureische Maxime Λάθε βιώσας (oben S. 19) und Horaz, Briefe 1, 17, 10: *Nec vixit male, qui natus moriensque fefellit*, «Und nicht schlecht hat der sein Leben geführt, der unbemerkt geboren und gestorben ist» (in dem Sinne: «dessen Leben und Sterben in der Öffentlichkeit nicht beachtet worden ist»).

Bis dat, qui cito dat. «Doppelt gibt, wer schnell gibt.» Nach Publilius Syrus, Sentenzen I 6: *Inopi beneficium bis dat, qui dat celeriter*, «Dem Bedürftigen gibt der doppelt seine Unterstützung, der sie schnell gibt». Vgl. auch Sentenzen D 19: *Duplex fit bonitas, simul accessit celeritas*, «Verdoppelt wird die Hilfsbereitschaft, wenn noch die Schnelligkeit hinzukommt». Der Gedanke begegnet bereits bei Ennius, Satiren 1, Fragment 2 Vahlen: *Dum quidquid, des celere*, «Wenn (du) irgend etwas (geben willst), gib es schnell!» und kehrt später wieder bei Ausonius, Epigramme 17, 1: *Si bene quid facias, facias cito*, «Wenn du (einem) etwas Gutes tun willst, tu es schnell!» Vgl. auch das voraufgehende Epigramm 16 und die griechische Vorlage beider Epigramme in der «Anthologia Palatina» 10, 30.

Bonus vir semper tiro. «Ein gutmütiger Mensch bleibt immer ein Anfänger» (eigentlich: «... ein Rekrut»). Nach Martial, Epigramme 12, 51, 2: *Tam saepe nostrum decipi Fabullinum / miraris, Aule? Semper homo bonus tiro est*, «Daß unser Fabullinus so oft betrogen wird, das wundert dich, Aulus? Ein gutmütiger Mensch bleibt immer ein Anfänger». Die «geflügelte» Fassung des Wortes erscheint zuerst bei Julius Wilhelm Zincgref, Der Teutschen scharpfsinnige kluge Sprüch, oder: Apophthegmata (1626), später bei Goethe, Maximen und Reflexionen, Nr. 283 Hecker.

Caesar non supra grammaticos. «Der Kaiser (steht) nicht über den Philologen.» Das stolze Philologenwort in eigener Sache geht wahrscheinlich auf eine bei Sueton, De grammaticis 22, und Cassius Dio, Römische Geschichte 57, 17, angeführte Anekdote zurück: Der Philologe Marcus Pomponius Marcellus rügte einmal ein Wort, das Kaiser Tiberius in einer Rede gebraucht hatte, in Gegenwart des Kaisers freimütig als nicht lateinisch. Als darauf der Jurist Gaius Ateius Capito schmeichelnd einwarf, das von Pomponius beanstandete Wort sei sehr wohl in der lateinischen Sprache heimisch, und wenn nicht, so werde es dies durch die Rede des Kaisers doch von jetzt an sein, erwiderte Pomponius, zu Kaiser Tiberius selbst gewendet: «Einem Menschen, Caesar, kannst du das römische Bürgerrecht verleihen, einem Wort nicht.»

Captatio benevolentiae. «Der Versuch, das Wohlwollen (der Zuhörer) zu gewinnen.» Nach Cicero, De inventione 1, 15, 21: *Sin autem (causa) partem turpitudinis, partem honestatis habebit, benevolentiam captare oportebit, ut in genus honestum causa translata videatur,* «Wenn (die Sache) aber teils Verächtliches, teils Ehrenhaftes an sich hat, wird man versuchen müssen, das Wohlwollen (der Zuhörer) zu gewinnen, damit sie so ganz auf die ehrenhafte Seite herübergezogen scheint».

Carpe diem! «Ergreife den Tag!» Horaz, Oden 1, 11, 8. Aus dem letzten Vers der kurzen Ode; das vielzitierte Geflügelte Wort ruft dazu auf, den gegenwärtigen Tag zu «ergreifen» und zu genießen und das gegebene Heute nicht an die Sorge um eine weit entfernte Zukunft und die Hoffnung auf ein ungewisses Morgen zu verlieren. Vgl. den gleichfalls «geflügelten» Anfangsvers der Ode: *Tu ne quaesieris, Leuconoe, scire nefas, quem mihi quem tibi / finem di dederint,* unten S. 178.

Cave canem! «Warnung vor dem Hunde!» (eigentlich: «Hüte dich vor dem Hund!») Inschrift auf Fußbodenmosaiken in römischen Hauseingängen, zusammen mit dem Bild eines bissigen Wachhundes. Ein prächtiges Exempel hat sich in Pompeji im Eingang zum «Haus des Tragödiendichters» (Regio VI, Insula 8) erhalten, unmittelbar gegenüber den Forumsthermen. Literarisch bezeugt ist die Warnung vor dem Wachhund bei Varro, Menippeische Satiren, Fragment 143 Bücheler, und bei Petron, Satiricon 29, 1: «Denn zu unserer Linken, vom Eingang her gesehen, war nicht weit von der Portiersloge ein riesiger Wachhund, an die Kette gelegt, auf die Wand gemalt, und darüber war in quadratischen Großbuchstaben geschrieben: ‹Warnung vor dem Hunde!› Und meine Genossen Kollegen hatten wirklich ein Lachen dafür übrig; ich aber ...»

Cedant arma togae, concedat laurea laudi. «Weichen sollen die Waffen (des Legionärs) vor der Toga (des Bürgers), weichen soll der Lorbeer (des Triumphators) vor dem Lobpreis (des Politikers).» Cicero, De consulatu meo, so von ihm selbst zitiert in: De officiis 1, 22, 77 (in: Morel, Fragmenta Poetarum Latinorum, Cicero, Fragment 16). Zwei weitere Selbstzitate finden sich in der Rede gegen Piso 29, 72 ff., wo Cicero die heftigen Vorwürfe zurückweist, die sein Gedicht über sein Konsulat und besonders dieser eine Vers ausgelöst hatte, und in der 2. Philippischen

Rede 8, 20 (dort nur die erste Hälfte des Hexameters: *Cedant arma togae*). In der unter Sallusts Namen überlieferten «Invektive gegen Cicero», 3, 6 (vgl. die unter Ciceros Namen überlieferte «Invektive gegen Sallust» 2, 7), erscheint der Vers in der auf Ciceros Redekunst anspielenden Fassung: ..., *concedat laurea linguae*, «..., weichen soll der Lorbeer vor der Zunge»; diese vielleicht ursprünglich Ciceronische und dann in den Selbstzitaten zurückgenommene Fassung herrscht in den späteren Zitaten vor; vgl. Plinius der Ältere, Naturgeschichte 7, 117; Quintilian, Lehrbuch der Rhetorik 11, 1, 24; Plutarch, Vergleich des Demosthenes und des Cicero 2; Servius zu Vergil, Aeneis 1, 1. Vgl. besonders das anonym überlieferte Lobgedicht auf Piso («Laus Pisonis») 35f.: *Sic etiam magno iam tunc Cicerone iubente / laurea facundis, cesserunt arma togatis*, «So sind ja auch damals schon auf des großen Cicero Geheiß der Lorbeer den Redegewaltigen, die Waffen den Togabekleideten gewichen».

Cedo maiori. «Ich weiche dem Stärkeren» (eigentlich: «dem Größeren»). Nach Martial, Spectaculorum liber 32: *Cedere maiori virtutis fama secunda est. / Illa gravis palma est, quam minor hostis habet*, «Dem Stärkeren zu weichen, ist (nach dem Sieg) der zweite Ruhm der Tüchtigkeit; schwer ist die Siegespalme (zu ertragen), die der schwächere Gegner (errungen) hat». In den «Disticha Catonis», einer Spruchsammlung der Spätantike, scheinen die Sprüche *Maiori concede!* (oder *Cede maiori; Cede locum maiori; Maiori cede*), «Weiche dem Stärkeren!» (S. 14 Boas), und *Cede loco laesus, fortunae cede potenti!* «Weiche getroffen vom Kampfplatz, weiche dem mächtigen Geschick!» (S. 245 Boas), den Anfang des Martialischen Epigramms aufzunehmen.

Ceterum censeo Carthaginem esse delendam. «Im übrigen beantrage ich, daß Karthago zerstört werden soll.» Nach Plutarch, Cato der Ältere 27, 2: Δοκεῖ δέ μοι καὶ Καρχηδόνα μὴ εἶναι, «Des weiteren stimme ich dafür, daß Karthago nicht bestehen bleiben darf». Wie Plutarch berichtet, pflegte Cato der Ältere bei der im römischen Senat üblichen «Umfrage» (*sententiam rogare* bzw. *dicere*) seinem aktuellen Beschlußantrag zu der jeweils verhandelten Sache regelmäßig den stereotypen Zusatzantrag, «daß Karthago nicht bestehen bleiben dürfe», beizufügen. Die Beharrlichkeit seiner Politik führte schließlich im Jahre seines Todes 149 v. Chr. zum 3. Punischen Krieg gegen Karthago und drei Jahre später 146 v. Chr. zur völligen Zerstörung der mächtigen Rivalin. Die lateinische Fassung des Catonischen Antrags ist in der Antike nicht belegt; ihre – mittelalterliche oder neuzeitliche – Quelle ist nicht nachgewiesen. Der zum festen Begriff erhobene erste Teil des Wortes («Mein, dein, sein *Ceterum censeo*») wird heute vielfach im Sinne eines ständig wiederholten Votums zitiert.

Christianos ad leones! «Die Christen vor die Löwen!» Nach Tertullian, Apologeticum 40, 2 (*ad leonem*, «vor den Löwen»). Der Kirchenvater verwahrt sich dagegen, daß den Christen an allem und jedem Schuld gegeben wird: «Wenn der Tiber die Ufermauern überflutet, wenn der Nil die Fruchtfelder nicht überflutet, wenn der Himmel stehen bleibt, wenn die Erde sich bewegt, wenn eine Hungersnot herrscht, wenn eine Seuche grassiert – sogleich schreit man: ‹Die Christen vor den Löwen!› So viele vor einen?»

Circulus vitiosus. Eigentlich: «Fehlerhafter Kreis», der sogenannte «Zirkelschluß». Die Bezeichnung des «Kreisschlusses» für den Fehlschluß, bei dem die Schlußfolgerung bereits in einer der Prämissen enthalten ist, geht zurück auf Aristoteles, Analytica priora 2, 5. 57 b 18ff. In einem allgemeineren, übertragenen Sinne bezeichnet der Ausdruck heute vielfach den unentrinnbar geschlossenen verderblichen «Teufelskreis» wechselseitig einander verstärkender Mißstände.

(Ego) cogito, ergo sum. «Ich denke, also bin ich.» René Descartes in den lateinisch geschriebenen «Principia philosophiae» (1644), 1. Teil, 7 und 10; vorher bereits in dem französisch geschriebenen «Discours de la Méthode» (1637), 4. Teil, 3 und 5: *Je pense, donc je suis.* Aus dem Zweifel am Sein der Dinge und so aus dem eigenen Denken gewinnt Descartes die unmittelbare Gewißheit des eigenen Seins, da das Sein des Zweifelnden und so des Denkenden selbst keineswegs mehr in Zweifel gezogen werden könne: *Haec cognitio: ‹Ego cogito, ergo sum›, est omnium prima et certissima,* «Diese Erkenntnis: ‹Ich denke, also bin ich›, ist die allererste und die verläßlichste».

Compelle intrare, ut impleatur domus mea. «Nötige sie hereinzukommen, auf daß mein Haus voll werde.» Evangelium nach Lukas 14, 23 Vulgata, am Schluß des Gleichnisses von dem großen Gastmahl. Da die geladenen wohlhabenden Gäste sich wegen anderer Verpflichtungen entschuldigen lassen, schickt der Herr schließlich seinen Knecht aus, die Ärmsten der Armen zu dem großen Gastmahl in sein Haus zu holen.

(Rerum) concordia discors. «(Der Dinge) zwieträchtige Eintracht.» Horaz, Episteln 1, 12, 19. Die paradoxe Horazische Prägung bezieht sich auf die Kosmologie des Empedokles von Akragas, die den Naturprozeß aus einem im Wechsel stärkeren und schwächeren Wirken zweier entgegengesetzter Prinzipien, des vereinigenden der «Liebe» (φιλία) und des entzweienden des «Streites» (νεῖκος), erklärt. Vgl. die Zitate bei Ovid, Metamorphosen, 1, 433 *(discors concordia)*, und Lukan, Bellum civile 1, 98 *(concordia discors)*, und die Umkehrung bei Manilius, Astronomica 1, 142: *discordia concors*, «einträchtige Zwietracht».

(Nam) concordia parvae res crescunt, discordia maximae dilabuntur. «(Denn) durch Eintracht wachsen (selbst) kleine Dinge, durch Zwietracht zerfallen (selbst) die größten.» Sallust, Jugurthinischer Krieg 10, 6. Seneca, Briefe an Lucilius 94, 46, zitiert die Sentenz als ein Leitwort des Marcus Agrippa: *M. Agrippa ... dicere solebat multum se huic debere sententiae: ‹Nam concordia ...›*, «M. Agrippa pflegte zu sagen, viel verdanke er dieser Sentenz: ‹Denn durch Eintracht ...›» Vollends zugespitzt erscheint die Antithese bei Orosius, Historiae adversus paganos 2, 17, 17: *... concordia minimas res crescere, discordia maximas dilabi*, «... daß durch die Eintracht die kleinsten Dinge wachsen, durch Zwietracht die größten zerfallen». Vgl. Publilius Syrus, Sentenzen I 59: *Ibi semper est victoria, ubi concordia est*, «Dort ist immer der Sieg, wo die Eintracht ist».

Consuetudo est quasi altera natura. «Die Gewohnheit ist sozusagen eine zweite Natur.» Nach Cicero, De finibus bonorum et malorum 5, 25, 74: *... deinde consuetudine quasi alteram quandam naturam effici*, «... danach bilde sich durch die Gewohnheit sozusagen eine zweite Natur aus». An die Stelle der *altera natura* tritt in der Spätantike die gleichbedeutende *secunda natura,* so bei Macrobius, Saturnalien 7, 9, 7; Augustin, Contra Iulianum 1, 69; 1, 105; 4, 103; 6, 41; De musica 6, 7, 19. Die Ciceronische Prägung geht auf griechische Vorbilder zurück; vgl. etwa Aristoteles, Rhetorik 1, 11. 1370 a 6: Καὶ γὰρ τὸ εἰθισμένον ὥσπερ πεφυκὸς ἤδη γίγνεται, «Auch das Angewöhnte wird schließlich zu etwas sozusagen Natürlichem», und den bei Stobaios, Anthologie 2, 31, 10, als sprichwörtlich zitierten Tragikervers: Μελέτη χρονισθεῖσ' εἰς φύσιν καθίσταται, «Übung geht, wenn sie lange Zeit gewährt hat, in Natur über» (in: Nauck, Tragicorum Graecorum Fragmenta, Adespota 516).

Contra vim mortis non est medicamen in hortis. «Gegen die Gewalt des Todes gibt es kein Heilkraut in den Gärten» (in dem Sinne: «... ist kein Kraut gewachsen»). Mittelalterliches Sprichwort in der Form eines Leoninischen Hexameters, bei Werner C 103.

Credat Iudaeus Apella, / non ego. «Das glaube der Jude Apella, nicht ich.» Horaz, Satiren 1, 5, 100 f. Die Skepsis des Dichters bezieht sich auf ein in dem apulischen Städtchen Gnat(h)ia zu beobachtendes, noch von Plinius dem Älteren, Naturgeschichte 2, 240, ernsthaft verzeichnetes Naturwunder: Dort sollte ein Stück Holz, das auf einem bestimmten heiligen Stein niedergelegt wurde, unverzüglich von selbst Feuer fangen und verbrennen. Der «Jude Apella», den Horaz hier als Repräsentanten eines solchen leichtfertigen Aberglaubens nennt, ist uns sonst nicht bekannt.

Credo, quia absurdum. «Ich glaube (es), weil es widersinnig (ist).» Vielleicht nach Tertullian, De carne Christi 5, 4: *Et mortuus est Dei filius: credibile est, quia ineptum est,* «Und gestorben ist Gottes Sohn: Das ist eine Sache des Glaubens, weil es in sich widersprüchlich ist». Vgl. das folgende *Credo, ut intellegam.*

Credo, ut intellegam. «Ich glaube, um zu verstehen.» Anselm von Canterbury, Proslogion 1 (in: Migne, Patrologia Latina, Band 158, Spalte 227): *Neque enim quaero intellegere, ut credam; sed credo, ut intellegam,* «Denn ich suche nicht zu verstehen, um zu glauben, sondern ich glaube, um zu verstehen». Das Wort geht letztlich auf Jesaja 7, 9 im Sinne der griechischen Übersetzung der Septuaginta zurück: *Nisi credideritis, non intellegetis,* «Wenn ihr nicht glaubt, werdet ihr nicht verstehen». (Einen anderen Sinn erhält die Stelle in der lateinischen Übersetzung der Vulgata: *Si non credideritis, non permanebitis,* «... werdet ihr nicht fortbestehen».) Vgl. Augustin, De magistro 11, 37: *Quod ergo intellego, id etiam credo; at non omne, quod credo, etiam intellego,* «Was ich also verstehe, das glaube ich auch; aber nicht alles, was ich glaube, verstehe ich auch», und In evangelium Iohannis tractatus 40, 9 (in: Migne, Patrologia Latina, Band 35, Spalte 1690): *Credimus enim, ut cognoscamus, non cognoscimus, ut credamus,* «Denn wir glauben, um zu erkennen; wir erkennen nicht, um zu glauben».

Cui bono? «Wem zum Vorteil?» (in dem Sinne: «Wer konnte aus dem Geschehenen einen Vorteil ziehen?») Cicero, Rede für Sextus Roscius Amerinus 30, 84; Rede für Milo 12, 32; 2. Philippische Rede 14, 35. An der ersten Stelle führt Cicero diese Frage nach dem Nutznießer expressis verbis auf Lucius Cassius, den

Konsul des Jahres 127 v. Chr., zurück, der diese Schlüsselfrage als Richter häufig gestellt habe; an den beiden anderen führt er sie nur noch kurz als die «bekannte Cassianische» Frage ein.

Cuius regio, eius religio. «Wessen das Gebiet, dessen der Glaube» (in dem Sinne: «Wer die Herrschaft über das Gebiet innehat, soll auch Vollmacht über das Bekenntnis haben»). Die einprägsame Formel bezeichnet das im Augsburger Religionsfrieden von 1555 den jeweiligen Landesherren eingeräumte Recht, über das in ihrem Herrschaftsbereich anerkannte katholische oder reformierte Glaubensbekenntnis frei zu entscheiden. Die erst im nachhinein von dem Greifswalder Kanonisten Joachim Stephani geprägte, ganz auf den Gleichklang zwischen den Leitbegriffen *regio* und *religio* gestellte Formel hat die auf dem Reichstag zu Augsburg selbst von den Katholiken durchgesetzte Fassung: *Ubi unus dominus, ibi una religio,* «Wo nur ein einziger Herrscher (ist), da (sei) nur ein einziger Glaube», völlig verdrängt.

Cum tacent, clamant. «Indem sie schweigen, schreien sie.» Cicero, 1. Catilinarische Rede 8, 21. Cicero hatte Catilina aufgefordert, in die Verbannung zu gehen, und deutet das Schweigen des Senats dazu als Zustimmung. Die paradoxe Wendung erscheint im Lateinischen zuerst bei Terenz, Eunuchus 476: *Tacent, satis laudant,* «Sie schweigen, sie loben genug». Einige weitere Abwandlungen: Cicero, 1. Catilinarische Rede 7, 18: *(Patria) quodam modo tacita loquitur,* «(Das Vaterland) spricht auf eine Weise schweigend»; Rede für Sestius 18, 40: *tacendo loqui,* «durch Schweigen sprechen»; Ovid, Ars amatoria 1, 574: *Saepe tacens vocem verbaque vultus habet,* «Oft hat der Schweigende

Stimme und der Gesichtsausdruck Worte». Die lateinische Wendung ist im Griechischen vorgeprägt; vgl. Euripides, Orest 1592 Φησὶ σιωπῶν, «Er spricht schweigend», und Iphigenie bei den Taurern 763 (von einer Schreibtafel): Αὐτὴ φράσει σιγῶσα «Sie selbst wird schweigend sprechen». Vgl. die Rechtsregel *Qui tacet, consentire videtur,* unten S. 145.

De gustibus non est disputandum. «Über den Geschmack läßt sich nicht streiten.» Der Ursprung des Wortes ist nicht nachgewiesen.

De mortuis nil nisi bene. «Über die Toten (soll man) nur im guten Sinne (sprechen)» (*benedicere*, «gut von jemandem sprechen», im Gegensatz zu *maledicere*, «schlecht von jemandem sprechen», in dem Sinne: «Über die Toten soll man immer nur wohlmeinend, niemals übelwollend sprechen»). Die lateinische Version eines Spruches aus dem Kreis der Sieben Weisen. Das griechische Original lautet bei Demosthenes, Rede gegen Leptines 104, dem Athener Solon zugeschrieben: Μὴ λέγειν κακῶς τὸν τεθνεῶτα, und fast gleichlautend bei Diogenes Laërtios, Leben und Lehre der Philosophen 1, 70, dem Spartaner Chilon zugeschrieben: Τὸν τεθνηκότα μὴ κακολογεῖν, «Einem Toten nichts Übles nachreden». Der Ursprung der lateinischen Version ist nicht nachgewiesen. Durchaus anderen Sinn hat das von Cicero, Briefe an Atticus 4, 7, 2, in einer Anspielung zitierte Mahnwort, das Odysseus nach dem Freiermord an Eurykleia richtet, Homer, Odyssee 22, 412: «Nicht gottgefällig ist es, über getötete Männer lauthals zu jubeln.»

De profundis (clamavi ad te, Domine). «Aus der Tiefe (habe ich zu dir gerufen, Herr).» Psalmen 129, 1 Vulgata.

(Haec placuit semel, haec) deciens repetita placebit. «(Dieses Gedicht hat einmal gefallen, dieses) wird auch zehnmal wiedergelesen noch gefallen.» Horaz, Ars poetica 365. Vgl. das in Vers 361 voraufgehende *Ut pictura poesis*, unten S. 184.

Deo volente, nobis viventibus. «Wenn Gott will und wir leben.» Die sogenannte *Condicio Iacobea*, der «Jacobeische Vorbehalt», nach dem Brief des Jacobus 4, 15 Vulgata: *Si Dominus voluerit et si vixerimus, faciemus hoc aut illud*, «Wenn Gott es dann so will und wenn wir dann noch leben, werden wir dieses oder jenes tun».

Deus ex machina. «Der Gott aus der (Bühnen-)Maschine.» Nach Pseudo-Platon, Kleitophon 407 A: ... ὥσπερ ἐπὶ μηχανῆς τραγικῆς θεός, in der lateinischen Übersetzung von Marsilius Ficinus: ... *veluti e machina tragica deus*. Zumal Euripides, der jüngste der drei großen attischen Tragiker, ließ am Schluß seiner Tragödien vielfach einen *Deus ex machina* auftreten, um den verwickelten Handlungsknoten durch den Machtspruch eines Gottes im Sinne des Mythos wieder aufzulösen. Der Schauspieler wurde dabei von einem Bühnenkran an Tragseilen herabgelassen. Platon, Kratylos 425 D, vergleicht die Erklärung der Sprache und der ursprünglichen Bezeichnungen für die Dinge aus einer Setzung der Götter mit dem Verfahren der Tragiker, die, wenn sie irgendwo nicht weiter wissen, «zu den Bühnenmaschinen Zuflucht nehmen und Götter herbeischweben lassen» (ἐπὶ τὰς μηχανὰς καταφεύγουσι θεοὺς αἴροντες). Heute bezeichnet der *Deus ex machina* allgemein einen «unverhofften Retter».

Deus nobis haec otia fecit. «Ein Gott hat uns diese Muße geschaffen.» Vergil, Bucolica 1, 6; der Hirte Tityrus, dessen Besitz von der allgemeinen Landenteignung zugunsten der Bürgerkriegsveteranen verschont geblieben ist, zu dem aus seiner Heimat vertriebenen, nun an ihm vorüber fliehenden Hirten Meliboeus.

(Amici,) diem perdidi. «(Freunde,) ich habe einen Tag vertan.» Sueton, Titus 8, 1: «... und als er (Kaiser Titus) sich an der abendlichen Tafel einmal darauf besann, daß er an diesem ganzen Tage keinem Menschen irgend etwas zugewendet hatte, sprach er jenes denkwürdige und mit Recht gerühmte Wort: ‹Freunde, ich habe einen Tag vertan.›» Ein Zitat findet sich bei Ausonius, Gratiarum actio ad Gratianum imperatorem pro consulatu 16: *Celebre fuit Titi Caesaris dictum perdidisse se diem, quo nihil boni fecerat,* «Berühmt war der Ausspruch des Kaisers Titus, er habe einen Tag verloren, an dem er nichts Gutes getan hatte».

Dies ater. «Schwarzer Tag.» Im römischen Kalender galten zunächst die Tage nach den Iden (dem Vollmond), dann auch die Tage nach den Kalenden (dem Neumond) und den Nonen (also zunächst der 14. bzw. 16., dann auch der 2. und der 6. bzw. 8.) jedes Monats als unheilträchtig, als «schwarze Tage», an denen jedenfalls kultische und staatliche Handlungen, vielfach auch private Vorhaben und Geschäfte vermieden wurden. Die Erklärung der Bezeichnung war schon in der Antike strittig; vgl. dazu Verrius Flaccus bei Gellius, Attische Nächte 5, 17, 2; Macrobius, Saturnalien 1, 16, 22f.

Dies diem docet. «Der eine Tag lehrt den anderen.» Nach Publilius Syrus, Sentenzen D 1: *Discipulus est prioris posterior dies,* «Schüler des voraufgehenden ist der nachfolgende Tag».

Dies irae, dies illa / solvet saeclum in favilla. «Der Tag des Zornes, jener (letzte) Tag, wird die Zeitlichkeit in Asche zerfallen lassen.» Die Anfangsverse der Sequenz der römischen Totenmesse. Die Sequenz wird vielfach dem Franziskaner Thomas von Celano (gestorben um 1260) zugeschrieben, ob zu Recht, bleibt fraglich.

Difficile est saturam non scribere. «Es ist schwer, (darüber) *keine* Satire zu schreiben.» Juvenal, Satiren 1, 30.

Dimidium facti, qui coepit, habet: (Sapere aude, / incipe!) «Die Hälfte des Werkes hat, wer (nur erst) angefangen hat: (Wage es einmal, Vernunft zu üben, fang nur erst an!)» Horaz, Episteln 1, 2, 40f. Der vordere Teil des Hexameters, der mit dem gleichfalls «geflügelten» *Sapere aude* (unten S. 160) schließt, wird durch die Einfügung eines *bene* vielfach zu einem vollständigen Pentameter umgebildet: *Dimidium facti, qui bene coepit, habet*, «... wer (nur erst) gut angefangen hat». Ausonius hat den Horazischen Aufruf in einem witzigen Epigramm (15) wiederaufgenommen: *Incipe! Dimidium facti est coepisse. Superfit / dimidium: rursum hoc incipe et efficies*, «Fang nur erst an! Das ist schon die Hälfte des Werkes. Es bleibt dir / noch eine Hälfte. So fang noch einmal an, und du hast's». – Horaz zitiert an der Stelle ein geläufiges griechisches Sprichwort: Ἀρχὴ ἥμισυ παντός, «Der Anfang ist die Hälfte des Ganzen» (oben S. 11). Eine andere lateinische Version bei Seneca, Briefe an Lucilius 34, 3: *Principia totius operis dimidium occupare dicuntur*, «Die Anfänge nehmen die Hälfte des ganzen Werkes ein, wie man sagt».

Dira Necessitas. «Grause Notwendigkeit.» Horaz, Oden 3, 24. 6.

Disiecta membra poetae. «Die zerstückelten Glieder des Dichters.» Nach Horaz, Satiren 1, 4, 62: ... *disiecti membra poetae*, «... die Glieder des zerstückelten Dichters». Der Augusteische Satirendichter bezeichnet mit der kühnen, an den von rasenden Mänaden zerrissenen mythischen Sänger Orpheus erinnernden Wendung die aus dem Satz- und Versgefüge herausgelösten einzelnen Wörter eines Gedichtes; bei seiner eigenen Satirendichtung und bei der des hundert Jahre älteren Lucilius werde man nicht, wie bei Ennius, in solcher Auflösung die «Glieder des zerstückelten Dichters» wiederfinden.

Divide et impera. «Entzweie und gebiete!» (in dem Sinne: «Entzweie, um zu gebieten!») Die Quelle des Wortes ist nicht nachgewiesen. Wie der Gebrauch von *dividere*, «teilen», in der Bedeutung «entzweien» anzeigt, geht die geflügelte lateinische Fassung nicht auf die römische Antike zurück; sie scheint vielmehr aus dem Mittelalter oder eher aus der Renaissance zu stammen. Eine französische Fassung des Wortes, die vielleicht die ursprüngliche ist, bezeugt Prosper Mérimée, Chronique du règne de Charles IX (1829, Nouvelle édition 1895), Vorrede S. 7, als einen Ausspruch Ludwigs XI. von Frankreich (1461–1483): *C'est Louis XI qui a dit: «Diviser pour règner»*. Die lateinische Fassung *Divide et impera* wird in Italien um das Jahr 1600 bei Traiano Boccalini (1556–1613), La bilancia politica, herausgegeben von L. Dumay (1678), Band I, S. 136, Band II, S. 225, und bei Tommaso Campanella (1568–1639), Della monarchia di Spagna, in der Ausgabe seiner Werke von A. d'Ancona, Band II (1854), S. 163, bereits als eine geläufige politische Maxime angeführt. Thomas Fitzherbert, An sit utilitas in scelere vel de infelicitate principis Macchiavellani (1610), S. 79, zitiert neben und vor dieser geflügelten lateinischen Fassung noch die folgende, seither verdrängte: *Si vis regnare, divide,* «Wenn du herrschen willst, entzweie!» Der alte Goethe hat dem sprichwörtlichen *Divide et impera* in seinen «Sprüchen» eine neugeprägte Antithese gegenübergestellt: «‹Entzwei' und gebiete!› Tüchtig Wort; / verein' und leite! Bessrer Hort.»

Dixi et salvavi animam meam. «Ich habe gesprochen und meine Seele gerettet.» Nach Ezechiel 3, 19 Vulgata: *Tu autem animam tuam liberasti,* «Du aber hast deine Seele befreit». Der Prophet berichtet von der an ihn ergangenen Mahnung Gottes, einen jeden Frevler zunächst zu verwarnen; wenn dieser daraufhin auch nicht von seinem Frevel ablasse, so habe er damit doch seine Seele gerettet.

Do (tibi), ut des. «Ich gebe (dir etwas), damit du (mir dafür wieder etwas) gibst.» Die einprägsame Formel erscheint bei Paulus im Corpus iuris civilis, Digesten 19, 5, 5, am Anfang, zur Bezeichnung des Kaufs und des Verkaufs von Waren gegen Geld und des Austauschs von Waren untereinander, neben entsprechenden Formeln für den Austausch von Geld oder Waren gegen Dienstleistungen und solchen untereinander: *Aut enim do tibi, ut des, aut do, ut facias, aut facio, ut des, aut facio, ut facias,* «Denn entweder gebe ich dir, damit du gibst, oder ich gebe, damit du leistest, oder ich leiste, damit du gibst, oder ich leiste, damit du leistest».

Docendo discimus. «Durch Lehren lernen wir.» Nach Seneca, Briefe an Lucilius 7, 8: *Homines dum docent, discunt,* «Indem die Menschen lehren, lernen sie». Die Stelle hat Bezug auf den Charakter, nicht auf den Intellekt: «Verkehre mit denen, die dich besser machen können; laß die an dich heran, die du besser machen kannst. Wechselseitig sind diese Wirkungen, und indem die Menschen lehren, lernen sie.» Vgl. Ambrosius, De officiis ministrorum 1, 1, 4: *Discendum igitur mihi simul et docendum est*, «Ich muß also lernen und zur gleichen Zeit lehren».

Donec eris sospes, multos numerabis amicos; / (tempora si fuerint nubila, solus eris). «Solange du noch unversehrt bist, wirst du viele Freunde zählen; (wenn die Zeiten einmal trübe geworden sind, wirst du allein sein).» Ovid, Tristien 1, 9, 5f.; eine bittere Sentenz aus dem einsamen Exil des Dichters in Tomi (heute Constanţa) am Schwarzen Meer.

Ducunt volentem fata, nolentem trahunt. «Den Willigen führt das Schicksal, den Widerwilligen zerrt es.» Seneca, Briefe an Lucilius 107, 11. Das Geflügelte Wort bildet den Schlußvers in einer Reihe von fünf feierlich gestimmten an Jupiter als den «Vater und Herrscher des hohen Himmels» gerichteten jambischen Trimetern, die Seneca als Verse des griechischen Stoikers Kleanthes von Assos in einer eigens dazu gefertigten lateinischen Übersetzung anführt. Der griechische Originaltext der ersten vier Verse ist am Schluß des Epiktetischen «Handbüchleins» zitiert, wie die anderen drei Leitworte dort ohne Nennung eines Autors (Epiktet, Handbüchlein 53; der erste Vers auch: Diatriben 2, 23, 42; alle Verse in: von Arnim, Stoicorum Veterum Fragmenta, Kleanthes, Fragment 527). Augustin, De civitate Dei 5, 8, zitiert die fünf lateinischen Verse aus den «Briefen an Lucilius» wohl irrtümlich als Verse Senecas: «Diese Verse stammen, wenn ich mich nicht täusche, von Annaeus Seneca.» Manches spricht dafür, daß der durch die Symmetrie der Wortstellung und den

Gleichklang der Endungen ausgezeichnete fünfte Vers eine pointierte Prägung des römischen Autors ist.

(Misce stultitiam consiliis brevem:) / Dulce est desipere in loco. «(Mische kurze Torheit in dein kluges Planen:) Eine Wonne ist es, unvernünftig zu sein, wo es am Platze ist.» Horaz, Oden 4, 12, 27f., die Schlußverse der Ode. Vgl. das von Seneca, De tranquillitate animi 17, 10, als das Wort eines griechischen Dichters angeführte *Aliquando et insanire iucundum est*, «Zuweilen ist auch unvernünftig zu sein eine Lust», dazu das hier vielleicht zitierte griechische Dichterwort aus Menanders Komödie «Polumenoi», Fragment 354 Körte: Οὐ πανταχοῦ τὸ φρόνιμον ἁρμόττει παρόν· / καὶ συμμανῆναι δ' ἔνια δεῖ, «Nicht überall kommt das Vernünftige zupaß; man muß in manchem auch mit anderen rasen», sowie schließlich die Mahnung aus den «Disticha Catonis» 2, 18, 1: *Insipiens esto, cum tempus postulat ipsum*, «Sei auch einmal unvernünftig, wenn die Stunde selbst es fordert».

Dulce et decorum est pro patria mori. «Beglückend und ehrenvoll ist es, für das Vaterland zu sterben.» Horaz, Oden 3, 2, 13. Nach Tyrtaios, Fragment 6, 1f. (in: Diehl, Anthologia Lyrica Graeca): Τεθνάμεναι γὰρ καλὸν ἐνὶ προμάχοισι πεσόντα / ἄνδρ' ἀγαθὸν περὶ ἧι πατρίδι μαρνάμενον, «Denn das Sterben ist schön, wenn einer in vorderster Reihe fällt, während er als tapferer Krieger für sein Vaterland kämpft».

Dum Roma deliberat, Saguntum perit. «Während Rom berät, geht Sagunt verloren.» (Auch in der Fassung: *Senatu deliberante Saguntum perit*, «Während der Senat berät, geht Sagunt verloren».) Nach Livius, Ab urbe condita 21, 7, 1: *Dum ea Romani pa-*

rant consultantque, iam Saguntum summa vi oppugnabatur, «Während die Römer sich so noch rüsteten und berieten, wurde Sagunt bereits mit äußerster Kraft bestürmt». Als der karthagische Feldherr Hannibal im Frühjahr 219 v. Chr. die Ibererstadt Sagunt (nördlich des heutigen Valencia) angriff, unterließen die Römer ungeachtet eines erst kurz zuvor geschlossenen Freundschaftsvertrags jede Hilfeleistung für die Stadt. Nach achtmonatiger Belagerung fiel Sagunt im Spätherbst des gleichen Jahres in die Hände der Karthager; sein Fall und der anschließende Vorstoß Hannibals über den Ebro im Frühjahr 218 v. Chr. führten schließlich zum 2. Punischen Krieg und den katastrophalen römischen Niederlagen am Trasimenischen See (217 v. Chr.) und bei Cannae (216 v. Chr.). Vgl. den Schreckensruf *Hannibal ante portas*, unten S. 86.

Dum spiro, spero. «Solange ich atme, hoffe ich.» Die Quelle des Wortspiels ist nicht nachgewiesen; der Gedanke findet sich bei Cicero, Briefe an Atticus 9, 10, 3: *Ut aegroto, dum anima est, spes esse dicitur, sic ego, quoad Pompeius in Italia fuit, sperare non destiti,* «Wie man sagt, daß ein Kranker, solange er Atem hat, Hoffnung hat, so habe ich, solange Pompeius noch in Italien stand, zu hoffen nicht aufgehört». Vgl. Priapea 80, 9: *Dum vivis, sperare decet,* «Solange du lebst, darfst du hoffen»; ganz ähnlich der bei Seneca, Briefe an Lucilius 70, 6, angeführte Ausspruch eines menschenunwürdig eingekerkerten Rhodiers: *Omnia ... homini, dum vivit, speranda sunt,* «Alles ... ist für einen Menschen, solange er lebt, noch zu erhoffen».

Duo cum faciunt idem, non est idem. «Wenn zwei (Menschen) dasselbe tun, ist es (deswegen noch) nicht dasselbe.» Nach Terenz, Brüder 821 ff.: *Multa in homine … / signa insunt, ex quibus coniectura facile fit, / duo quom idem faciunt saepe, ut possis dicere: / ‹hoc licet impune facere huic, illi non licet›, / non quo dissimilis res sit, sed quo is, qui facit,* «Viele Anzeichen sind an einem Menschen (zu erkennen), aus denen die Mutmaßung leicht wird, wenn zwei – wie oft – dasselbe tun, daß du dann sagen kannst: ‹Das kann dieser hier ungestraft tun, jener dort kann es nicht›, nicht etwa weil die Sache anderer Art ist, sondern der Mensch, der sie tut». Vgl. Terenz, Heautontimorumenos 797: *Aliis si licet, tibi non licet,* «Wenn es anderen erlaubt ist, ist es dir (deswegen noch) nicht erlaubt», und den mittelalterlichen Reimspruch *Quod licet Iovi, non licet bovi,* unten S. 150.

Ecce homo! «Seht, (da ist) der Mensch!» Evangelium nach Johannes 19, 5 Vulgata; Pontius Pilatus zu den vor seinem Palast versammelten Juden, auf den von den Soldaten gegeißelten und zum Spott als «König der Juden» begrüßten, mit der Dornenkrone und dem Purpurmantel geschmückten Jesus weisend.

Eheu – fugaces, Postume, Postume, / labuntur anni . . . «Eheu – flüchtig, Postumus, Postumus, gleiten die Jahre dahin . . .» Horaz, Oden 2, 14, 1 f.

Epistula (enim) non erubescit. «(Denn) ein Brief errötet nicht.» Cicero, Briefe an die Freunde 5, 12, 1. Der im Juni des Jahres 56 v. Chr. geschriebene, an den langjährigen, engvertrauten Freund Lucius Lucceius gerichtete Brief beginnt: «Eine Sache, die ich viele Male von Angesicht zu Angesicht mit dir hatte besprechen wollen – eine merkwürdige fast etwas bäuerische Scham hat mich immer wieder davor zurückschrecken lassen –, möchte ich dir heute aus der größeren Entfernung mit um so größerer Kühnheit vortragen; denn ein Brief errötet nicht.» Cicero bittet den Freund, der damals noch an einer Geschichte des Bundesgenossenkrieges und des römischen Bürgerkrieges arbeitete, um eine Verherrlichung seines politischen Wirkens in einer historischen Monographie, die von der Niederschlagung der Catilinarischen Verschwörung gegen Ende seines Konsulatsjahres 63 v. Chr. bis zu seiner Rückberufung aus dem Exil im Herbst des Jahres 57 v. Chr. reichen sollte. Vgl. Ambrosius, De virginibus 1, 1, 1: *Liber enim non erubescit,* «Denn ein Buch errötet nicht»; Historia Apollonii regis Tyrii 20: *Per ceram mandavi, quae ruborem non habet,* «Durch Wachs (wachsüberzogene Schreibtäfelchen) habe ich den Auftrag erteilt, das kein Erröten kennt».

Ergo bibamus! «Also trinken wir!» Die trinkfreudige Schlußfolgerung ist Überschrift und Kehrreim eines Goetheschen Trinkliedes: «Hier sind wir versammelt zu löblichem Tun; / Drum, Brüderchen! *Ergo bibamus!* ...» Die erste Anregung zu dem bekannten Lied ist ausgegangen von der in Goethes «Farbenlehre» (Polemischer Teil, § 391) angeführten Anekdote, wonach der Pädagoge Johannes Bernhard Basedow (1724–1790) «stets zu behaupten pflegte, die Konklusion *Ergo bibamus!* passe zu allen Prämissen», und so bei schönem wie bei häßlichem Wetter, in guter wie in schlechter Gesellschaft stets zu der gleichen Schlußfolgerung kam. Friedrich Wilhelm Riemer, dem Goethe diese hübsche Anekdote diktierte, entdeckte in der Basedowschen Konklusion den Refrain eines Trinkliedes und ließ sich von Goethe zu einem poetischen Versuch damit ermuntern (Riemer, Mitteilungen über Goethe, herausgegeben von A. Pollmer, 1921, S. 363f.). Seinem eigenen Lied hat Goethe später die Strophenform des Riemerschen Liedes zugrunde gelegt. Die Basedowsche Schlußfolgerung *Ergo bibamus!* scheint freilich schon im Mittelalter geläufig gewesen zu sein.

Eritis sicut deus scientes bonum et malum. «Ihr werdet sein wie Gott und wissen, was gut und böse ist.» 1. Mose 3, 5 Vulgata; die Schlange zu Eva.

Errare humanum est. «Irren ist menschlich.» Die heute geläufige knappe Fassung des Geflügelten Wortes ist aus der Antike nicht überliefert; sie geht zurück auf Prägungen wie bei Hieronymus, Briefe 57, 12: ... *quia et errasse humanum est et confiteri errorem prudentis,* «... weil sowohl geirrt zu haben menschlich ist als auch den Irrtum einzugestehen klug», oder Augustin, Predigten 164, 10, 14 (in: Migne, Patrologia Latina, Band 38, Spalte 901 f.): *Humanum fuit errare, diabolicum est per animositatem in errore manere,* «Menschlich war es zu irren, teuflisch ist es, leidenschaftlich im Irrtum zu verharren». Der Gedanke ist griechischen Ursprungs; vgl. besonders Theognis, Elegeia 327f.: Ἁμαρτωλαὶ γὰρ ἅμ' ἀνθρώποισι ἕπονται / θνητοῖς, «Denn Verfehlungen folgen den Menschen, den sterblichen, auf dem Fuße»; Sophokles, Antigone 1023f.: Ἀνθρώποισι γὰρ / τοῖς πᾶσι κοινόν ἐστι τοὐξαμαρτάνειν, «Denn den Menschen, ihnen allen, ist gemeinsam, daß sie sich verfehlen»; Menander, Phanion, Fragment 432 Körte: Ἄνθρωπος ὢν ἥμαρτον· οὐ θαυμαστέον, «Als ein Mensch, der ich bin, habe ich mich verfehlt – kein Grund, sich darüber zu verwundern». Mit der griechischen Komödie kommt der Gedanke nach Rom; vgl. zum Beispiel Terenz, Brüder 579: *Censen hominem me esse? Erravi,* «Glaubst du, daß ich ein Mensch bin? Ich habe mich geirrt»; Cicero, 12. Philippische Rede 2, 5: *Cuiusvis hominis est errare, nullius nisi insipientis perseverare in errore,* «Jeder beliebige Mensch kann sich irren, doch nur ein unkluger wird auf seinem Irrtum beharren»; Briefe an Atticus 13, 21 a, 2: *Possum falli, ut homo,* «Ich kann mich irren, als Mensch (der ich bin)»; Thrasea Paetus bei Plinius dem Jüngeren, Briefe 8, 22: *Qui vitia odit, homines odit,* «Wer die Fehler nicht will, will die Menschen nicht»; Plinius der Jüngere, Briefe 9, 12: *Non omnes homines aliquo errore ducun-*

tur? «Lassen sich nicht alle Menschen von irgendeinem Irrtum leiten?» Vgl. auch *Quandoque bonus dormitat Homerus,* unten S. 144.

Est modus in rebus, sunt certi denique fines, / (quos ultra citraque nequit consistere rectum). «Es gibt ein Maß in den Dingen, es gibt letztlich feste Grenzen, (jenseits deren und diesseits deren das Richtige nicht bestehen kann).» Horaz, Satiren 1, 1, 106.

Est quaedam flere voluptas. «Es gibt eine Lust zu weinen.» Ovid, Tristien 4, 3, 37.

Et in Arcadia ego. «Auch in Arkadien ich» (ursprünglich in dem Sinne: «Auch in dem weltfernen, glücklichen Arkadien bin ich, der Tod, zugegen»). Die Quelle des Wortes ist nicht nachgewiesen. Die frühesten Belege finden sich hier einmal nicht in der Literatur, sondern in der Bildenden Kunst: auf einem Gemälde Guercinos (1591–1666) in Rom als Inschrift auf einem Mauerstück, auf dem ein Totenkopf liegt, und auf zwei Gemälden Poussins (1594–1665) in Chatsworth und in Paris als Inschrift auf einem Sarkophag und auf einer Grabstätte. Das gebirgige Arkadien im Innern der Peloponnes war durch Vergils Hirtendichtung, die «Bucolica» oder «Eklogen», zu einer erhöhten und verklärten, der Musenkunst geweihten Glückslandschaft geworden. Auch in diesem entrückten, glücklichen Arkadien, so der ursprüngliche Sinn, ist der Tod zugegen. Doch bereits seit dem späten 17. und vollends seit dem 18. Jahrhundert wird nicht mehr der Tod selbst, sondern – im Widerspruch zur Wortfolge – der Tote oder überhaupt der Mensch als der Sprechende verstanden: «Auch ich in Arkadien», und nunmehr in dem Sinne:

«Auch ich habe das Glück genossen» oder doch: «Auch ich bin zum Glück geboren». So sagt Schiller in seinem Gedicht «Resignation» am Anfang: «Auch ich war in Arkadien geboren», und so setzt Goethe über seine «Italienische Reise» das Motto: «Auch ich in Arkadien!»

Et tu, Brute? «Auch du, Brutus?» Nach dem in griechischer Sprache angeführten Zitat bei Sueton, Caesar 82, 2, und einem gleichlautenden Zitat bei Cassius Dio, Römische Geschichte 44, 19, 5: Καὶ σύ, τέκνον; «Auch du, mein Sohn?» Sowohl Sueton in seiner Biographie als auch Cassius Dio in seinem Geschichtswerk erwähnen Berichte, nach denen Caesar bei seiner Ermordung am 15. März (den «Iden des März») 44 v. Chr., als auch der von ihm geradezu väterlich geförderte Marcus Brutus die Waffe gegen ihn erhob, diesen in griechischer Sprache mit den Worten «Auch du, mein Sohn?» angerufen habe. Beide Gewährsleute bestreiten jedoch die Authentizität dieses Zitats und halten ausdrücklich fest, daß Caesar unter den Dolchstößen der dreiundzwanzig Verschwörer zusammengebrochen sei, ohne ein einziges Wort, ja fast ohne einen Laut vernehmen zu lassen. Caesar hatte dem etwa fünfzehn Jahre jüngeren Marcus Brutus im Jahre 47 v. Chr. die Provinz Gallia Cisalpina übertragen, ihn für dieses Jahr 44 zum Prätor wählen lassen und ihm für das Jahr 41 das Konsulat in Aussicht gestellt.

Ex nihilo nihil. «Aus nichts (wird) nichts.» Nach Wendungen wie bei Lukrez, De rerum natura 1, 155f.: ... *nil posse creari / de nihilo*, «... daß nichts aus nichts geschaffen werden kann», bei Persius, Satiren 3, 83f.: ... *gigni / de nihilo nihilum, in nihilum nil posse reverti*, «... daß nichts aus nichts erzeugt werden, in nichts nichts zurückkehren kann», und bei Boëthius, De consolatione philosophiae 5, 1: *Nam nihil ex nihilo exsistere vera sententia est,* «Denn daß nichts aus nichts hervorgehen kann, ist ein wahrer Satz». Das Prinzip geht auf die frühen griechischen «vorsokratischen» Kosmologen zurück; in seiner «Physik», 1, 4. 187 a 27 ff., spricht Aristoteles von der «allgemeinen Überzeugung der Naturphilosophen, daß nichts aus dem Nicht-Seienden entstehen könne».

Ex oriente lux. «Aus dem Osten (kommt) das Licht.» Vielleicht nach Matthäus 2, 2 Vulgata, wo die «Mager» aus dem Osten nach dem «König der Juden» fragen und erklären: *Vidimus enim stellam eius in oriente,* «Denn wir haben seinen Stern im Osten gesehen».

Ex ungue leonem (pingere). «Nach der Klaue den Löwen (malen).» Die lateinische Version des griechischen Sprichworts Ἐξ ὄνυχος τὸν λέοντα γράφειν. Die Bedeutung der Redensart erhellt aus Lukian, Hermotimos 54: Der Bildhauer Phidias habe aus der bloßen Klaue eines Löwen auf die Größe des ganzen Tieres schließen können; derart lasse sich auch sonst vielfach aus einem gegebenen Teil das unbekannte Ganze erschließen. Erstmals bezeugt ist die sprichwörtliche Wendung bei Sophron, Mimoi, Fragment 110 (in: Kaibel, Comicorum Graecorum Fragmenta, Band I, S. 172): Ἐκ τοῦ ὄνυχος γὰρ τὸν λέοντα ἔγραψεν, «Denn nach der Klaue hat er den Löwen gemalt». Plutarch, De defectu oraculorum 3, 410 C, führt den Ausdruck auf Alkaios zurück. Die Quelle der lateinischen Version ist nicht nachgewiesen. Heute wird die Redewendung vielfach zitiert in dem Sinne einer Vorausdeutung von dem Anfang auf das Ende einer Entwicklung.

Exegi monumentum aere perennius. «Geschaffen habe ich ein Denkmal, (das) dauerhafter (ist) als Bronze.» Horaz, Oden 3, 30, 1. Der Anfangsvers des Schlußstückes der im Jahre 23 v. Chr. veröffentlichten, die Bücher 1–3 umfassenden Erstausgabe der Horazischen Oden. Aus der zweiten Strophe der gleichen Ode stammt das gleichfalls geflügelte *Non omnis moriar*, unten S. 118.

Exoriare aliquis nostris ex ossibus ultor. «Mögest du (einst), irgendeiner, aus unseren Gebeinen als Rächer erstehen.» Vergil, Aeneis 4, 625. Die von Aeneas verlassene, zum Flammentod entschlossene Dido verflucht den Geliebten und ruft ihre Nachfahren, die Karthager, zu unversöhnlicher Erb- und Erzfeindschaft gegen die Römer, die Nachfahren des Aeneas, auf; die beschwörende Anrufung eines zukünftigen Rächers deutet voraus auf Hannibal, der den Römern im 2. Punischen Krieg in den Schlachten am Trasimenischen See im Jahre 217 und bei Cannae im Jahre 216 v. Chr. vernichtende Niederlagen zugefügt hat; vgl. den Schreckensruf *Hannibal ante portas*, unten S. 86.

Experto credite. «Glaubt es (einem), der es erprobt hat!» Vergil, Aeneis 11, 283. Der in Italien ansässig gewordene Grieche Diomedes zu den Gesandten des Königs Latinus, die ihn als Bundesgenossen gegen den nach langer Irrfahrt in Latium gelandeten Trojaner Aeneas gewinnen wollen; Diomedes erinnert an seinen Zweikampf mit Aeneas vor Troja (vgl. Homer, Ilias 5, 432 ff.) und rät den Latinern zu einem Bündnis mit den Trojanern. Vgl. bereits Cicero, Topica 19, 74: *Plerumque enim creditur eis, qui experti sunt*, «Denn meistens wird denen Vertrauen erwiesen, die eigene Erfahrung haben». Eine Reihe von Zitaten des Vergilischen *Experto credite* bei Otto, Nr. 615.

Extra ecclesiam nulla salus. «Außerhalb der Kirche (gibt es) kein Heil.» Nach Cyprian, Briefe 73, 21 (in: Migne, Patrologia Latina, Band 3, Spalte 1169): … *quia salus extra ecclesiam non est,* «… weil es Heil außerhalb der Kirche nicht gibt». Der Bischof von Karthago begründet so seine Forderung, diejenigen reumütigen Ketzer, die wieder in die christliche Gemeinde zurückkehren wollten, noch einmal zur Taufe zuzulassen. Vgl. die entsprechende Formel des gleichen Kirchenvaters *Habere non potest deum patrem, qui ecclesiam non habet matrem,* «Der kann Gott nicht zum Vater haben, der die Kirche nicht zur Mutter hat».

Facies Hippocratica. «Hippokratisches Gesicht.» Das von dem nahe bevorstehenden Tod gezeichnete Gesicht eines Sterbenden, so genannt nach seiner klassischen Beschreibung bei Hippokrates, Prognostikon 2.

Fama crescit eundo. «Das Gerücht wächst im Laufen.» Nach Vergil, Aeneis 4, 174f.: *Fama ...: / mobilitate viget viresque adquirit eundo,* «Das Gerücht ...: / von der Beweglichkeit lebt es, und Kräfte gewinnt es im Laufen».

Favete linguis! «Begünstigt (die Kulthandlung) mit euren Zungen!» (in dem Sinne: «... indem ihr sie stillehaltet»). Horaz, Oden 3, 1, 2 (am Anfang der ersten der sechs sogenannten «Römeroden», im Anschluß an den Eingangsvers *Odi profanum volgus et arceo,* unten S. 124). Bei offiziellen, öffentlichen Opfern gebot ein Herold mit dem Ruf *Favete linguis!* Schweigen, um eine Störung der Feier durch ein unbedachtes ominöses Wort auszuschließen. Seneca, De vita beata 26, 7, erklärt: «Dieses Wort leitet sich nicht, wie die meisten meinen, von der ‹Gunst› *(a favore)* her, sondern befiehlt Schweigen, damit die Opferhandlung nach den Kultgebräuchen vollzogen werden kann, ohne daß ein ungutes Wort sie etwa unterbräche.» Vgl. Cicero, De divinatione 1, 45, 102; 2, 40, 83; Ovid, Fasti 2, 654; Plinius der Ältere, Naturgeschichte 28, 11. Donatus zu Terenz, Andria 24, stellt dem Aufruf *Favete linguis!* den gleichbedeutenden *Favete verbis!* zur Seite.

Felix, qui potuit rerum cognoscere causas / (atque metus omnis et inexorabile fatum / subiecit pedibus strepitumque Acherontis avari). «Glücklich, der es vermochte, die Urgründe des Seienden zu erkennen, (und der so alle Ängste und das unerbittliche Schicksal seinen Füßen unterwarf und das Waffenrasseln des raffgierigen Acheron).» Vergil, Georgica 2, 490ff. Eine Glücklichpreisung des epikureischen Naturwissenschaftlers, der in der Erkenntnis der «Urgründe des Seienden» die Befreiung von Lebensangst und Todesfurcht findet. Die bildhafte, drastische Prägung *subiecit pedibus* verweist auf das Proömium des Lukrezischen Lehrgedichts «De rerum natura», 1, 78f.: *Quare religio pedibus subiecta vicissim / obteritur ...*, «Dadurch wird die Götterverehrung, den Füßen unterworfen, nun ihrerseits niedergetreten ...».

Festina lente! «Eile gemächlich!» (im Sinne von: «Eile mit Weile»). Die lateinische Version der griechischen Maxime Σπεῦδε βραδέως, die Kaiser Augustus häufig zitierte (Sueton, Augustus 25, 4; Polyainos, Strategika 8, 24; Gellius, Attische Nächte 10, 11, 5). Neben diese griechische Maxime des Augustus stellt Sueton eine sinnverwandte lateinische: *Sat celeriter fieri, quidquid fiat satis bene*, «Schnell genug geschehe, was nur gut genug geschehe».

Fiat iustitia, et pereat mundus. «Die Gerechtigkeit soll ihren Lauf nehmen, und gehe die Welt darüber zugrunde.» Johannes Manlius, Loci communes (1563), Band II, S. 290, führt die trotzige Maxime als Wahlspruch Kaiser Ferdinands I. (1556–1564) an. Vgl. Martin Luther, 2. Predigt über den 110. Psalm (Weimarer Ausgabe, Werke, Band 37, S. 138, Zeile 7). Das Wort erscheint auch in der Form: *Fiat iustitia, et ruat caelum,* «Die Gerechtigkeit soll ihren Lauf nehmen, und breche der Himmel darüber zusammen».

Fiat lux! «Es werde Licht!» Aus der alttestamentlichen Schöpfungsgeschichte, 1. Buch Mose, Genesis 1, 3 Vulgata.

Fide, sed cui, vide! «Trau, schau, wem!» Die Quelle des lateinischen und dann auch deutschen Wortspiels ist nicht nachgewiesen.

Filia hospitalis. «Die Tochter der Wirtsleute.» Aus dem Kehrreim des Studentenliedes «O wonnevolle Jugendzeit» von Otto Kamp: «... und doch ist nichts *aequalis* / der *filia hospitalis*», «... und doch ist nichts vergleichbar der Tochter der Wirtsleute».

Forsan et haec olim meminisse iuvabit. «Vielleicht wird auch die Erinnerung hieran uns einst noch ein Trost sein.» Vergil, Aeneis 1, 203; der aus dem untergegangenen Troja flüchtige, aus dem von Juno erregten Seesturm gerettete Aeneas zu seinen Gefährten, im Anschluß an eine Erinnerung an früher bereits durchstandene «noch größere» Gefährdungen wie die Vorbeifahrt zwischen Skylla und Charybdis und an dem Kyklopenfelsen und im Ausblick auf später bis zur glücklichen Ansiedlung in Latium noch zu erwartende Mühen und Kämpfe. Vgl. das sprichwörtliche *Iucundi acti labores,* unten S. 96.

Fortes Fortuna adiuvat. «Den Mutigen hilft das Glück» oder: «... die Glücksgöttin». In dieser Form erscheint das ursprünglich griechische Sprichwort im Lateinischen zuerst bei Terenz,

Phormio 203, später bei Cicero, Tuskulanische Gespräche 2, 4, 11: *Fortes enim non modo Fortuna adiuvat, ut est in vetere proverbio, sed multo magis ratio, ...,* «Denn den Mutigen hilft nicht nur das Glück, wie es in dem alten Sprichwort heißt, sondern noch viel mehr die Vernunft, ...». Vgl. Plinius der Jüngere, Briefe 6, 16, 11, wo der ältere Plinius das Sprichwort angesichts des Vesuvausbruchs anführt. Eine erste Anspielung auf diese Fassung findet sich bereits bei Plautus, Poenulus 972 f.: *Quin tu insistis fortiter? / Aliqua Fortuna fuerit adiutrix tibi,* «Warum bestehst du nicht mutig (auf deiner Sache)? Irgendein Glückszufall mag dir dabei ein Helfer sein». Daneben erscheinen eine Reihe von Abwandlungen: Ennius, Fragmente der Annalen, Vers 257 Vahlen: *Fortibus est Fortuna viris data,* «Tapferen Männern ist das Glück gegeben»; Vergil, Aeneis 10, 284: *Audentes Fortuna iuvat,* «Den Wagemutigen hilft das Glück»; Ovid, Metamorphosen 10, 586: *Audentes deus ipse iuvat,* «Den Wagemutigen hilft der Gott selbst»; Tibull, Elegien 1, 2, 16: *Audendum est: Fortes adiuvat ipsa Venus,* «Man muß etwas wagen: Den Mutigen hilft Venus selbst». Als Zeugen für den griechischen Ursprung des «alten Sprichworts» seien hier noch angeführt Euripides, Fragment 432, 1 Nauck: Τῷ γὰρ πονοῦντι καὶ θεὸς συλλαμβάνει, «Denn dem Mann, der sich (selbst) bemüht, kommt auch der Gott zu Hilfe», und Menander, Fragment 494 Körte: Τόλμῃ δικαίᾳ καὶ θεὸς συλλαμβάνει, «Einem Wagemut, der das Recht für sich hat, kommt auch der Gott zu Hilfe». Weitere Belege bei Otto, Nr. 702; vgl. Werner A 138 und 140.

Fortiter in re, suaviter in modo. «Beharrlich in der Sache, gewinnend in der Form.» Nach dem jesuitischen Ordensgeneral Claudio Aquaviva, Industriae ad curandos animae morbos (1606),

2, 1: ... *ut et fortes in fine consequendo et suaves in modo ac ratione assequendi simus,* «... daß wir (die Herrschenden) ebenso beharrlich seien in der Verfolgung des Ziels wie gewinnend in der Art und Weise, es zu erreichen».

(Sed fugit interea), fugit inreparabile tempus. «(Aber es flieht unterdessen), es flieht die unwiederbringliche Zeit.» Vergil, Georgica 3, 284, im Übergang von der ersten zur zweiten Hälfte des Buches. Vgl. Aeneis 10, 467: *Stat sua cuique dies, breve et inreparabile tempus / omnibus est vitae,* unten S. 170.

Fuimus Troes, (fuit Ilium et ingens / gloria Teucrorum). «Gewesen sind wir Troer, (gewesen ist Ilium und der ungeheure Ruhm der Teukrer).» Vergil, Aeneis 2, 325f.; der Priester Panthus angesichts der brennenden Vaterstadt zu Aeneas. Ilium – daher auch die Homerische «Ilias» – ist ein anderer Name für Troja; Teukrer heißen die Trojaner nach Teukros, dem ersten König des Landes.

Furor Teutonicus. «Teutonisches Wüten.» Nach Lukan, Bellum civile 1, 255f.: ... *cursumque furoris / Teutonici,* «... und den Lauf des teutonischen Wütens». Die Teutonen, ein germanischer Volksstamm, zogen im späten 2. Jahrhundert v. Chr. von Jütland nach Gallien und wurden im Jahre 102 v. Chr. bei Aquae Sextiae (heute Aix-en-Provence) von Gaius Marius vernichtend geschlagen.

Gallia est omnis divisa in partes tres, ... «Gallien ist als Ganzes in drei Teile gegliedert, (von denen einen die Belger bewohnen, einen anderen die Aquitaner, den dritten die Völker, die in ihrer eigenen Sprache Kelten, in unserer Gallier genannt werden).» Caesar, Gallischer Krieg 1, 1, 1.

Gaudeamus igitur, iuvenes dum sumus. «Freuen wir uns also, solange wir jung sind.» Der Anfangsvers eines vielgesungenen Studentenliedes von Chr. W. Kindleben.

Gradus ad Parnassum. «Stufe zum Parnaß.» Der zum Aufstieg auf den Musenberg verlockende, Musenkuß und Dichterlorbeer verheißende Titel einer im späten 17. Jahrhundert von dem Jesuiten Paul Aler herausgegebenen alphabetisch geordneten Materialiensammlung für das Dichten in lateinischer Sprache, vornehmlich in epischen Hexametern und elegischen Distichen, ist in der Folge zum lexikographischen Terminus technicus geworden. Ein solcher «Gradus ad Parnassum» für die lateinische und dann auch die griechische Dichtersprache bietet dem angehenden Musenjünger über die Angabe von Vokallängen und -kürzen hinaus eine reiche Auswahl poetischer Synonyme und Metaphern, geläufiger Wortverbindungen und als Versatzstücke geeigneter Halb- und Viertelverse. – Der Parnaß in Phokis war durch ein Apollonheiligtum zum Musenberg geworden.

Graeca non leguntur. «Griechisches wird nicht gelesen.» Mit dieser stereotypen Notiz übergingen die – des Griechischen durchweg nicht mehr kundigen – mittelalterlichen Glossatoren und Kommentatoren des Corpus iuris civilis regelmäßig und wie selbstverständlich griechische Textpartien, für die keine lateinische Übersetzung vorlag: Die griechische Weltsprache des byzantinischen Reiches wurde im lateinischen Westen nicht mehr verstanden. – Ciceros bittere Bemerkung in der Rede für Archias 10, 23: *Graeca leguntur in omnibus fere gentibus, Latina suis finibus exiguis sane continentur,* «Griechisch Geschriebenes wird in nahezu allen Ländern, bei allen Völkern gelesen; lateinisch Geschriebenes ist ganz auf sein eigenes kleines Sprachgebiet beschränkt», kommt als Quelle für dieses *Graeca non leguntur* wohl kaum in Frage.

Gutta cavat lapidem. «Der Tropfen höhlt den Stein (aus)» (in dem Sinne: «Steter Tropfen höhlt den Stein»). Das vielzitierte lateinische Sprichwort begegnet in dieser schlichten, bis heute geläufigen Fassung zuerst bei Ovid, Briefe aus dem Pontus 4, 10, 5, an erster Stelle in einer Reihe entsprechender Bilder (im folgenden Distichon: *Tempus edax,* unten S. 176). Zwei frühere Zitate finden sich bereits bei Lukrez, De rerum natura 1, 313: *Stillicidi casus lapidem cavat,* «Das Fallen der Tropfen höhlt den Stein aus», und 4, 1286f., am Ende des Buches, in zwei Hexametern: *Nonne vides etiam guttas in saxa cadentes / umoris longo in spatio pertundere saxa?* «Siehst du denn nicht, wie sogar auf Felsen fallende Tropfen von Wasser in einem langen Zeitraum die Felsen durchbohren?» Ovid, Ars amatoria 1, 476, hat das Sprichwort in kunstvoller Verschränkung der Gegensätze in einen Pentameter gefaßt: *Dura tamen molli saxa cavantur aqua,* «Harte werden dennoch vom weichen, Felsen ausgehöhlt vom Wasser». Weitere Belege bei Otto, Nr. 774. Ein unbekannter, vielleicht noch spätantiker Autor hat den Ovidischen Halbvers *Gutta cavat lapidem* ... zum vollen Hexameter ergänzt: ... *non vi, sed saepe cadendo,* «Der Tropfen höhlt den Stein (aus), nicht durch Gewalt, sondern durch häufiges Fallen»; und ein sicher erst mittelalterlicher Autor hat in einem zweiten Hexameter darauf gereimt: *Sic addiscit homo, non vi, sed saepe legendo,* «So lernt der Mensch hinzu, nicht durch Gewalt, sondern durch häufiges Lesen» (bei Werner G 36).

Habemus papam. «Wir haben einen Papst.» Nach Patricius, Ritus ecclesiastici SS. Romanae Ecclesiae (1516, Nachdruck 1965), Band I, Sectio 1, 4, Blatt VII: *Annuntio vobis magnum gaudium: Papam habemus,* «Ich verkündige euch große Freude: Wir haben einen Papst». Mit dieser rituellen Formel wird bis heute das Ergebnis einer Papstwahl bekanntgegeben.

(Pro captu lectoris) habent sua fata libelli. «(Je nachdem, wie der Leser sie aufnimmt), haben die Büchlein ihre je eigenen Schicksale.» Terentianus Maurus, De litteris, syllabis et metris, Vers 1286, im Nachwort zum zweiten seiner drei von einer irregehenden Überlieferung unter dem genannten Titel zusammengefaßten grammatischen «Büchlein».

Hannibal ante portas. «Hannibal vor den Toren.» Nach der Wendung *Hannibal ad portas,* «Hannibal an den Toren», zur Bezeichnung eines äußersten Notstandes, wie bei Cicero, 1. Philippische Rede 5, 11: *Hannibal, credo, erat ad portas,* «Hannibal, glaube ich, stand an den Toren», und De finibus 4, 9, 22: *Si Hannibal ad portas venisset,* «Wenn Hannibal an die Tore gekommen wäre». Nach den katastrophalen Niederlagen der Römer im Jahre 217 v. Chr. am Trasimenischen See und im Jahre 216 v. Chr. beim apulischen Cannae hatte Hannibal sozusagen «vor den Toren» der wehrlos preisgegebenen Hauptstadt des Reiches gestanden. Mit Bezug auf den 2. Punischen Krieg selbst begegnet die Wendung bei Livius, Ab urbe condita 21, 16, 2: *Velut si iam ad portas hostis esset,* «Wie wenn der Feind (nach dem Fall von Sagunt) schon an den Toren wäre». An der Stelle 23, 16, 2 bezieht sich die gleiche Wendung *(cum Hannibal ad portas esset)* auf die Tore der kampanischen Stadt Nola östlich von Neapel.

Hic Rhodus, hic salta! «Hier ist Rhodos, hier spring!» Die lateinische Version der entlarvenden Schlußpointe aus der Aesopischen Fabel vom Prahler, Nr. 33 Perry: Αὐτοῦ γὰρ Ῥόδος καὶ πήδημα, «Denn hier ist Rhodos und dein Sprung». Ein in seiner Heimatstadt wenig angesehener Fünfkämpfer prahlt nach seiner Rückkehr von einer Tournee mit seinen Erfolgen in anderen Städten; auf der Insel Rhodos sei er einmal sogar so weit gesprungen, daß nicht einmal die Olympiasieger es ihm hätten nachtun können. Da unterbricht einer seiner Landsleute den Prahler und fordert ihn mit dem zitierten Zwischenruf auf, seinen Rekordsprung auf der Stelle vorzuführen. Die Quelle der geflügelten lateinischen Version ist nicht nachgewiesen.

Hinc illae lacrumae! «Daher jene Tränen!» Terenz, Andria 126. Bei der Bestattungsfeier für die benachbarte Chrysis begegnet der alte Simo deren überaus reizvoller Schwester Glycerium; bei ihrem Anblick wird ihm plötzlich klar, daß die Tränen seines Sohnes Pamphilus nicht der menschlichen Teilnahme am Schicksal der toten Chrysis, sondern vielmehr der Liebe zu ihrer schönen Schwester Glycerium entspringen. Zitate bei Cicero, Rede für Caelius 25, 61, und bei Horaz, Episteln 1, 19, 41, beide bereits in dem heute geläufigen Sinne eines Aha-Erlebnisses: «Das also ist der wahre Grund!»

Hoc erat in votis: (modus agri non ita magnus ...) «Das war in meinen Gebeten: (ein Stück Land, nicht so sehr groß...)» (in dem Sinne: «Das hatte ich mir gewünscht ...»). Horaz, Satiren 2, 6, 1. Der Dichter Horaz dankt in der Satire, die das menschlich erfüllte Leben auf dem Lande von der hektischen Betriebsamkeit in der Hauptstadt abhebt, seinem «Mäzen» Maecenas für das – vergleichsweise bescheidene – Landgut in den Sabinischen Bergen, das dieser ihm auf das Erscheinen des ersten, ihm gewidmeten Satirenbuches hin zum Geschenk gemacht hatte.

Hoc signo vinces. «In diesem Zeichen wirst du siegen.» Nach Eusebios, Vita Constantini 1, 28: Τούτῳ νίκα, «In diesem (Zeichen) siege!», in der lateinischen Übersetzung: *Hoc signo victor eris*, «In diesem Zeichen wirst du Sieger sein». Der Kirchenvater berichtet in seinem «Leben Konstantins», einem verherrlichenden Panegyricus auf den Kaiser, nicht aber in seiner «Kirchengeschichte», vor dem Feldzug gegen Maxentius im Jahre 312 n. Chr. sei dem späteren Kaiser Konstantin, während er zum Gott seines Vaters betete und ihn anflehte, sich ihm zu offenbaren und ihm Beistand zu leisten, am hellen Himmel über der Sonne ein leuchtendes Kreuz mit der Inschrift «In diesem (Zeichen) siege!» erschienen. Unter dem Eindruck dieser Kreuzesvision am hellichten Nachmittag und einer sie bekräftigenden Christusvision in der folgenden Nacht habe Konstantin seine Legionen unter dem ihm offenbarten christlichen, aus dem Leidenssymbol des Kreuzes, dem Siegessymbol des Kranzes und dem Christusmonogramm gebildeten Feldzeichen, dem sogenannten «Labarum», in den Feldzug gegen Maxentius geführt. Nach seinem epochemachenden Sieg an der Milvischen Brücke im Norden der Hauptstadt am 28. Oktober des Jahres 312 hat Konstantin die christlichen Gemeinden besonders begünstigt; in einem im Februar 313 in Mailand verkündeten Edikt hat er schließlich die christliche Religion neben den heidnischen Kulten ausdrücklich anerkannt.

Hoc volo, sic iubeo, sit pro ratione voluntas. «Das will ich, so befehle ich (es), anstelle des Grundes stehe mein Wille.» Juvenal, Satiren 6, 223. Aus der sogenannten «Weibersatire»: Eine herrische Frau fordert von ihrem Gatten die sofortige Hinrichtung eines Sklaven ohne weitere Untersuchung seiner Schuld.

Hodie mihi, cras tibi. «Heute mir, morgen dir.» Nach Jesus Sirach 38, 23 Vulgata: *Memor esto iudicii mei; sic enim erit et tuum: mihi heri et tibi hodie,* «Sei eingedenk des Richtspruchs über mich, denn so wird auch der deine sein: Mich traf er gestern und dich trifft er heute».

Homo homini lupus. «Der Mensch ist dem Menschen ein Wolf.» Nach Plautus, Asinaria 495: *Lupus est homo homini, non homo, quom qualis sit non novit,* «Ein Wolf ist der Mensch dem Menschen, kein Mensch, wenn er nicht weiß, wie dieser geartet ist». Die Situation in der Komödie ist vergleichsweise harmlos: Der *mercator,* der «Kaufmann», begründet gegenüber dem Sklaven Leonida seine Weigerung, diesem – als einem ihm Unbekannten – eine größere Geldsumme auszuhändigen.

Homo sum: humani nil a me alienum puto. «Ich bin ein Mensch: Nichts Menschliches nenne ich mir fremd.» Terenz, Heautontimorumenos 77. In der Eingangsszene der Komödie verwahrt sich der teilnehmend besorgte alte Chremes, der seinen neuen Nachbarn Menedemus über den Gartenzaun hinweg auf dessen auffällige Selbstquälerei angesprochen hat, gegen dessen abweisende, verletzende Gegenfrage: «Lassen dir denn deine eigenen Dinge so viel Zeit übrig, daß du dich um fremde Dinge kümmern kannst, Dinge, die dich gar nichts angehen?» Für Chremes schließt das «Eigene» über das angrenzende Nachbarliche hinaus überhaupt alles «Menschliche» ein. Das so schlichte wie stolze Bekenntnis zur Menschlichkeit geht wahrscheinlich, wie das ganze Stück, auf den griechischen Komödiendichter Menander zurück. Die Sentenz war allgemein geläufig; Zitate finden sich bei Cicero, De officiis 1, 9, 30 *(Quamquam Terentianus ille Chremes humani nihil a se alienum putat);* De legibus 1, 12, 33 *(Quodsi … homines humani, ut ait poeta, nihil a se alienum putarent, …);* Seneca, Briefe an Lucilius 95, 53 *(Ille versus et in pectore et in ore sit: Homo sum …);* vgl. auch die Anspielungen auf den Terenzvers bei Juvenal, Satiren 15, 140ff., und Ambrosius, De officiis ministrorum 3, 7, 45.

Homo-mensura-Satz: vgl. Ἄνϑρωπος μέτρον ἁπάντων, oben S. 10.

Horas non numero nisi serenas. «Ich zähle nur die heiteren Stunden.» Vielfach wiederholte Inschrift auf Sonnenuhren; die Quelle des Spruches ist nicht nachgewiesen.

Ignoramus, ignorabimus. «Wir wissen es nicht, wir werden es nicht wissen» (in dem Sinne: «... wir werden es nie wissen»). Nach Emil Du Bois-Reymond, Über die Grenzen des Naturerkennens (1872), am Schluß: «In Bezug auf die Rätsel der Körperwelt ist der Naturforscher längst gewöhnt, mit männlicher Entsagung sein *Ignoramus* auszusprechen. Im Rückblick auf die durchlaufene siegreiche Bahn trägt ihn dabei das stille Bewußtsein, daß, wo er jetzt nicht weiß, er wenigstens unter Umständen wissen könnte und dereinst vielleicht wissen wird. In Bezug auf das Rätsel aber, was Materie und Kraft seien und wie sie zu denken vermögen, muß er ein für allemal zu dem viel schwerer abzugebenden Wahrspruch sich entschließen: *Ignorabimus!*»

Improbe Amor, quid non mortalia pectora cogis! «Unersättliche Liebe, wozu nicht treibst du die sterblichen Herzen!» Vergil, Aeneis 4, 412, im Anschluß an eine teilnehmende Hinwendung des Dichters zu Dido, die sich in ihrem verzweifelten Liebeswerben vor dem scheidenden Aeneas demütigt. Vgl. die Abwandlung bei Prudentius, Hamartigenia 149: *Improba mors, quid non mortalia pectora cogis*, «Unersättlicher Tod, wozu nicht treibst du die sterblichen Herzen!», und die entsprechenden, gleichfalls «geflügelten» Vergilverse: *Quid non mortalia pectora cogis, / auri sacra fames*, oben S. 45.

In cauda venenum. «Im Schwanz (steckt) das Gift» (im Sinne der Wendung: «Das dicke Ende kommt nach»). Das Bild des lateinischen Wortes deutet auf den Skorpion, der seinen Giftstachel am

Schwanzende trägt. Die Quelle des Wortes ist nicht nachgewiesen.

In dubio pro reo. «Im Zweifelsfall (ist) zugunsten des Angeklagten (zu entscheiden).» Die geläufige Fassung der vielzitierten Regel scheint nicht auf die Antike zurückzugehen. Das entsprechende Prinzip ist hingegen in der Antike mehrfach belegt, so im Corpus iuris civilis, Digesten 42, 1, 38, am Anfang, wo Paulus unter Berufung auf Antoninus Pius erklärt, im Falle einer Stimmengleichheit im Richterkollegium solle *pro reo*, «für den Angeklagten», entschieden werden (das gleiche Verfahren bezeugt für das griechische Recht bereits Pseudo-Aristoteles, Problemata 29, 13. 951 a 20 ff.); und Digesten 48, 19, 5, am Anfang, wo Ulpian sich auf Trajan beruft: «Denn es sei besser, wenn das Verbrechen eines Schuldigen unbestraft bleibe, als wenn ein Unschuldiger verurteilt werde». Die Rechtsregel des Gaius in den Digesten 50, 17, 125: *Favorabiliores rei potius quam actores habentur*, «Die Angeklagten sind eher zu begünstigen als die Kläger» (vgl. auch Marcellus, im gleichen Kapitel, § 192), erscheint später wieder bei Bonifatius VIII., Liber sextus decretalium 5, 12, 11: *Cum sunt partium iura obscura, reo favendum est potius quam actori*, «Wenn die Rechtsgründe der Parteien unklar sind, ist der Angeklagte eher zu begünstigen als der Kläger».

In dulci iubilo. «In süßem Jubel.» Die lateinischen Anfangsworte eines zuerst im 14. Jahrhundert bezeugten zweisprachigen Weihnachtsliedes: «*In dulci iubilo* – Nun singet und seid froh ...» Heute vielfach zitiert im Sinne von «in Saus und Braus».

(**Quod si deficiant vires, audacia certe / laus erit:) In magnis et voluisse sat est.** «(Wenn auch die Käfte versagen, die Kühnheit wird sicher ein Ruhm sein:) In großen Dingen ist auch, (nur) gewollt zu haben, (schon) genug.» Properz, Elegien 2, 10, 5f. Der Liebesdichter Properz kündigt in dem Gedicht eine – dann nicht vollzogene – Wendung von der erotischen elegischen zur heroischen epischen Dichtung an. Zwei Nachahmungen finden sich in dem (anonymen) «Panegyricus auf Messalla» (= Pseudo-Tibull 3, 7), Vers 2ff., besonders 7: *Est nobis voluisse satis,* «Uns ist, (nur) gewollt zu haben, (schon) genug», und in dem (gleichfalls anonymen) «Lobgedicht auf Piso» (Laus Pisonis), Vers 214: *At voluisse sat est,* «Aber (nur) gewollt zu haben, ist (schon) genug». Vgl. das Ovidische *Ut desint vires, tamen est laudanda voluntas,* unten S. 183.

In medias res. «Mitten in die Dinge hinein.» Horaz, Ars poetica 148. Horaz erklärt, der gute Dichter eines heroischen Epos werde wie der alte Homer die mythische Erzählung etwa des Trojanischen Krieges keinesfalls *gemino ... ab ovo,* «mit dem Zwillings-Ei» (der Leda, vgl. oben S. 34), beginnen, sondern statt zurück auf den Anfang voraus auf das Ende schauen: *Semper ad eventum festinat et in medias res / non secus ac notas auditorem rapit,* «Immer dem Ausgang (der Handlung) entgegen eilt er und mitten in die Dinge hinein, nicht anders, als seien sie bereits bekannt, reißt er den Zuhörer mit sich fort».

In necessariis unitas, in dubiis libertas, in omnibus caritas. «In den notwendigen Dingen Einigkeit, in den umstrittenen Freiheit, in allen Liebe.» Nach Rupertus Meldenius, Paraenesis votiva pro pace ecclesiae ad Theologos Augustanae Confessionis (ohne Ort und Jahr in Rottenburg im Jahre 1626 gedruckt; ein Abdruck im Anhang zu: Friedrich Lücke, Über das Alter, den Verfasser ... des kirchlichen Friedensspruches *In necessariis* ..., 1850): *Si nos servaremus in necessariis unitatem, in non necessariis libertatem, in utrisque caritatem, optimo certe loco essent res nostrae*, «Wenn wir bewahrten in den notwendigen Dingen Einigkeit, in den nicht notwendigen Freiheit, in beiden Liebe, wäre unsere Sache gewiß am besten Orte». Hinter dem anagrammatischen Pseudonym Rupertus Meldenius verbirgt sich der Ephorus des Kollegiums bei St. Anna in Augsburg Petrus Meuderlinus (auch Meiderlinus). Vgl. dazu Gustav Krüger, Über den Friedensspruch *In necessariis* ..., Theologische Studien und Kritiken 100, 1927/28, S. 154–163.

In partibus infidelium. «In den Gebieten der Ungläubigen.» Ein Zusatz zum Titel der Bischöfe, die der Papst auch für die an die «Ungläubigen», zumal die Araber, verlorengegangenen Bistümer weiterhin einsetzte. Die erstmals im 7. Jahrhundert belegte Formel wurde von Papst Leo XIII. im Jahre 1882 wieder abgeschafft; seither heißen diese Bischöfe «Titularbischöfe».

In tyrannos! «Wider die Tyrannen!» Das Motto der Titelvignette zu Schillers «Räubern», zuerst in der «Zwoten verbesserten Auflage», die im Jahre 1782 bei Tobias Löffler in Mannheim erschienen ist. Weder das Bild der Vignette, ein zum Sprung ansetzender Löwe, noch das Motto sind von Schiller veranlaßt gewesen.

In vino veritas. «Im Wein (ist) Wahrheit.» Die lateinische Version eines bei Zenobios 4, 5 (in: Leutsch-Schneidewin, Paroemiographi Graeci, Band I, S. 85) zitierten griechischen Sprichworts: Ἐν οἴνῳ ἀλήθεια, «Im Wein (ist) Wahrheit». Die Quelle der lateinischen Version ist nicht nachgewiesen. Plinius der Ältere, Naturgeschichte 14, 141, nennt die Verknüpfung des Weins mit der Wahrheit «volkstümlich»: ... *vulgoque veritas iam attributa vino est,* «... und schon im Volksmund ist die Wahrheit dem Wein zugeschrieben». Zuerst erscheint die Verbindung in einem bei Theokrit, Idyllen 29, 1, angeführten Vers des Alkaios, Fragment 128 Lobel: Οἶνος, ὦ φίλε παῖ, καὶ ἀλάθεα, «Wein, mein Kind, ist auch Wahrheit». In Platons «Symposion», 217 E, spielt Alkibiades in seiner Rede auf Sokrates auf das Sprichwort an.

Inesse quin etiam sanctum aliquid et providum putant. «Ja sie (die Germanen) glauben sogar, daß (den Frauen) etwas Heiliges und Voraussehendes innewohne.» Tacitus, Germania 8, 2.

Infandum, regina, iubes renovare dolorem. «Unsägliches Leid, Königin, heißt du mich erneuern.» Vergil, Aeneis 2, 3; der aus dem zerstörten Troja flüchtige, in Karthago gastlich aufgenommene Aeneas zu der karthagischen Königin Dido, als diese ihn auffordert, vom Untergang Trojas und seinen Irrfahrten zu berichten.

(Fecisti nos ad te et) inquietum est cor nostrum, donec requiescat in te. «(Du hast uns zu dir hin geschaffen, und) unruhig ist unser Herz, bis es Ruhe findet in dir.» Augustin, Bekenntnisse 1, 1, 1; vgl. 13, 38, 53, den auf den Anfang des Werkes zurückgreifenden Schlußgedanken: *Tu autem bonum nullo indigens bono semper quietus es, quoniam tua quies tu ipse es,* «Du aber, das Gute, das (weiter) keines Guten bedarf, bist immer ruhig, da ja deine Ruhe du selbst bist».

Integer vitae scelerisque purus / (non eget Mauris iaculis neque arcu ...) «Wer unangetastet in seiner Lebensführung und von (jeglichem) Verbrechen rein ist, (der bedarf nicht maurischer Wurfspieße noch eines Bogens ...)» Horaz, Oden 1, 22, 1f.

Interim fit aliquid. «Inzwischen geschieht irgend etwas.» Nach Terenz, Andria 314: *Interea fiet aliquid, spero,* «Inzwischen wird irgend etwas geschehen, hoffe ich». Charinus zur Begründung seines Bestrebens, die angekündigte Vermählung seiner Geliebten Philumena mit Pamphilus noch einige Tage hinauszuzögern.

Iucundi acti labores. «Erfreulich sind geleistete Anstrengungen» (*acti labores* im Sinne von: «erledigte Arbeiten» oder «durchstandene Gefahren»). Eine bei Cicero, De finibus bonorum et malorum 2, 32, 105, mit der Wendung *Vulgo enim dicitur: ...,* «Denn im Volk sagt man: ...», eingeführte geläufige Sentenz. Cicero zitiert sie als eine erste sprichwörtliche Antwort auf die unmittelbar voraufgehende rhetorische Frage: *Quid, si etiam iucunda memoria est praeteritorum malorum?* «Wie, wenn die Erinnerung an vorübergegangene Übel sogar noch erfreulich ist?» Als eine zweite Antwort läßt Cicero einen Vers aus der Euripideischen «Andromeda» (Fragment 133 Nauck) folgen: Ἀλλ' ἡδύ τοι σωθέντα μεμνῆσθαι πόνων, «Aber angenehm ist es doch, gerettet sich der Anstrengungen zu erinnern», und zwar nicht in der «allen geläufigen» griechischen Originalfassung, sondern in einer eigenen lateinischen Übersetzung: *Suavis laborum est praeteritorum memoria,* «Angenehm ist die Erinnerung an vorübergegangene Anstrengungen». Vgl. das Vergilische *Forsan et haec olim meminisse iuvabit,* oben S. 80.

Iurare in verba magistri. «Auf die Worte des Meisters schwören.» Horaz, Briefe 1, 1, 14.

Labor omnia vicit / (improbus et duris urgens in rebus egestas). «Mühsal bezwang alles, unersättlich, und die in harten Zeiten bedrängende Armut» (in dem Sinne: «Mühsal gewann Herrschaft über alles ...»). Vergil, Georgica 1, 145f. Vergil schildert den Wechsel von der Goldenen Zeit unter Saturns Regiment zu den folgenden Weltaltern unter Jupiters Herrschaft. An die Stelle der üppigen Fruchtbarkeit der Erde und der müßigen Leichtigkeit des Lebens treten «unersättlich» und unaufhaltsam das Prinzip der dauernden Mühsal und mit ihm das zweite der drückenden Armut, unter denen der Göttervater das Menschengeschlecht, wie Vergil es deutet, erst vollends zu seiner eigentlichen Menschennatur heranreifen läßt. Macrobius, Saturnalien 5, 16, 7, nennt diese die Weltalterschilderung abschließende Sentenz unmittelbar neben dem anderen Vergilzitat *Omnia vincit Amor,* «Alles bezwingt die Liebe» (oben S. 128), unter den Worten, die «sprichwörtlich in aller Munde» seien *(vice proverbiorum in omnium ore funguntur),* freilich in der bezeichnenden Verkürzung und Verkehrung zu dem präsentischen Allgemeinplatz *Labor omnia vincit,* «Anstrengung bezwingt alles». Darin kündigt sich bereits in der Spätantike das banalisierende Mißverständnis dieses Vergilischen *Labor omnia vicit / improbus* an, das etwa bei Büchmann (S. 513) in der falschen Übersetzung «Unablässige Arbeit besiegt alles» Ausdruck findet.

Latet anguis in herba. «Verborgen liegt eine Schlange im Gras.» Vergil, Bucolica 3, 93; eine «bukolische» Warnung vor einer trügerischen Gefahr: «Die ihr hier Blumen sammelt und am Boden reifende Erdbeeren: Kalt – ihr Knaben, flieht von hier! – liegt verborgen eine Schlange im Gras.»

Laudator temporis acti. «Ein Lobredner der alten Zeit.» Horaz, Ars poetica 173.

Lucus a non lucendo. «Hain *(lucus)* nach dem Nicht-Leuchten *(lucendo)*.» Nach Quintilian, Lehrbuch der Rhetorik 1, 6, 34: *Etiamne a contrariis aliqua sinemus trahi, ut lucus, quia umbra opacus parum luceat, et ludus, quia sit longissime a lusu …?* «Werden wir etwa manche Wörter auch aus dem Gegenteil sich herleiten lassen, wie den ‹Hain› *(lucus)*, weil er, vom Schatten dunkel, nur wenig leuchtet *(luceat)*, und die ‹Schule› *(ludus)*, weil sie am weitesten vom Spiel *(a lusu)* entfernt ist?» Der spätantike Vergilkommentator Servius erklärt zu Aeneis 1, 22: *dictae sunt Parcae* κατ' ἀντίφρασιν, *quod nulli parcant, sicut lucus a non lucendo, bellum a nulla re bella*, «Die Parzen *(Parcae)* sind aus dem Gegenteil benannt, weil sie niemanden verschonen *(parcant)*, wie der Hain *(lucus)* nach dem Nicht-Leuchten *(lucendo)*, der Krieg *(bellum)*, weil er keine schöne *(bella)* Sache ist». *Lucus*, «Hain», leitet sich tatsächlich von *lucere*, «leuchten», her; das Wort bezeichnet eigentlich eine «Lichtung» und ist von da auf den «Hain» übertragen worden. Vgl. die gelegentlich zitierte entsprechende Ableitung *Canis a non canendo*, «Hund *(canis)* nach dem Nicht-Singen *(canendo)*», in scherzhafter Verkehrung einer von Varro, De lingua Latina 7, 32, gegebenen Worterklärung *a canendo*, nämlich vom «Zeichen-Geben» bzw. «Signal-Blasen» *(signa canere)* der Wachhunde.

Lupus in fabula. «Der Wolf in der Geschichte.» So zuerst bei Terenz, Brüder 537: Der Sklave Syrus und der junge Ctesipho sprechen in der Szene von dem alten Demea, als dieser plötzlich so unvermutet wie unwillkommen ihr Gespräch unterbricht. Ähnlich schon bei Plautus, Stichus 577: *Eccum tibi lupum in sermone!* «Sieh, da hast du den Wolf im Gespräch!» Vgl. Cicero, Briefe an Atticus 13, 33 a, 1: *De Varrone loquebamur: lupus in fabula. Venit enim ad me ...*, «Wir sprachen von Varro: Der Wolf in der Geschichte. Denn er kam zu mir ...». Ihren Ursprung hat die Wendung wohl in dem verbreiteten Aberglauben, man locke den Wolf (oder später auch den Teufel) herbei, wenn man von ihm spreche, weshalb denn auch das griechische Sprichwort Eἰ καὶ λύκου ἐμνήσθης ... (bei Diogenianos 4, 64, in: Leutsch-Schneidewin, Paroemiographi Graeci, Band I, S. 241) die üblen Folgen lieber unausgesprochen läßt: «Wenn du vom Wolf sprichst ...» Vgl. Otto, Nr. 988.

Manum de tabula! «Die Hand von der Tafel!» (in dem Sinne: «Jetzt die Hände davon lassen!», «Jetzt damit aufhören!»). Nach einer bei Plinius dem Älteren, Naturgeschichte 35, 80, angeführten Anekdote: «(Der berühmte griechische Maler) Apelles sagte, in allem sei er allenfalls gleich gut wie (der ebenso berühmte Maler) Protogenes oder jener sei sogar besser; aber in dem einen sei er jenem voraus: daß er (zur rechten Zeit) die Hand von der (Mal-)Tafel zu nehmen wisse» *(... quod manum de tabula sciret tollere).* Bei Cicero, Briefe an Freunde 7, 25, 1, deutet der ganze Zusammenhang des Apelleszitates auf eine witzige Übertragung der sprichwörtlichen Wendung von der Malerei auf das Schulleben: «Aber aufgepaßt, die Hand von der (Wand-)Tafel *(manum de tabula)!* Der Lehrer ist schneller da, als wir gedacht hatten.» Ein weiteres Zitat bei Petron, Satiricon 76, 9: «Als ich anfing, mehr zu haben, als meine ganze Vaterstadt hat: Die Hand von der Tafel *(manum de tabula)!*»

Manus manum lavat. «Die eine Hand wäscht die andere.» Seneca, Apocolocyntosis 9, 6, und Petron, Satiricon 45, 13. Die lateinische Version eines bei Pseudo-Platon, Axiochos 366 C, und Aischines, Dialoge 3, 6, angeführten, wohl auf ein griechisches Sprichwort zurückgehenden Epicharmverses, Fragment 30 Diels-Kranz: Ἁ δὲ χεὶρ τὰν χεῖρα νίζει· δός τι καὶ λάβοις τί κα, «Die eine Hand wäscht die andere; gib etwas, und du bekommst auch etwas». Vgl. Menander, Einzelverse 832 Jäkel: Χεὶρ χεῖρα νίπτει, δάκτυλοι δὲ δακτύλους, «Die eine Hand wäscht die andere, die einen Finger die anderen».

Massa perditionis, (unde electi sumus). «Die Masse der Verdammnis, (aus der wir erwählt sind).» Augustin, Predigten 26, 12, 13 (in: Migne, Patrologia Latina, Band 38, Spalte 177) und sonst, neben *massa peccati, massa irae, massa damnata,* «Masse der Sünde», «Masse des Zorns», «verdammte Masse». Die genannten Ausdrücke erscheinen mehrfach mit Bezug auf Paulus, Brief an die Römer 9, 21 Vulgata: *An non habet potestatem figulus luti ex eadem massa facere aliud quidem vas in honorem, aliud vero in contumeliam?* «Hat denn der Töpfer nicht die Macht, aus demselben Klumpen Ton das eine Gefäß zur Ehre, das andere dagegen zur Schande zu machen?» (vgl. besonders Enchiridion sive De fide, spe et caritate 1, 99, in: Migne, Patrologia Latina, Band 40, Spalte 278).

Mea culpa, mea culpa, mea maxima culpa. «Meine Schuld, meine Schuld, meine übergroße Schuld.» Aus dem Schuldbekenntnis, dem *«Confiteor»*, der katholischen Messe.

Media in vita in morte sumus. «Mitten im Leben sind wir im Tod.» Der Anfangsvers einer einzeln überlieferten Strophe eines mittelalterlichen Kirchenliedes. Martin Luther hat diese eine Strophe übersetzt («Mitten wir im Leben sind / mit dem Tod umfangen ...») und zwei weitere hinzugedichtet.

Medicus curat, natura sanat. «Der Arzt behandelt, die Natur heilt.» Die Quelle des Wortes ist nicht nachgewiesen.

Medio tutissimus ibis. «In der Mitte wirst du am sichersten gehen.» Ovid, Metamorphosen 2, 137. Der Sonnengott weist seinem Sohn Phaëthon, der sich für diesen einen Tag die Lenkung des Sonnenwagens auserbeten hat, den rechten Weg in der Mitte zwischen Himmel und Erde. Vgl. die Horazische Prägung *Aurea mediocritas*, oben S. 44.

Memento mori. «Sei dir immer bewußt, daß du (einmal) sterben wirst.» Die Quelle des Wortes, in dem ein Grundgedanke der delphischen Theologie und des delphischen Menschenbildes in seine knappste, prägnanteste Form gebracht ist, liegt völlig im dunkeln. Vgl. jedoch die bei Tertullian, Apologeticum 33, 4, angeführte unheilabwehrende Mahnung an den triumphierenden Feldherrn: *Respice post te, hominem te esse memento!* «Sieh hinter dich, sei dir immer bewußt, daß du ein Mensch bist!», die derselbe Staatssklave, der die schwere, aus Gold und Edelsteinen gefertigte Triumphkrone über das Haupt des Triumphators hielt, diesem zu den Beifallskundgebungen des Volkes ins Ohr zu flüstern hatte.

(Quamquam animus) meminisse horret (luctuque refugit, / incipiam). «(Wie sehr auch mein Sinn) schaudert, sich zu erinnern, (und in Trauer davor zurückweicht, so will ich doch beginnen).» Vergil, Aeneis 2, 12f. Der von Dido im neugegründeten Karthago gastfreundlich aufgenommene Aeneas am Anfang seiner Erzählung vom Untergang Trojas. Plinius der Jüngere, Briefe 6, 20, 1, zitiert die Stelle am Anfang seines zweiten Berichtes an Tacitus über den Vesuvausbruch des Jahres 79 n. Chr. und den Untergang von Pompeji und Herculaneum. Seneca, Agamemnon 417f., imitiert die Vergilverse am Anfang des Botenberichtes vom Untergang Trojas *(Refugit loqui / mens aegra tantis atque inhorrescit malis).* Vgl. das voraufgehende *Infandum, regina, iubes renovare dolorem,* oben S. 95.

(... **totamque infusa per artus) / mens agitat molem (et magno se corpore miscet).** «(... und hingegossen über die Glieder) bewegt der Geist die (ganze) Masse (und mischt sich mit dem großen Körper).» Vergil, Aeneis 6, 726f.; der tote Anchises zu seinem in die Unterwelt hinabgestiegenen Sohn Aeneas, am Anfang seiner Erklärungen zum himmlischen Ursprung der Seelen und zu ihrer Einkörperung, Läuterung und Wiedereinkörperung.

(Orandum est, ut sit) mens sana in corpore sano. «(Bitten sollen wir allenfalls, daß) ein gesunder Sinn in einem gesunden Leib (wohne).» Juvenal, Satiren 10, 356. Juvenal rät, wir unwissenden Menschen sollten es den allwissenden Göttern überlassen zu erwägen, was für uns jeweils passend und nützlich sei, und sie im Gebet, wenn überhaupt um irgend etwas Besonderes, allenfalls um «einen gesunden Sinn in einem gesunden Leib» bitten.

Meum est propositum in taberna mori. «Mein Vorsatz ist, in einer Taverne zu sterben.» Archipoeta, Vagantenbeichte, 12. Strophe.

Miles gloriosus. «Der ruhmredige Soldat.» Titel einer Komödie des Plautus; wie der Dichter in Vers 86f. selbst erklärt, die lateinische Version des Titels der griechischen Vorlage Ἀλαζών, «Der Angeber» oder «Der Aufschneider».

Militat omnis amans (et habet sua castra Cupido). «Kriegsdienst leistet jeder Liebende, (und auch Cupido hat seine Heerlager).» Ovid, Amores 1, 9, 1; die erste Hälfte des zitierten Hexameters wiederholt sich in der zweiten Hälfte des folgenden Pentameters. Die überraschende, ja herausfordernde These ist Auftakt und Thema einer reizvollen Elegie, in der Ovid den Liebesdienst unter dem Regiment der Venus und des Cupido, des Amor, und den Kriegsdienst unter dem Regiment des Mars in vielfältigen Variationen in Entsprechung zueinander setzt.

Minima non curat praetor. «Um Kleinigkeiten kümmert sich der Prätor nicht» (in dem Sinne: «In Bagatellsachen treffen die Gerichte keine Entscheidungen»). Die Quelle des Wortes ist nicht nachgewiesen. Zur Sache vgl. Kallistratos im Corpus iuris civilis, Digesten 4, 1, 4: *Scio illud a quibusdam observatum, ne propter satis minimam rem vel summam, si maiori rei vel summae praeiudicetur, audiatur is, qui in integrum restitui postulat*, «Ich weiß, daß von manchen auch diese Regel beobachtet worden ist: Daß wegen einer vergleichsweise sehr kleinen Sache oder Summe derjenige, der die Wiedereinsetzung in den ursprünglichen Besitzstand fordert, dann nicht gehört werden solle, wenn dadurch etwa eine spätere Entscheidung über eine größere Sache oder Summe präjudiziert werden könnte». Die knappe Prägung der Rechtsregel folgt Cicero, De natura deorum 2, 66, 167: *Magna di curant, parva neglegunt*, «Um Großes kümmern sich die Götter, Kleines vernachlässigen sie», sowie 3, 35, 86: *At enim minora di neglegunt ..., ne in regnis quidem reges omnia minima curant*, «Aber ja doch: Kleineres vernachlässigen die Götter ..., nicht einmal in Königreichen kümmern sich die Könige ja um alle Kleinigkeiten»; vgl. noch 3, 37, 90 und 3, 39, 93. Zu den Griechen zurück weist Plutarch, Praecepta gerendae rei publicae 811 D und De cohibenda ira 464 A, mit dem Zitat eines Euripidesverses (in: Nauck, Fragmenta Tragicorum Graecorum, Fragment 974): Τῶν ἄγαν γὰρ ἅπτεται, / τὰ μικρὰ δ' εἰς τύχην ἀφεὶς ἐᾷ, «Denn die übergroßen Dinge rührt (der Gott) an, die kleinen übergeht er und überläßt sie dem Zufall». Vgl. das sinnverwandte Sprichwort *Aquila non captat muscas*, «Ein Adler fängt keine Fliegen», oben S. 42.

Misera plebs. «Das armselige Volk.» Vielleicht aus Horaz, Satiren 1, 8, 10 *(miserae plebi)*, wo der Ausdruck sich auf die armen, wenn auch freien Bürger bezieht.

(Ave, imperator,) morituri te salutant. «(Heil, Imperator,) die sterben werden, grüßen dich.» Sueton, Claudius 21, 6. Der Gruß der zu dem Schauspiel einer Seeschlacht zwischen einer sizilischen und einer rhodischen Flotte auf dem Fucinersee östlich von Rom angetretenen Gladiatoren an Kaiser Claudius. Als der Kaiser darauf *Aut non*, «Oder nicht», erwiderte, verstanden die zu dem Schaukampf Verurteilten das leichthin gesprochene Witzwort zunächst als Begnadigung und weigerten sich zu kämpfen; erst nachdem Kaiser Claudius persönlich mit Drohungen und Mahnungen eingegriffen hatte, konnte die «Naumachie» der zweimal zwölf Kriegsschiffe schließlich beginnen.

Mors certa, hora incerta. «Der Tod ist gewiß, die Stunde ungewiß.» Vielfach wiederholte Inschrift auf Uhren; die Quelle des Spruches ist nicht nachgewiesen. Vgl. die entsprechende Uhreninschrift *Ultima latet*, unten S. 180.

Mulier taceat in ecclesia. «Die Frau soll in der Gemeinde schweigen.» Nach Paulus, 1. Brief an die Korinther 14, 34 Vulgata: *Mulieres in ecclesiis taceant*, «Die Frauen sollen in den Gemeindeversammlungen schweigen».

Multum, non multa. «Viel, nicht vielerlei» (im Lateinischen steht dem Singular *multum*, «viel», der Plural *multa*, «viele Dinge», gegenüber). Nach Plinius dem Jüngeren, Briefe 7, 9, 15: *Tu memineris sui cuiusque generis auctores diligenter eligere! Aiunt enim multum legendum esse, non multa*, «Sei du nur darauf bedacht, deine Vorbilder in jeder Gattung sorgfältig auszuwählen! Es heißt ja, man solle viel lesen, nicht vielerlei». Vgl. Quintilian, Lehrbuch der Rhetorik 10, 1, 59: *Optimis adsuescendum est et multa magis quam multorum lectione formanda mens et ducendus color*, «Mit den besten (Autoren) müssen wir uns vertraut machen und eher dadurch, daß wir viel, als daß wir viele lesen, das Urteil bilden und Farbe gewinnen».

Mundus vult decipi, (ergo decipiatur). «Die Welt will betrogen werden, (also soll sie betrogen werden).» Die Quelle des Wortes ist nicht nachgewiesen.

Natura non facit saltus. «Die Natur macht keine Sprünge.» Die Quelle des in der Fassung ... *non facit saltum,* «... macht keinen Sprung», mehrfach bereits im frühen 17. Jahrhundert, in der Fassung ... *non facit saltus,* «... macht keine Sprünge», später zum Beispiel bei Carl von Linné, Philosophia botanica (1751), Nr. 77, angeführten Wortes ist nicht nachgewiesen. Dem darin bezeichneten Naturprinzip einer stetigen Entwicklung liegt die Aristotelische Vorstellung einer *Scala naturae,* einer «Stufenleiter der Natur», zugrunde, die in einer gegliederten Stufenfolge, doch mit «kontinuierlichen Übergängen» (Ἡ γὰρ φύσις μεταβαίνει συνεχῶς ἀπὸ τῶν ἀψύχων εἰς τὰ ζῷα ...) von den unbelebten Elementen Erde, Wasser, Luft und Feuer über die vielen Ränge im Reiche des Lebens, die Pflanzen und Tiere, bis zum Menschen als dessen ranghöchster Spezies aufsteigt (vgl. Historia animalium 8, 1, 588 b 4 ff.; De partibus animalium 4, 5. 681 a 12 ff.). Das entgegengesetzte anschauliche Bild eines «Sprunges» von einer Stufe zur andern findet sich zuerst bei Maximus von Tyros, der in seinen «Philosophumena», 9, 4 a, unter Berufung auf entsprechende stetige Übergänge im Bereich des organischen Lebens die Existenz von «Dämonen» zwischen den kurzlebigen Menschen und den unsterblichen Göttern postuliert: Οὐδ᾽ ἐνταῦθα ἡ φύσις μεταπηδᾷ ἀθρόως, «Auch hier springt die Natur nicht auf einmal vom einen zum andern über».

Naturalia non sunt turpia. «Natürliches ist nicht schändlich» (in dem Sinne: «Natürliche Bedürfnisse und ihre Befriedigung sind nichts, dessen einer sich schämen müßte»). Die Quelle des lateinischen Wortes ist nicht nachgewiesen; vgl. jedoch einen Vers aus der «Hypsipyle» des Euripides (in: Nauck, Fragmenta Tragicorum Graecorum, Fragment 757, 9), der bei Stobaios, Anthologie 29, 56, in dieser Fassung überliefert ist: Οὐκ αἰσχρὸν οὐδὲν τῶν ἀναγκαίων βροτοῖς, «Von dem, was lebensnotwendig ist, ist nichts schändlich für die Sterblichen». Der Gedanke geht jedenfalls auf den berüchtigten Diogenes zurück, der nach der feinen Formulierung seines Namensvetters Diogenes Laërtios «alles in der Öffentlichkeit zu verrichten pflegte, sowohl die Werke der Getreidegöttin Demeter als auch die der Liebesgöttin Aphrodite».

Naturam expelles furca, tamen usque recurret / et mala perrumpet furtim fastidia victrix. «Die Natur kannst du mit der Forke austreiben: Sie wird dennoch immer wieder zurückkehren und unversehens die verderbliche Verwöhntheit durchbrechen, als die sichere Siegerin.» Horaz, Episteln 1, 10, 24f. In den beiden voraufgehenden Versen hat Horaz, der «Liebhaber des Landlebens», gegenüber seinem Freund Fuscus, dem «Liebhaber des Stadtlebens» (Vers 1f.), geltend gemacht, daß man doch auch zwischen die buntgemusterten Marmorsäulen eines städtischen Peristyls noch einen «Wald» von Bäumen und Sträuchern pflanze und doch auch ein mit städtischem Luxus eingerichtetes Haus dafür rühme, wenn es einen weiten Ausblick auf das freie Land hinaus biete. Juvenal, Satiren 13, 239f., nimmt das Horazische Bild vom «Zurücklaufen» der vertriebenen Natur in anderem Zusammenhang wieder auf: *Tamen ad mores natura recurrit / damnatos fixa et mutari nescia*, «Dennoch kehrt die Natur (eines Übeltäters) zu ihren verurteilten Handlungsweisen zurück, festgelegt und unwissend sich zu verändern».

Navigare necesse est, (vivere non est necesse). «Zur See zu fahren, ist notwendig, (zu leben ist nicht notwendig).» Die ins Allgemeine umgedeutete lateinische Version eines ursprünglich ganz situationsbezogenen Ausspruches des Pompeius, bei Plutarch, Pompeius 50, 1: Πλεῖν ἀνάγκη, ζῆν οὐκ ἀνάγκη (im gleichen Wortlaut in den «Aussprüchen von Römern» 204 C). Während Pompeius sich im Jahre 56 v. Chr. in Sizilien, Sardinien und Nordafrika persönlich um die Getreideversorgung der Hauptstadt und des übrigen Italien bemüht, warnen die Seeleute ihn vor einem aufkommenden heftigen Sturm und äußern Bedenken, sein und ihr Leben darin aufs Spiel zu setzen; da geht Pompeius als erster an Bord, befiehlt, unverzüglich in See zu stechen, und ruft ihnen zu: «Daß wir segeln, ist notwendig, daß wir leben, ist nicht notwendig.» Vgl. Cassius Dio, Römische Geschichte 39, 24, 2. Einzig in der Wortstellung abweichend *(Navigare est necesse, vivere necesse non est)*, findet sich die lateinische Fassung bereits in der frühen Plutarchübersetzung des Antonius Tudertinus (1478). Seine heute geläufige handels- und rüstungspolitische Bedeutung hat der herausfordernd paradoxe Ausruf des Pompeius erst in der Neuzeit angenommen; im Zuge dieser Übertragung ins Programmatische wird der Ausspruch heute zumeist in der entschärfenden Verkürzung *Navigare necesse est*, «Seefahrt ist notwendig», angeführt.

Ne bis in idem. «Es soll nicht zweimal gegen dasselbe Vergehen (ein Verfahren eingeleitet werden).» Die geläufige Fassung des altbekannten Satzes geht offenbar nicht auf die Antike zurück. Gaius, Institutionen 4, 108, bezeugt das Prinzip für das Legisaktionenverfahren der römischen Republik: *Qua de re actum semel erat, de ea postea ipso iure agi non poterat*, «Über eine Sache, über die (schon) einmal verhandelt worden war, konnte später von Rechts wegen nicht (noch einmal) verhandelt werden». Quintilian, Lehrbuch der Rhetorik 7, 6, 4, zitiert den Satz *Bis de eadem re ne sit actio*, «Zweimal soll wegen der gleichen Sache kein Verfahren eingeleitet werden», als Beispiel für einen dunklen Bezug; der Redner könne die Frage aufwerfen, ob sich dieses «Zweimal» hier auf den Kläger oder auf das Verfahren beziehe. Ein entsprechendes Prinzip findet sich auch im attischen Recht; vgl. Demosthenes, Rede gegen Leptines 147: Οἱ νόμοι δ' οὐκ ἐῶσι δὶς πρὸς τὸν αὐτὸν περὶ τῶν αὐτῶν οὔτε δίκας ... οὔτ' ἄλλο τοιοῦτ' οὐδὲν εἶναι, «Die Gesetze lassen es nicht zu, daß zweimal gegen denselben (Angeklagten) wegen derselben (Anschuldigung) ein gerichtliches Verfahren oder sonst eine Untersuchung eingeleitet wird». Auf diesen Rechtssatz geht wohl auch ein noch knapper gefaßtes römisches Sprichwort zurück, das bei Terenz, Phormio 419, bezeugt ist: *Actum, aiunt, ne agas*, «Entschiedenes, heißt es, soll man nicht (noch einmal) zur Entscheidung stellen»; vgl. die zahlreichen Parallelen bei Otto, Nr. 42.

Ne quid nimis! «Nichts zu sehr!» oder «Nichts im Übermaß!» Die lateinische Version der am Tempel des delphischen Apollon angeschriebenen, den Sieben Weisen und besonders dem Solon zugeschriebenen griechischen Mahnung Μηδὲν ἄγαν (oben S. 21), zuerst bei Terenz, Andria 61. In seinem Kommentar zu der Terenzstelle nennt Donatus die Sentenz *pervulgata*, «sehr verbreitet», und ergänzt *agas*: «Betreibe nichts zu sehr!» In dieser lateinischen Version später bei Ausonius, Ludus septem sapientium 155; Augustin, De beata vita 32; Hieronymus, Briefe 60, 7; 108, 21; 130, 11; Apollinaris Sidonius, Carmina 15, 47. Die gleichbedeutende andere Version *Nihil nimis* findet sich zuerst wieder bei Terenz, Heautontimorumenos 519 *(Nil nimis)*, und später bei Cicero, De finibus bonorum et malorum 3, 22, 73; Seneca, Briefe an Lucilius 94, 43; Plinius dem Älteren, Naturgeschichte 7, 119 *(nihil nimium cupere*, «nichts zu sehr wünschen»).

Nemo ante mortem beatus est. «Niemand ist vor seinem Tode glücklich» (in dem Sinne: «Niemand darf vor seinem Tode vollends glücklich genannt werden»). Nach Ovid, Metamorphosen 3, 135 ff.: *Sed scilicet ultima semper / exspectanda dies hominis, dicique beatus / ante obitum nemo supremaque funera debet*, «Aber natürlich muß immer der letzte Tag eines Menschenlebens abgewartet werden und darf kein Mensch glücklich genannt werden vor seinem Hinscheiden und seinem Begräbnis». Ovid zitiert die Mahnung des Atheners Solon, eines der Sieben Weisen, an den reichen Lyderkönig Kroisos bei Herodot, Geschichte 1, 32, 7: Πρὶν δ' ἂν τελευτήσῃ, ἐπισχεῖν μηδὲ καλέειν κω ὄλβιον, ἀλλ' εὐτυχέα, «Aber ehe (ein Mensch) das Ende seines Lebens erreicht hat, muß man sich zurückhalten und darf ihn noch nicht vollends glücklich nennen, sondern höchstens sagen, er habe (bis jetzt) Glück gehabt».

Nemo contra deum nisi deus ipse. «Keiner (kann) gegen Gott (sein) außer Gott selbst.» Goethe, Dichtung und Wahrheit, Motto zum Vierten Teil, wiederholt im 20. Buch. Die Herkunft des Wortes ist nicht geklärt. Friedrich Wilhelm Riemer führt es zweimal in seinen Tagebüchern an (unter dem 16. Mai 1807 und dem 3. Juli 1810, beide Male in der Fassung *Nihil contra deum ...*, «Nichts kann gegen Gott sein...»); in seinen «Mitteilungen über Goethe» (herausgegeben von A. Pollmer, 1921, S. 188) nimmt er die Idee, dieses Wort für den Vierten Teil von «Dichtung und Wahrheit» zum Motto zu wählen, für sich in Anspruch.

Nervus rerum. «Die Sehne der Dinge» (in dem Sinne: «Die Spannkraft der Dinge», das Geld). Nach Cicero, Rede über den Oberbefehl des Gnaeus Pompeius 7, 17: *Si vectigalia nervos esse rei publicae semper duximus ...*, «Wenn wir die Steuern immer als die Sehnen des Staates angesehen haben ...», und 5. Philippische Rede 2, 5: ... *nervos belli, pecuniam infinitam*, «... die Sehnen des Krieges, unbegrenzte Geldreserven»; vgl. auch die 2. Rede über das Siedlergesetz 18, 47. Die lateinische Version geht auf eine griechische Prägung zurück; Diogenes Laërtios, Leben und Lehre der Philosophen 4, 48, zitiert Bion von Borysthenes mit dem Ausspruch: Τὸν πλοῦτον νεῦρα πραγμάτων, «Der Reichtum: die Sehnen der Dinge»; Sextus Empiricus, Adversus ethicos 53, S. 557, Zeile 5 Becker, zitiert Krantor, der den Reichtum sprechend einführt: Ἐν μὲν εἰρήνῃ παρέχω τὰ τερπνά, ἐν δὲ πολέμοις νεῦρα τῶν πράξεων γίνομαι, «In Friedenszeiten biete ich alles Erfreuende, in Kriegszeiten aber werde ich zu den Sehnen der Unternehmungen». Entsprechend bemerkt Plutarch, Agis und Kleomenes 48 (27), 1: «Aber der erste, der die Geldreserven als die Sehnen der Dinge bezeichnet hat (Ἀλλ' ὁ πρῶτος τὰ χρήματα νεῦρα τῶν πραγμάτων προσειπών), scheint mir dies vor allem in Hinblick auf die Dinge des Krieges gesagt zu haben.»

Nihil est in intellectu, quod non fuerit prius in sensu. «Nichts ist im Verstand, was nicht zuvor in der Wahrnehmung gewesen wäre.» Nach Thomas von Aquin, Quaestiones disputatae de veritate (1256/59), 2, 3, 19 (*..., quod non sit prius in sensu*). Gottfried Wilhelm Leibniz, Nouveaux essais sur l'entendement humain (1704), 2, 1, 2, hat dem Satz die Einschränkung zugefügt: ..., *nisi intellectus ipse*, «..., außer dem Verstand selbst».

Nihil est (enim) simul et inventum et perfectum. «(Denn) nichts ist zugleich sowohl erfunden als auch vollendet» (in dem Sinne: «... sogleich, wenn es erfunden ist, auch schon vollendet»). Cicero, Brutus 18, 71.

Nil admirari. «Vor nichts Verwunderung» und auch «Für nichts Bewunderung empfinden» (in dem Sinne: «Über nichts aus der Fassung geraten»). Horaz, Episteln 1, 6, 1. Die programmatischen Eröffnungsworte der Epistel bezeichnen die innere Unabhängigkeit dessen, der sich von exotischen Luxusgütern und dem Beifallklatschen der Mitbürger sowenig wie etwa von erschreckenden Himmelserscheinungen in Euphorie oder Frustration versetzen, zu Hoffnungen oder Befürchtungen verleiten läßt; dieses *Nil admirari,* so führt Horaz die herausfordernde Eröffnungsthese des Gedichtes fort, sei «einzig und allein» in der Lage, einen Menschen «glücklich zu machen und zu erhalten». Vgl. Seneca, Briefe an Lucilius 8, 5: *Cogitate nihil praeter animum esse mirabile, cui magno nihil magnum est,* «Bedenkt, daß nichts außer der Seele bewundernswert ist, für die, wenn sie nur selbst groß ist, nichts anderes groß ist».

Nil mortalibus ardui est: / (caelum ipsum petimus stultitia neque / per nostrum patimur scelus / iracunda Iovem ponere fulmina). «Nichts ist den Sterblichen unersteiglich: (Am Himmel selbst vergreifen wir uns in unserer Dummheit, und durch unseren Frevel lassen wir es nicht zu, daß Jupiter die zürnenden Blitze niederlegt).» Horaz, Oden 1, 3, 37ff.; die Schlußstrophe des Gedichtes; die menschlichen Grenzverletzungen gegenüber der göttlichen Weltordnung erinnern ominös an die himmelstürmenden Gigantenkämpfe gegen die olympischen Götter. Aus derselben Ode *Audax omnia perpeti / gens humana ruit per vetitum nefas,* oben S. 43.

Nil nocere. «(Dem Patienten wenigstens) in keiner Hinsicht schaden.» Die auf das zweite Glied verkürzte lateinische Version einer zweifach gestuften Hippokratischen Maxime, nach Hippokrates, Epidemien 1, 11: Ἀσκεῖν περὶ τὰ νοσήματα δύο· ὠφελεῖν ἢ μὴ βλάπτειν, «Sich zum Ziel setzen in allen Krankheitsfällen dieses Doppelte: zu helfen oder (doch wenigstens) nicht zu schaden».

Nil tam difficile est, quin quaerendo investigari possiet. «Nichts ist so schwierig, daß es nicht durch Nachforschen aufgespürt werden könnte.» Terenz, Heautontimorumenos 675.

Nitimur in vetitum semper cupimusque negata. «Immer drängen wir zum Verbotenen hin und begehren das Verweigerte.» Ovid, Amores 3, 4, 17.

Nolens volens. «Nichtwollend (oder) wollend», «Widerwillig (oder) willig» (in dem Sinne: «gleichgültig, ob einer will oder nicht»). Nach Donat zu Terenz, Eunuchus 1059, war die Wendung *velit nolit,* «mag er wollen oder nicht», sprichwörtlich, und dies gilt offenbar auch für die entsprechenden Formen in der 1. und der 2. Person und in der Mehrzahl. Einige Beispiele: Cicero, De natura deorum 1, 7, 17: *velim nolim,* «mag ich wollen oder nicht»; Martial, Epigramme 8, 44, 16: *velis nolis,* «magst du ...»; Plinius der Jüngere, Panegyricus 20: *velint nolint,* «mögen sie ...» Weitere Belege bei Otto, Nr. 1852; vgl. insbesondere den Schlußvers des Kleanthesfragmentes *Ducunt volentem fata, nolentem trahunt,* oben S. 66.

Noli me tangere! «Rühre mich nicht an!» Evangelium nach Johannes 20, 17 Vulgata; der auferstandene Jesus zu Maria Magdalena. – Ein *«Noli me tangere»*, ein «Rühr mich nicht an», ist eine heikle, mit Behutsamkeit zu behandelnde Sache. Im Pflanzenreich hat das Jesuswort dem Waldspringkraut *(Impatiens noli-tangere)* seinen botanischen und der Schamhaften Mimose *(Mimosa pudica)* oder *Noli-me-tangere* einen volkstümlichen Namen gegeben.

Noli turbare circulos meos! «Verwische mir meine Kreise nicht!» Nach Valerius Maximus, Denkwürdige Taten und Worte 8, 7, externi 7: *Noli ... obsecro, istum (circulum) disturbare*, «Ich beschwöre dich (bei den Göttern): Verwische mir diesen (Kreis) da nicht!» Der syrakusanische Mathematiker und Physiker Archimedes bei der Einnahme seiner Vaterstadt durch die Römer im Jahre 211 v. Chr. zu einem der plündernden Soldaten, der ihn darauf, ohne ihn zu erkennen und entgegen dem ausdrücklichen Befehl des Feldherrn Marcus Claudius Marcellus, ihn zu schonen, getötet haben soll. Die Anekdote zeigt den genialen Gelehrten als den weltfremden Philosophen, der sich selbst inmitten von Kriegsgeschrei und Waffenlärm noch seinen mathematischen Studien hingibt. Es fällt auf, daß Plutarch, der in seiner Marcellusbiographie, 19, 8ff., drei verschiedene Versionen vom Tode des Archimedes beim Fall der Stadt überliefert, darunter auch die dem geflügelten *Noli turbare circulos meos!* zugrunde liegende, dieses bei Valerius Maximus angeführte letzte Wort nicht erwähnt. Ursprünglich bezieht sich der Ausspruch auf das Verwischen oder Verwackeln einer in eine dünne Schicht allerfeinsten Sandes gezeichneten geometrischen Konstruktion; heute wird er meist in dem durch die «wörtliche» Übersetzung:

«Störe meine Kreise nicht!» nahegelegten übertragenen Sinne zitiert: «Dring nicht in meine Sphäre ein!»

Nomen est omen. «Der Name ist ein Vorzeichen» (hat gute oder schlechte Vorbedeutung). Vielleicht nach Plautus, Persa 625, wo der Sklave Toxilus seinem Herrn, dem Kuppler Dordalus, dazu rät, ein Mädchen namens Lucris zu kaufen: *Nomen atque omen quantivis iam est preti,* «Der Name und seine Vorbedeutung ist (allein) schon jeden Preis wert». Das lateinische Substantiv *lucrum* bedeutet «Gewinn»; der vorbedeutende Name Lucris verheißt «lukrative» Geschäfte.

Nomina sunt odiosa. «Namen sind anstoßerregend» (in dem Sinne: «Namen zu nennen ist anstoßerregend»). Nach Cicero, Rede für Sextus Roscius Amerinus 16, 47: *Verum homines notos sumere odiosum est, cum et illud incertum sit, velintne ei sese nominari, et* ..., «Aber bekannte Personen anzuführen ist anstoßerregend, da sowohl das ungewiß ist, ob diese namentlich genannt werden möchten, als auch ...».

Non liquet. «(Die Sache) ist (noch) nicht geklärt.» Mit dieser Formel konnten die Richter im römischen Strafprozeß nach dem Abschluß der Beweisaufnahme, statt ein Urteil zu fällen, eine Erneuerung des Beweisverfahrens verlangen. Vgl. zum Beispiel Cicero, Rede für Cluentius 28, 76.

Non olet. «Es stinkt nicht.» Nach einer Anekdote, mit der Sueton, Vespasian 23, 3, die phantasievolle Steuerpolitik Kaiser Vespasians illustriert: «Als sein Sohn Titus ihm einmal Vorhaltungen machte, daß er sich auch noch eine ‹Urinsteuer› *(urinae vec-*

tigal) habe einfallen lassen, hielt dieser ihm eine Handvoll Münzen aus der ersten Erhebung unter die Nase und forderte ihn auf zu sagen, ob er etwa an dem Geruch des Geldes Anstoß nehme; und als Titus das verneinte, sagte er: ‹Und doch ist es aus Urin› » *(... sciscitans, num odore offenderetur; et illo negante: ‹Atquin›, inquit, ‹e lotio est›).* Vgl. Cassius Dio, Römische Geschichte 66, 14, 5. Bei Vespasians anrüchiger «Urinsteuer» dürfte es sich um eine den Walkern und Gerbern neu auferlegte Abgabe für die gewerbliche Nutzung des Urins aus den öffentlichen Bedürfnisanstalten gehandelt haben. Wer die «verneinende» Antwort des Titus *(illo negante)* in das seither «geflügelte» knappe *Non olet* gefaßt hat, ist nicht bekannt.

Non omnia possumus omnes. «Nicht alles können wir alle.» Lucilius, Fragmente der Satiren, Vers 218 Marx, bei Macrobius, Saturnalien 6, 1, 35. Durch das Zitat bei Vergil, Bucolica 8, 63, ist der Lucilische Halbvers zum Geflügelten Wort geworden; Macrobius, Saturnalien 5, 16, 7, nennt die Stelle unter den Vergilworten, die «sprichwörtlich in aller Munde» seien *(vice proverbiorum in omnium ore funguntur).* Ein Zitat bei Hieronymus, Briefe 52, 9. Eine entsprechende, auf verschiedene Landstriche und ihre Fruchtbarkeit bezogene Formel begegnet bei Lukrez, De rerum natura 1, 166 *(ferre omnes omnia possent),* und danach bei Vergil, Georgica 2, 109 *(Nec vero terrae ferre omnes omnia possunt).* Vgl. Livius, Ab urbe condita 22, 51, 4: *Non omnia nimirum eidem di dedere,* «Nicht alles haben – kein Wunder – demselben die Götter gegeben» (so Maharbal zu Hannibal; es folgt das «geflügelte» *Vincere scis, Hannibal, victoria uti nescis,* unten S. 190).

Non omnis moriar. «Nicht ganz werde ich sterben.» Horaz, Oden 3, 30, 6. Vgl. den Anfangsvers der Ode *Exegi monumentum aere perennius*, oben S. 76.

Non plus ultra. «Nicht mehr darüber hinaus.» Die lateinische Übersetzung von Pindar, Nemeen 3, 21 f.: οὐκέτι πρόσω, «Nicht mehr weiter (über die Säulen des Herakles hinaus ist das ungangbare Meer leicht zu durchdringen)». Kaiser Karl V. (1519–1556), der seine Herrschaft von diesen «Säulen des Herakles», der Meerenge von Gibraltar, am Rande der Alten Welt auch auf die Neue Welt jenseits des Atlantischen Ozeans ausdehnte, hat die klassische Mahnung zu seinem Wahlspruch *Plus ultra!* «Noch darüber hinaus!», in ihr Gegenteil verkehrt. – Das zum festen Begriff erhobene *«Non plus ultra»* bezeichnet etwas «Unübertreffliches, Unüberbietbares».

Non (enim) possumus, (quae vidimus et audivimus, non loqui). «(Denn) wir können nicht, (was wir gesehen und gehört haben, nicht verkünden).» Lukas, Apostelgeschichte 4, 20 Vulgata; Petrus und Johannes in ihrer Zurückweisung des vom Hohen Rat («Synhedrion») von Jerusalem über sie verhängten Predigtverbots.

Non scholae, sed vitae discimus. «Nicht für die Schule, sondern für das Leben lernen wir.» Die gerade Umkehrung von Seneca, Briefe an Lucilius 106, 12: *Non vitae, sed scholae discimus*, «Nicht für das Leben, sondern für die Schule lernen wir». Senecas Brief, eine scheinbar ernste Erörterung der Frage, «ob das Gute ein Körper sei», klingt in ein bitteres Plädoyer gegen die Lebensferne der Philosophenschule aus: «Kinderspiele sind's, die wir da spielen. An überflüssigen Problemen stumpft sich die Schärfe und Feinheit unseres Denkens ab; derlei Erörterungen helfen uns ja nicht, richtig zu leben, sondern allenfalls, gelehrt zu reden. Lebensweisheit liegt offener zutage als Schulweisheit; ja sagen wir's doch gerade heraus: Es wäre besser, wir könnten unserer gelehrten Schulbildung einen gesunden Menschenverstand abgewinnen. Aber wir verschwenden ja, wie alle unsere übrigen Güter an überflüssigen Luxus, so unser höchstes Gut, die Philosophie, an überflüssige Fragen. Wie an der unmäßigen Sucht nach allem anderen, so leiden wir an einer unmäßigen Sucht auch nach Gelehrsamkeit: Nicht für das Leben, sondern für die Schule lernen wir.» Wir wissen nicht, wer wann wo Senecas Schlußpointe in ihr Gegenteil verkehrt und so aus der bitteren Anklage einen biederen Programmspruch gemacht hat.

Non sum, qualis eram. «Ich bin nicht, wie ich war.» Horaz, Oden 4, 1, 3, am Anfang der an die Liebesgöttin Venus gerichteten, im Alter von etwa fünfzig Jahren geschriebenen ersten Ode des späten vierten Odenbuches.

Nonum(que) prematur in annum. «(Und) bis ins neunte Jahr werde es (das Gedicht) zurückgehalten.» Horaz, Ars poetica 388. Horaz mahnt den Dichter zu Abstand nehmender, lange währender Prüfung des Werkes vor der – nicht mehr zu widerrufenden – Veröffentlichung. Das «neunte Jahr» in Anspielung auf den Cäsarianer und *poeta doctus* Gaius Helvius Cinna, der an seinem Epos «Zmyrna» neun Jahre lang gefeilt hatte, ehe Catull (Gedichte 95) das Erscheinen des Werkes begrüßen konnte. Quintilian zitiert die Horazische Regel im Vorwort zu seinem «Lehrbuch der Rhetorik».

Nosce te (ipsum)! «Erkenne dich (selbst)!» Die lateinische Version des am Tempel des delphischen Apollon angeschriebenen, den Sieben Weisen und besonders dem Chilon zugeschriebenen Aufrufs Γνῶϑι σεαυτόν (oben S. 12), in dieser unabhängigen Form bei Cicero, Tuskulanische Gespräche 1, 22, 52: *Cum igitur (Apollo) ‹Nosce te› dicit, hoc dicit: ‹Nosce animum tuum›*, «Wenn (Apollon) also sagt ‹Erkenne dich!›, sagt er das: ‹Erkenne deine Seele!›», sowie bei Seneca, Briefe an Lucilius 94, 28 *(Te nosce)*; Ad Marciam de consolatione 11, 2 *(Nosce te)*. In verschiedenen abhängigen Formen erscheint der delphische Spruch bereits bei Plautus, Stichus 124 und Pseudolus 971ff.; später bei Cicero, De finibus bonorum et malorum 3, 22, 73; 5, 16, 44; De legibus 1, 22, 58; Ovid, Ars amatoria 2, 499f.; weitere Zitate bei Otto, Nr. 1236.

Nulla dies sine linea. «Kein Tag (verstreiche) ohne eine Linie» (in dem Sinne: «Laß keinen Tag verstreichen, ohne wenigstens eine einzige Linie zu ziehen»). Die zu beständiger Übung – ursprünglich in der Malerei – mahnende Maxime wird bei Plinius dem Älteren, Naturgeschichte 35, 84, dem hervorragenden griechischen Maler Apelles, einem Zeitgenossen Alexanders des Großen, zugeschrieben: *Apelli fuit alioqui perpetua consuetudo numquam tam occupatum diem agendi, ut non lineam ducendo exerceret artem, quod ab eo in proverbium venit*, «Apelles hatte es sich übrigens zur dauernden Gewohnheit gemacht, niemals einen (von anderen Verpflichtungen) so vollbelegten Tag zu haben, daß er nicht wenigstens durch das Ziehen einer Linie seine Kunst üben konnte, was durch ihn zum Sprichwort wurde». Auf den gleichen Ursprung geht ein griechisches Sprichwort zurück: Τήμερον οὐδεμίαν γραμμὴν ἤγαγον,

«Heute habe ich keine Linie gezogen», bei Apostolios 16, 44 C (in: Leutsch-Schneidewin, Paroemiographi Graeci, Band II, S. 670).

Nulla poena sine lege. «Keine Strafe ohne Gesetz.» Paul Johann Anselm von Feuerbach, Lehrbuch des gemeinen in Deutschland gültigen peinlichen Rechts (1801), § 20. Vgl. Ulpian im Corpus iuris civilis, Digesten 50, 16, 131: *Poena non irrogatur, nisi quae quaque lege vel quo alio iure specialiter huic delicto imposita est*, «Eine Strafe wird nur dann verhängt, wenn sie durch irgendein Gesetz oder irgendeinen anderen Rechtsgrund speziell für dieses Vergehen vorgesehen ist».

(**Denique**) **nullum est iam dictum, quod non dictum sit prius.** «(Schließlich) gibt es ja nichts mehr zu sagen, das nicht früher schon gesagt worden wäre.» Terenz, Eunuchus, Prolog 41. In einer Erklärung in eigener Sache verwahrt sich der römische Komödiendichter gegen den Vorwurf eines Kollegen, er habe die Figuren des schmeichlerischen Parasiten und die des aufschneiderischen Offiziers aus älteren lateinischen Komödien gestohlen, und bekennt sich zugleich offen zur Übernahme der typischen Figuren aus der «Neuen» griechischen Komödie und im Falle dieses «Eunuchus» aus dem Menandrischen «Schmeichler». Der Kirchenvater Hieronymus, der in seinem Kommentar zum Prediger Salomo 1, 9f. (in: Migne, Patrologia Latina, Band 23, S. 1071) den Terenzvers in der Fassung *Nihil est dictum …* zitiert, führt einen Ausspruch seines Lehrers Donatus dazu an: *Pereant, qui ante nos nostra dixerunt*, «Zum Teufel mit denen, die vor uns unsere Gedanken ausgesprochen haben!» Vgl. die ebenfalls zum Geflügelten Wort gewordene deutsche Fassung des Gedankens in Goethes «Faust», Zweiter Teil, Zweiter Akt, Vers 6809f.: «Wer kann was Dummes, wer was Kluges denken, / das nicht die Vorwelt schon gedacht?»

Nullus est liber tam malus, ut non aliqua parte prosit. «Kein Buch ist so schlecht, daß es nicht in irgendeiner Hinsicht nützen könnte.» Nach dem Zeugnis des jüngeren Plinius, Briefe 3, 5, 10, ein Lieblingsausspruch seines Onkels, des älteren Plinius: *Dicere etiam solebat nullum esse librum tam malum, ut non aliqua parte prodesset,* «Er pflegte sogar zu sagen, kein Buch sei so schlecht ...». Für seine enzyklopädische «Naturgeschichte» hat der ältere Plinius nach eigenem Bekunden (Praefatio 17) etwa zweitausend Buchrollen durchgelesen und ausgewertet.

Nunc est bibendum, nunc pede libero / pulsanda tellus. «Nun heißt es trinken, nun mit freiem Fuß die Erde stampfen.» Horaz, Oden 1, 37, 1f. Die zu Trinkgelagen und Freudentänzen aufrufende Ode feiert den Tod der ägyptischen Königin Kleopatra, die sich nach dem entscheidenden Sieg des Octavianus, des späteren Kaisers Augustus, über Marcus Antonius und Kleopatra in der Seeschlacht bei Actium (31 v. Chr.) und der Einnahme Alexandrias durch Octavianus (30 v. Chr.) durch einen Schlangenbiß das Leben nahm. Der Anfang der Ode schließt an ein Lied des griechischen Lyrikers Alkaios auf den Tod des Tyrannen Myrsilos von Mytilene an: Νῦν χρὴ μεθύσθην ..., «Nun heißt es trinken ...» (Fragment 93 Lobel).

Nunc vino pellite curas! «Nun vertreibt mit Wein die Sorgen!» Horaz, Oden 1, 7, 31. Ein Aufruf zum Lebensgenuß in der Rückschau auf überstandene und im Ausblick auf bevorstehende Gefahren.

O curas hominum, o quantum est in rebus inane! «O die Sorgen (und Mühen) der Menschen, o wieviel Leeres ist in den Dingen!» (in dem Sinne: «... o wieviel Nichtiges, Sinnloses ...»). Lucilius, Fragmente der Satiren, Vers 9 Marx, zitiert bei Persius, Satiren 1, Vers 1; ein Scholion zu der Stelle bezeugt die Übernahme des Verses «aus dem Anfang des Lucilius» an den Anfang des Persius. Der jüngere Satiriker läßt die selbstironische rhetorische Frage folgen: *Quis leget haec?* (unten S. 148).

O matre pulchra filia pulchrior ... «O einer schönen Mutter schönere Tochter ...» Horaz, Oden 1, 16, 1.

O mihi praeteritos referat si Iuppiter annos! «O wenn doch Jupiter mir die vergangenen Jahre zurückbrächte!» Vergil, Aeneis 8, 560; Euander, der König der Arkader, zu seinem Sohn Pallas, bei dessen Aussendung an der Seite des Aeneas in den Kampf der Trojaner gegen die Rutuler. Der Wunsch des alten Euander nimmt einen entsprechenden Wunsch des alten Nestor bei Homer, Ilias 7, 132f. und 11, 670, wieder auf.

O quae mutatio rerum! «O welche Veränderung der Dinge!» Kehrreim des vielgesungenen Studentenliedes «O alte Burschenherrlichkeit» von Eugen Höfling.

O tempora, o mores! «O ihr Zeiten, o ihr Sitten!» (im Sinne von: «Welche Zeiten, welche Sitten!») Cicero, 1. Catilinarische Rede 1, 2, und noch mehrfach in Ciceros Reden, vgl. Otto, Nr. 1757.

Spätere Zitate des Ausrufs finden sich bei Seneca dem Älteren, Suasorien 6, 3: *Tuis verbis, Cicero, utendum est: O tempora, o mores!* ... «Deine Worte, Cicero, müssen wir gebrauchen: ...», bei Martial, Epigramme 9, 70, 1: *Dixerat ‹O mores, o tempora› Tullius olim,* «Tullius (Cicero) hatte einst gesagt: ...», und noch in der spätantiken anonymen Komödie Querolus 5, 3, S. 54 Peiper.

Oderint, dum metuant. «Mögen sie (mich) nur hassen, wenn sie (mich) nur fürchten.» Accius, Atreus, zum Beispiel bei Cicero, 1. Philippische Rede 14, 34 (in: Ribbeck, Tragicorum Romanorum Fragmenta, Accius, Vers 203f.). Aus dem Munde des Atreus in der Tragödie des Accius ist der Ausspruch durch Cicero zum Geflügelten Wort geworden; weitere Zitate bei Cicero, Rede für Sestius 48, 102; De officiis 1, 28, 97; Seneca, De clementia 1, 12, 4; 2, 2, 2; De ira 1, 20, 4. Kaiser Caligula pflegte das zynische Wort immer wieder zu zitieren (Sueton, Caligula 30, 1), Kaiser Tiberius den zweiten Teil in sein Gegenteil zu verkehren: *Oderint, dum probent,* «Mögen sie (mich) nur hassen, wenn sie (mich) nur achten» (Sueton, Tiberius 59, 2).

Odi et amo. «Ich hasse und liebe.» Catull, Gedichte 85, 1. Das die Haßliebe des Dichters zu Clodia alias «Lesbia» in ein einziges Distichon, vierzehn Worte, fassende Epigramm lautet vollständig: *Odi et amo. Quare id faciam, fortasse requiris. / Nescio, sed fieri sentio et excrucior,* «Ich hasse und liebe. Warum ich das tue, fragst du vielleicht. Ich weiß es nicht, doch daß es geschieht, fühle ich und werde (zu Tode) gefoltert».

Odi profanum volgus et arceo. «Ich weise die ungeweihte Menge ab und schließe sie aus.» Horaz, Oden 3, 1, 1. Der Eingangsvers der ersten der sechs sogenannten «Römeroden», in denen Horaz der römischen Jugend mit priesterlichem Ernst und prophetischem Pathos neue politische und zugleich religiöse Horizonte eröffnet. Vgl. das Vergilische *Procul, o procul este, profani,* unten S. 141. Aus dem folgenden Vers derselben Ode stammt die kultische Mahnung *Favete linguis,* oben S. 78. – Ein dem Dichterling Eumolpus in den Mund gelegtes Zitat des feierlichen Horazverses bei Petron, Satiricon 118, 4.

Odium generis humani. «Haß gegen das Menschengeschlecht.» Nach Tacitus, Annalen 15, 44, 5: ... *multitudo ingens* (zu ergänzen: *Christianorum*) *haud proinde in crimine incendii quam odio humani generis convicti sunt,* «... eine ungeheure Menge (von Christen) wurde nicht so sehr des Verbrechens der Brandstiftung als vielmehr des Hasses gegen das Menschengeschlecht überführt». Tacitus berichtet in dem Kapitel von der Christenverfolgung durch Kaiser Nero nach der Brandkatastrophe des Jahres 64 n. Chr. Der Vorwurf des Menschenhasses mag sich daraus erklären, daß die Christen sich von den staatlichen Kultfeiern und den öffentlichen Spielen ferngehalten haben. Vgl. Tacitus, Historien 5, 5, 2, wo derselbe Historiker denselben Vorwurf eines «feindseligen Hasses gegen alle anderen» *(adversus omnes alios hostile odium)* gegen die Juden erhebt.

Oleum et operam perdidi. «Öl und Mühe habe ich verloren.» Plautus, Poenulus 333; der Einwurf einer Sklavin, die ihre kosmetischen Öle und Künste offenbar vergeblich hatte glänzen lassen. Cicero, Briefe an Atticus 13, 38, 1, bezieht die feste Verbindung *oleum et opera* auf das Öl, das die Lampe bei nächtlicher Arbeit vor Anbruch des Tages verbraucht: *de eodem oleo et* *opera,* «vom gleichen Öl und der gleichen Mühe»; so wohl auch in dem Brief an Atticus 2, 17, 1: *ne et opera et oleum philologiae nostrae perierit,* «daß nicht Mühe und Öl unserer Philologie vertan ist»; vgl. Juvenal, Satiren 7, 99. In einem Brief an Marius (Briefe an Freunde 7, 1, 3) bezieht Cicero die Wendung auf die Gladiatorenspiele, die Pompeius zur Einweihung seines Theaters im Jahre 55 v. Chr. veranstaltete: *in quibus ipse Pompeius confitetur se et operam et oleum perdidisse,* «an denen seine Mühe und sein Öl verschwendet zu haben Pompeius ja selbst zugibt». Einige weitere Abwandlungen: Plautus, Rudens 24: *Et operam et sumptum perdunt,* «Sowohl Mühe als auch Aufwand ...»; Aulularia 578: *Ego faxo et operam et vinum perdiderit simul,* «... Mühe und Wein ...»; Petron, Satiricon 134, 2: *Et operam et sudorem perdidisti,* «Sowohl Mühe als auch Schweiß ...»; Ausonius, Epigramme 1, 7f.: *perdere somnum atque oleum,* «... Schlaf und Öl». Hieronymus, Briefe 57, 12, führt die Wendung als ein «abgedroschenes Sprichwort» *(tritum vulgi sermone proverbium)* an: *Oleum perdit et impensas, qui bovem mittit ad ceroma,* «Sein Öl und sein Geld verliert, wer ein Rindvieh zum Ringkampf schickt». Die volkstümliche Wendung ist wahrscheinlich aus dem Gebrauch des Öls als Kosmetikum hervorgegangen und von da auf die Verwendung des Öls in Lampen und beim Ringkampf übertragen worden.

Omne tulit punctum, qui miscuit utile dulci / (lectorem delectando pariterque monendo). «Jede Stimme hat der davongetragen, der das Nützliche dem Angenehmen beigemischt hat, (indem er den Leser erfreut und zugleich ermahnt).» Horaz, Ars poetica 343f. (*Punctum:* der «Punkt», der bei der Stimmenzählung für jede Stimme hinter dem Namen des Kandidaten in ein

Wachstäfelchen «eingestochen» wird.) Vgl. die in Vers 333f. voraufgehende Entgegensetzung: *Aut prodesse volunt aut delectare poetae / aut simul et iucunda et idonea dicere vitae*, «Entweder Nutzen bringen oder Freude bereiten wollen die Dichter oder zugleich sowohl Vergnügliches als auch fürs Leben Brauchbares sagen», oben S. 46.

Omnes eodem cogimur. «Alle werden wir an den gleichen Ort gezwungen.» Horaz, Oden 2, 3, 25. Die ersten Worte der letzten Strophe der Ode; voraufgeht (Vers 21ff.) der Gedanke: Ob du reich bist und aus altem Königsgeschlecht oder arm und von niedrigster Abkunft, es ist kein Unterschied, du wirst ein Opfer des unbarmherzigen Orcus ... – Zu den gleichfalls «geflügelten» Eingangsversen der Ode *Aequam memento rebus in arduis* ... oben S. 36.

(Sed) omnes una manet nox / (et calcanda semel via leti). «(Aber) alle (Menschen) erwartet eine einzige Nacht und der (nur) ein einziges Mal zu betretende Weg des Todes.» Horaz, Oden 1, 28, 15f.

Omnia mea mecum porto. «Alle meine Habe trage ich bei mir.» Nach Cicero, Paradoxa Stoicorum 1, 1, 8; die paradoxe Erwiderung des Bias von Priëne, eines der Sieben Weisen, als in der allgemeinen Fluchtbewegung nach der Einnahme seiner Vaterstadt einer seiner Mitbürger ihn auffordert, er solle doch wie sie, soviel er nur könne, von seiner Habe mitnehmen: *Ego vero ... facio: Omnia mea porto mecum*, «Aber das tue ich ja: Alle meine Habe trage ich bei mir». Derselbe auf die wahrhafte, geistige «Habe» des Menschen deutende Ausspruch ist zitiert bei Valerius Maximus, Denkwürdige Taten und Worte 7, 2, externi 3 *(Ego vero ... bona mea mecum porto);* Seneca, De constantia sapientis 5, 6, und Briefe an Lucilius 9, 18 (*Omnia ... bona mea mecum sunt;* dem Stilpon zugeschrieben); Phaedrus, Fabeln 4, 23, 14 und 26f. (*Mecum ... mea sunt cuncta;* dem Simonides zugeschrieben). Die Sentenz, die Phaedrus seiner Fabel voranstellt: *Homo doctus in se semper divitias habet,* «Ein gebildeter Mensch hat seine Reichtümer immer in sich», übersetzt eine Sentenz Menanders, Einzelverse 569 Jäkel: Ὁ σοφὸς ἐν αὑτῷ περιφέρει τὴν οὐσίαν, «Der Weise trägt seinen Besitz in sich selbst (mit sich) herum». Vgl. die dem Varro zugeschriebene Sentenz unter *Ubi bene, ibi patria,* unten S. 180.

Omnia vincit Amor. «Alles bezwingt die Liebe.» Vergil, Bucolica 10, 69, wiederaufgenommen in dem unter Vergils Namen überlieferten, in der «Appendix Vergiliana» enthaltenen «Ciris»-Gedicht, Vers 437. Macrobius, Saturnalien 5, 16, 7, nennt die Sentenz unter den Worten, die «sprichwörtlich in aller Munde» seien *(vice proverbiorum in omnium ore funguntur).*

Omnis homo mendax. «Jeder Mensch ist ein Lügner.» Aus Paulus, Brief an die Römer 3, 4 Vulgata: *Est autem Deus verax, omnis autem homo mendax,* «Es ist aber Gott wahrhaft, jeder Mensch aber lügenhaft». Vgl. Psalm 115, 11 Vulgata: *Omnis homo mendax* beziehungsweise *mendacium.*

Ora et labora, (Deus adest sine mora). «Bete und arbeite, (Gott ist da ohne Verzug).» Die Quelle des Spruches – eines Wahlspruches der Benediktiner – ist nicht nachgewiesen; seine Reimform verweist auf das Mittelalter.

Otium cum dignitate. «Muße, verbunden mit Würde» (mit Bezug auf ein von öffentlichen Aufgaben unbelastetes, durch erworbene Verdienste angesehenes Leben). Nach Cicero, De oratore 1, 1, 1. In dem weitausholenden Eingangssatz zu seiner Schrift «Über den Redner» preist Cicero das herausragende Glück der «Alten», die «in einem vorzüglich verfaßten Staat, während sie durch öffentliche Ehren und den Ruhm ihrer Taten glänzten, den Lauf ihres Lebens derart zu lenken vermochten, daß sie entweder in ihrer (politischen) Tätigkeit ohne Gefahr oder dann in ihrem (so verdienten) Mußestand mit Würde leben konnten» *(... ut vel in negotio sine periculo vel in otio cum dignitate esse possent).* Nicht auf die «Muße» des einzelnen Bürgers, sondern entsprechend auf die des Staates im ganzen bezieht sich die Formel in Ciceros Rede für Sestius, 45, 98: *Id, quod est praestantissimum maximeque optabile omnibus sanis et bonis et beatis: cum dignitate otium,* «Das, was für alle Vernünftigen, Rechtschaffenen und vom Glück Gesegneten den höchsten Vorrang hat und höchstes Ziel der Wünsche ist: ein mit Würde gewahrter Frieden» (vgl. in der Folge 46, 98: *otiosae dignitatis);* hier bezeichnet das *otium* die von politischen und kriegerischen Belastungen und Bedrohungen verschonte «Muße» des Staates, den Frieden. So auch in den Briefen an die Freunde 1, 9, 21 *(cum dignitate otium).*

Pacta sunt servanda. «Verträge müssen eingehalten werden.» Vielleicht im Anschluß an Ulpian im Corpus iuris civilis, Digesten 2, 14, 7, § 7, wo der große Jurist das Edikt des römischen Prätors zitiert: *Ait praetor: Pacta, conventa ... servabo*, «Der Prätor sagt: ‹Verträge und Vereinbarungen ... werde ich einhalten›». Vgl. auch den Anfang dieses Kapitels 2, 14 *De pactis*, «Über die Verträge», wo Ulpian die rhetorische Frage aufwirft: *Quid enim tam congruum fidei humanae, quam ea, quae inter eos placuerunt, servare?* «Was könnte denn der Verläßlichkeit unter Menschen mehr entsprechen als dieses: die Verträge, denen beide Seiten ihre Zustimmung gegeben haben, einzuhalten?»

Panem et circenses. «Brot und Wagenrennen.» Juvenal, Satiren 10, 81. Der Satiriker klagt über die verlorene Selbstachtung des einst so stolzen römischen Volkes, Vers 78ff.: *Nam* (ergänze: *populus*) *qui dabat olim / imperium, fasces, legiones, omnia, nunc se / continet atque duas tantum res anxius optat: / panem et circenses*, «Denn (das Volk), das einst den Oberbefehl, die Rutenbündel, die Legionen, (überhaupt) alles zu verleihen gewohnt war, bescheidet sich nun und wünscht sich ängstlich nur noch diese beiden Dinge: Brot und Wagenrennen». Die verbilligte oder sogar kostenlose Verteilung von Getreide und die spektakulären Wagenrennen im langgestreckten Circus Maximus waren – wie auch die Gladiatorenkämpfe und Tierhetzen in den Amphitheatern – seit der späten römischen Republik gebräuchliche Mittel, die Bedürfnisse der großen Masse zu befriedigen und den Beifall der hauptstädtischen Bevölkerung zu gewinnen. Fronto, Principia historiae 18 (S. 199f. Van den Hout) bemerkt später, Kaiser Trajan habe den Schauspielen jeweils besondere Aufmerksamkeit geschenkt, da er wußte, «daß das römische Volk sich vornehmlich von zwei Dingen, dem Getreide und den Schauspielen, im Bann halten lasse» *(populum Romanum duabus praecipue rebus, annona et spectaculis, teneri)*. Ursprünglich ist die wirkungsvolle Wortverbindung von «Getreide» und «Schauspielen» offenbar auf die entsprechenden Verhältnisse in Alexandria gemünzt gewesen; Juvenals Zeitgenosse Dion von Prusa zitiert in seiner Rede an die Alexandriner, 31, ohne Nennung eines Autors ein «altes» Verdikt über die Bürger der ägyptischen Metropole: «Aber was soll einer zu der großen Masse der Alexandriner sagen, denen man einzig und allein viel Brot vorwerfen muß (οἷς μόνον δεῖ παραβάλλειν τὸν πολὺν ἄρτον) und das Schauspiel von Wagenrennen (καὶ θέαν ἵππων), da sie ja sonst an nichts Interesse haben.»

Parturiunt montes, nascetur ridiculus mus. «Es kreißen die Berge, geboren (werden) wird eine lächerliche Maus.» Nach Horaz, Ars poetica 139: *Parturient montes, nascetur ...*, «Kreißen werden die Berge, geboren werden wird ...». Horaz warnt die angehenden Dichter vor großsprecherischen Ankündigungen, denen leicht ein kläglicher Ausgang folgt. Porphyrio zu der Horazstelle führt die drastische Bildlichkeit auf ein «griechisches Sprichwort» zurück, das auch in der unter dem Namen des Diogenianos überlieferten Sprichwörtersammlung, 8, 75, erscheint: Ὤδινεν ὄρος, εἶτα μῦν ἀπέτεκεν, «Es kreißt der Berg, und dann gebiert er eine Maus». Das vermeintliche «Sprichwort» wiederum geht zurück auf eine Aesopische Fabel, die uns bei Phaedrus, 4, 24, in einer lateinischen Fassung in vier Versen überliefert ist. Ein Zitat der Aesopischen Fabel findet sich bei Plutarch, Agesilaos 36, 9, wo die zum Empfang des mehr als achtzigjährigen Spartanerkönigs Agesilaos abgesandten Offiziere des Ägypterkönigs Tachos sich über den so hochgerühmten und dann doch so unscheinbaren greisen Feldherrn lustig machen. Der Horazvers wird angeführt bei Hieronymus, Adversus Iovinianum 1; bei Servius zu Vergil, Aeneis 8, 83; sowie, mit verändertem Bezug, bei Marius Mercator, Subnotationes in verba Iuliani 9, 14, als Schlußwort (in: Migne, Patrologia Latina, Band 48, Spalte 172).

Pater historiae. «Vater der Geschichtsschreibung.» Der von Cicero, De legibus 1, 1, 5, dem ursprünglich aus Halikarnassos südlich Milet gebürtigen, in Perikleischer Zeit zum Wahlathener gewordenen griechischen Geschichtsschreiber Herodot verliehene Ehrentitel. Herodots Darstellung der sogenannten «Perserkriege» des frühen 5. Jahrhunderts v. Chr. und der seit Kyros voraufgegangenen persischen Eroberungszüge ist das erste eigentliche Geschichtswerk der europäischen Literatur; sein Titelwort ἱστορίη *(historie)*, «Augenschein, Erkundung, Erforschung», hat der «Historiographie» und der «Historiker»-Zunft den Namen gegeben.

Pater patriae. «Vater des Vaterlandes.» Der in der gleichbedeutenden ehrenden Bezeichnung *parens patriae* für Cicero (Rede gegen Piso 3, 6) und Caesar (Livius, Periochae 116) vorgeprägte, am 5. Februar des Jahres 2 v. Chr. von Senat, Ritterschaft und Volk verliehene Ehrentitel des Augustus (Augustus, Monumentum Ancyranum 35; Sueton, Augustus 58). Die meisten späteren römischen Kaiser haben diesen Titel übernommen; Tiberius, der Nachfolger des Augustus, hat ihn zurückgewiesen (Tacitus, Annalen 1, 72, 1).

Pater, peccavi (in caelum et coram te). «Vater, ich habe gesündigt (gegen den Himmel und vor dir).» Evangelium nach Lukas, 15, 18 und 21 Vulgata; im Gleichnis vom verlorenen Sohn die ersten Worte, die der heimkehrende Sohn an seinen Vater richtet.

Patior, ut potiar. «Ich leide, um zu herrschen.» Das lateinische Wortspiel, das in unübertrefflicher, unübersetzbarer Prägnanz in seinen drei spiegelbildlich aneinander anklingenden Worten, lediglich durch das symmetrische Umspringen jeweils zweier Vokale, das «Leiden» und das «Herrschen» zueinander in Bezug setzt, deutet wohl auf die Leidensgeschichte Christi und seine Wiederkehr als Weltenherrscher. Die Quelle des Spruches ist nicht nachgewiesen.

Patriae inserviendo consumor. «Im Dienst für das Vaterland verzehre ich mich.» Der Wahlspruch Otto von Bismarcks; vgl. das Faksimile in den «Gedanken und Erinnerungen», Band III. Dem Bismarckschen Wahlspruch zugrunde liegt die bildhafte, ursprünglich wohl in Hinblick auf eine brennende Fackel oder Kerze geprägte Devise: *Aliis inserviendo consumor,* «Im Dienst für andere verzehre ich mich». Die – wohl kaum antike – Quelle dieser Fassung ist nicht nachgewiesen.

(Sicelides Musae), paulo maiora canamus. «(Sizilische Musen), ein wenig Größeres wollen wir singen.» Vergil, Eklogen 4, 1. Der Dichter ruft die «Sizilischen Musen» der Theokritischen Hirtendichtung zu einem Lied auf, das mit der prophetischen Ankündigung einer Wiederkehr des alten Goldenen Zeitalters den «idyllischen» Ton der Theokritischen «Eidyllia» und seiner eigenen Hirtenlieder ins Heroische steigern soll.

Pauper ubique iacet. «Der Arme liegt überall am Boden.» Ovid, Fasten 1, 218; aus einer Rede des Janus über die Herrschaft des Geldes. Das in raffinierter Bewegung sich steigernde Distichon (Vers 217f.) lautet vollständig: *In pretio pretium nunc est, dat census honores, / census amicitias; pauper ubique iacet,* «Was heute gilt, ist das Geld, der Besitz verleiht Ämter und Würden, / Freunde verschafft der Besitz; arm giltst du überall nichts». Vgl. das so starr wie streng gebaute mittelalterliche Sprichwort in der Form eines Leoninischen Hexameters (Werner D 128): *Dives ubique placet, pauper ubique iacet,* «Der Reiche findet überall Gefallen, der Arme liegt überall am Boden».

Pax vobiscum! «Friede (sei) mit euch!» Nach dem Evangelium nach Lukas 24, 36 Vulgata *(Pax vobis);* der auferstandene Jesus zu den Jüngern.

Pecca fortiter, (sed fortius fide et gaude in Christo, qui victor est peccati, mortis et mundi). «Sündige tapfer, (aber tapferer noch glaube und freue dich in Christus, der Sieger ist über Sünde, Tod und Welt).» Luther an Melanchthon, am 1. August 1521 (Weimarer Ausgabe, Briefwechsel, Band II, S. 372, Nr. 424). Zum Abschluß einer Erörterung von Thesen seines Lehrers Karlstadt zum Zölibat und zum Abendmahl schreibt Luther: «Wenn du ein Prediger der Gnade bist, predige nicht eine erdichtete, sondern eine wahrhaftige Gnade *(gratiam non fictam, sed veram);* wenn diese eine wahrhaftige Gnade ist, nehme sie eine wahrhaftige, nicht eine erdichtete Sünde hinweg *(verum, non fictum peccatum)*. . . . Sei ein Sünder und sündige tapfer . . .». Luther schließt: *Ora fortiter, etiam fortissimus peccator,* «Bete tapfer, auch als der tapferste Sünder».

Pectus est (enim), quod disertos facit, (et vis mentis). «(Denn) das Herz ist es, was den Redner macht, (und die Ausdruckskraft der Empfindung).» Quintilian, Lehrbuch der Rhetorik 10, 7, 15. Der Rhetorikprofessor fordert von dem angehenden Redner, er solle sich beim Vortrag die Personen und die Argumente, die Hoffnungen und die Befürchtungen und überhaupt alles, wovon er sprechen wolle, bildhaft vor Augen stellen und lebhaft nachempfinden; einzig und allein die völlig lebendige Vergegenwärtigung aller Gegenstände seiner Rede und der daran geknüpften Empfindungen könne dem noch so sorgsam ausgearbeiteten Kunstwerk beim Vortrag wieder Unmittelbarkeit und Eindringlichkeit zurückgeben.

Per aspera ad astra. Die prägnante, offenkundig ganz auf den Anklang zwischen *aspera* und *astra* und den Gegensatz des Irdischen und des Himmlischen gestellte Prägung bedeutet wörtlich: «Durch Rauhes zu den Sternen» (in dem Sinne: «Auf steinigem Weg, durch schwere Mühsal zur Vollkommenheit, zur Vergöttlichung»). Die Quelle des Wortes ist nicht nachgewiesen. Die mythische Vorstellung einer Entrückung unter die Sterne erinnert an die Verstirnungen großer Heroen wie zumal des Herakles; im Hintergrund stehen insbesondere die Mahnung des Hesiod: «Vor die Vollendung haben die Götter den Schweiß gesetzt ..., und lang und steil ist der Weg zu ihr, und rauh zu Anfang» (oben S. 30), und die bei Xenophon, Memorabilien 2, 1, 21 ff. überlieferte Fabel des Prodikos von Herakles am Scheideweg. *Per aspera* findet sich in einer lateinischen Wiedergabe der Hesiodstelle bei Cornelius Severus, Fragment 2, 1 (in: Morel, Fragmenta Poetarum Latinorum): *Ardua virtuti longeque per aspera cliva / eluctanda via est*, «Steil ist für die Tüchtigkeit und weithin über rauhe Steigungen zu erkämpfen der Weg»; *ad astra* begegnet in dem ermunternden Zuruf des Schutzgottes Apollon an den jungen Ascanius *Sic itur ad astra*, «So gelangt einer zu den Sternen» (unten S. 165). Die zugespitzte Formulierung *Per aspera ad astra* scheint vorbereitet durch Seneca, Hercules furens 437: *Non est ad astra mollis e terris via*, «Nicht bequem ist zu den Sternen von der Erde der Weg», und Silius Italicus, Punica 4, 603f.: *... perque aspera duro / nititur ad laudem virtus interrita clivo*, «... und durch Rauhes strebt auf harter Steigung die Tüchtigkeit zum Ruhm, unerschrocken». Vgl. die Ordensregel des Heiligen Benedikt 58, 8 Hanslik: *Dura et aspera (sunt), per quae itur ad deum*, «Hart und rauh sind (die Wege), durch die einer zu Gott gelangt». – Das Spiel mit den Worten und Klängen setzt sich fort in der Variation *Per angusta ad augusta*, «Durch Eingeschränktes zu Geheiligtem».

Per mutuum colloquium et consolationem fratrum. «Durch das wechselseitige Gespräch und die Tröstung der Brüder untereinander.» Martin Luther, Schmalkaldische Artikel, Dritter Teil, Vom Evangelio (Weimarer Ausgabe, Werke, Band 50, S. 241), in einer längeren Aufzählung der vielfältigen Mittel, durch welche die Kirche in ihrer Verkündigung des Evangeliums den Gläubigen mit ihrem Rat und ihrer Hilfe beistehen kann.

Perfer, obdura! «Halte durch, bleibe hart!» Catull, Gedichte 8, 11; ein Aufruf des Dichters an sich selbst, in seinem Liebesschmerz um «Lesbia». Das *obdura* ist im folgenden Vers und am Schluß des Gedichts wiederaufgenommen. Mehrere Zitate bei Horaz, Satiren 2, 5, 39 *(Persta atque obdura)*; Ovid, Amores 3, 11, 7 *(Perfer et obdura)*; Tristien 5, 11, 7 *(Perfer et obdura)*.

Perpetuum mobile. «Unaufhörlich Bewegliches» (in dem Sinne: «Unaufhörlich ohne Antrieb laufende Maschine»). Der Terminus technicus eines *Perpetuum mobile* findet sich zuerst bei Caspar Schott, Mechanica hydraulica-pneumatica (1657), S. 376, und Technica curiosa (1664), Buch 10 *(mobile perpetuum).* Vorher – die Idee eines *Perpetuum mobile* geht bis ins 12. Jahrhundert zurück – ist von Maschinen mit «unaufhörlicher Bewegung» *(perpetuus motus)* die Rede.

Philosophia ancilla theologiae. «Die Philosophie (sei) die Dienerin der Theologie.» Wohl nach Petrus Damianus, De divina omnipotentia 5, 621 (in: Migne, Patrologia Latina, Band 145, Spalte 603): *Quae tamen artis humanae peritia, si quando tractandis sacris eloquiis adhibetur, non debet ius magisterii sibimet arroganter arripere, sed velut ancilla dominae quodam famulatus obsequio subservire,* «Diese Fertigkeit in einer (nur) menschlichen Wissenschaft (der Philosophie) darf jedoch, wenn sie einmal zur Erklärung heiliger Schriftworte hinzugezogen wird, niemals das Vorrecht des Lehramts sich selbst anmaßen und an sich reißen, sondern muß diesem vielmehr wie eine Dienerin ihrer Herrin in einer Art Gehorsamspflicht der Gehilfenschaft zu Diensten sein». Die geflügelte kurze Formel erscheint auch abgewandelt zu *Philologia ancilla theologiae,* «Die Philologie (sei) die Dienerin der Theologie».

Pia desideria. «Fromme Wünsche.» Titel einer Schrift des lutherischen Theologen Philipp Jakob Spener: «Pia Desideria oder: Herzliches Verlangen nach gottgefälliger Besserung der wahren evangelischen Kirchen» (1675), eines weitverbreiteten Hauptwerks des lutherischen Pietismus. Speners Titel ist ein Zitat: Kurz zuvor waren die fünfzig Jahre älteren «Pia Desideria» (1627) des katholischen Theologen Hermann Hugo in zwei deutschen Übersetzungen erschienen: «Das Klagen der büßenden Seel oder: Die sogenannte Pia Desideria» (1672), und: «Himmelflammende Seelenlust oder: Hermann Hugons Pia Desideria» (1675). Heutzutage wird der Ausdruck meist zitiert in dem Sinne: «Unerfüllbare Wünsche.»

Pia fraus. «Frommer Betrug.» Vielleicht aus Ovid, Metamorphosen 9, 711 *(pia ... fraude).* Der in sich widersprüchliche Ausdruck bezieht sich an der angeführten Stelle auf den «frommen Betrug» der Telethusa, die ihre neugeborene Tochter Iphis als einen Sohn ausgibt, um sie vor der durch den Vater gebotenen Tötung zu bewahren. Die *pietas* bezeichnet im Lateinischen neben der Ehrfurcht gegenüber den Göttern insbesondere auch die Bindung der Kinder an die Eltern und dieser wieder an die Kinder.

Plenus venter non studet libenter. «Ein voller Bauch studiert nicht gern.» Der – wohl erst mittelalterliche, asketisch-mönchische – Ursprung des Wortes in dieser gereimten Version ist nicht nachgewiesen. Letztlich geht die Sentenz auf einen offenbar sprichwörtlichen griechischen (Tragiker?)-Vers zurück: Παχεία γαστὴρ λεπτὸν οὐ τίκτει νόον, «Ein dicker Bauch bringt keinen feinen Sinn hervor» (ohne Autorenangabe zitiert bei Galen, Utrum medicinae sit an gymnastices hygieine, Band V, S. 878 Kühn, und bei Philoponos, Kommentar zu Aristoteles, De anima, in: Commentaria in Aristotelem Graeca, Band 15, S. 51, Zeile 10; vgl. Apostolios 5, 22 A, in: Leutsch-Schneidewin, Paroemiographi Graeci, Band II, S. 337). Lateinische Versionen des griechischen Sprichworts bei Hieronymus, Briefe 52, 11: *Pinguis venter non gignit sensum tenuem,* «Ein fetter Bauch bringt keinen feinen Sinn hervor», und in den Scholien zu Persius, Satiren 1, 56: *... ex ventre crasso tenuem sensum non nasci,* «... aus einem dicken Bauch gehe kein feiner Sinn hervor».

Poetica licentia. «Dichterische Freiheit.» So zuerst bei Seneca, Naturales quaestiones 2, De fulminibus et tonitribus 44, 1 *(poeticam ... licentiam);* vgl. Cicero, De oratore 3, 38, 153 *(poetarum licentia),* und Ovid, Amores 3, 12, 41 *(licentia vatum).* Die lateinische Lehnübersetzung entspricht dem griechischen Begriff der ποιητικὴ ἐξουσία, der zuerst bei Agatharchides, De mari Erythraeo 1, 4 (in: Müller, Geographi Graeci minores, Band I, S. 112) begegnet.

Potius amicum quam dictum perdere. «Lieber einen Freund als ein Wort verlieren» (in dem Sinne: «Lieber es mit einem Freund verderben als ein Witzwort unterdrücken»). Nach Quintilian, Lehrbuch der Rhetorik 6, 3, 28: *Laedere numquam velimus longeque absit illud propositum potius amicum quam dictum perdendi,* «Verletzen sollten wir niemals wollen, und fern sei uns jener (berüchtigte) Vorsatz, lieber einen Freund als ein Wort zu verlieren». Eine Anspielung auf die offenbar geläufige Wendung findet sich schon bei Horaz, Satiren 1, 4, 34f.: *Dummodo risum / excutiat sibi, non hic cuiquam parcet amico,* «Wenn er nur einen Lacher für sich herausschlagen kann, wird der seinen besten Freund nicht schonen».

Praeceptor Germaniae. «Lehrer Deutschlands.» Der Ehrentitel Philipp Melanchthons, mit dem schon die Zeitgenossen –

wir wissen nicht, wer als erster – die Verdienste des großen Humanisten, Theologen und Reformators um die Erneuerung der Universitäten und Lateinschulen gewürdigt haben. Melanchthons Gegenspieler Andreas Osiander stellt den Ruhmestitel in seinem «Bericht und Trostbrief» (1551) mit Spott und Hohn an den Pranger: «Da soll der Mann *Praeceptor Germaniae* und *Magister veritatis* heißen!»

Primum vivere, deinde philosophari. «Zuerst leben, dann erst philosophieren» (in dem Sinne: «In erster Linie ein tätiges Leben führen, in zweiter Linie philosophische Studien treiben»). Die Quelle des Wortes ist nicht nachgewiesen; vgl. jedoch Cicero in einem Brief an seinen Sohn Marcus, bei Laktanz, Divinae institutiones 3, 14, 17: ... *philosophiae quidem praecepta noscenda, vivendum autem esse civiliter*, «... daß man die Vorschriften der Philosophie zwar kennenlernen, sein Leben aber auf bürgerliche Weise führen müsse». Der Entgegensetzung des «Lebens» *(vivere)* und des «Philosophierens» *(philosophari)* in der lateinischen Sentenz liegt die Aristotelische Entgegensetzung des «Lebensnotwendigen» (ἀναγκαῖον) oder der «Unmuße» (ἀσχολία) auf der einen Seite und des «Schönen» (καλόν) oder der «Muße» (σχολή) auf der anderen Seite zugrunde.

Principiis obsta! «Den Anfängen tritt entgegen!» Ovid, Remedia amoris 91. Eine Anspielung auf dieses erste «Heilmittel gegen die Liebe» findet sich bei Seneca, Briefe an Lucilius 72, 11, als Schlußpointe: *Principiis ... obstemus!* «Den Anfängen ... wollen wir entgegentreten!»

(Oratio) pro domo. «(Rede) für das (eigene) Haus.» In älteren Ciceroausgaben lautet so der Titel der Rede, die Cicero nach seiner

Rückberufung aus dem Exil im Herbst 57 v. Chr. vor dem Kollegium der Oberpriester gehalten hat, um die Rückgabe auch seines Grundstückes und Stadthauses am Nordosthang des Palatin zu erwirken. Sein Erzfeind Publius Clodius Pulcher hatte die hervorragend gelegene Liegenschaft nach Ciceros Verbannung zugunsten der Staatskasse eingezogen, bei der Versteigerung durch einen Strohmann in seine Hand gebracht und einen Teil davon der Libertas, der Göttin der Freiheit, geweiht. In neueren Ausgaben lautet der Titel der Ciceronischen Rede *De domo sua*, «Über sein eigenes Haus». Die ältere Fassung *Oratio pro domo* wird heute zitiert in dem Sinne «Plädoyer in eigener Sache, zum eigenen Vorteil».

Procul, o procul este, profani! «Fern, o fern steht, Unheilige!» Vergil, Aeneis 6, 258; die cumäische Sibylle zu den Gefährten des Aeneas, vor dessen Abstieg in die Unterwelt. Vielleicht nach Kallimachos, Hymne an Apollon 2: Ἑκὰς ἑκὰς ὅστις ἀλιτρός, «Fern, fern, wer von Frevel befleckt ist!» Vgl. das Horazische *Odi profanum volgus et arceo*, oben S. 124.

Prodenda, quia prodita. «Die Dinge sind (den Nachfahren) zu überliefern, weil sie (uns von den Vorfahren) überliefert sind.» Die lateinische Entsprechung des Herodoteischen λέγειν τὰ λεγόμενα, oben S. 20. Vgl. *Relata refero*, unten S. 155.

Punctum saliens. «Der springende Punkt.» Aristoteles, Historia animalium 6, 3. 561 a 9ff., erklärt, bei der Entwicklung des Eies zeige sich als erstes «so groß wie ein Punkt, blutfarben im Weißen, das Herz»: Τοῦτο δὲ τὸ σημεῖον πηδᾷ καὶ κινεῖται ὥσπερ ἔμψυχον . . ., «Dieser Punkt springt und bewegt sich wie ein lebendiges Wesen ...». Die lateinische Prägung *Punctum saliens* findet sich in: U. Aldrovandi, Ornithologia (1610), 14, 1, S. 101, Zeile 67. Heute hat dieser «springende Punkt», in dem das Leben zu pulsen beginnt, die Bedeutung «der entscheidende Punkt, der wesentliche Punkt».

Quae medicamenta non sanant, ferrum sanat; quae ferrum non sanat, ignis sanat; (quae vero ignis non sanat, insanabilia reputari oportet). «Was Medikamente nicht heilen, heilt das Eisen; was das Eisen nicht heilt, heilt das Feuer; (was aber das Feuer nicht heilt, muß als unheilbar angesehen werden).» Die lateinische Übersetzung von Hippokrates, Aphorismen 7, 87: Ὁκόσα φάρμακα οὐκ ἰῆται, σίδηρος ἰῆται· ὅσα σίδηρος οὐκ ἰῆται, πῦρ ἰῆται· ὅσα δὲ πῦρ οὐκ ἰῆται, ταῦτα χρὴ νομίζειν ἀνίητα.

Qualis rex, talis grex. «Wie der König, so die Herde» oder in entsprechendem Gleichklang: «Wie der Herr, so das Gescherr.» Die – vermutlich mittelalterliche – Quelle der gereimten Fassung des antiken Sprichworts ist nicht nachgewiesen. Vgl. jedoch Petron, Satiricon 58, 3: *Qualis dominus, talis et servus,* «Wie der Herr, so auch der Sklave», und Cicero, Briefe an Freunde 1, 9, 12, mit Berufung auf Platon: *quales in re publica principes essent, tales reliquos solere esse cives,* «wie im Staat die führenden Männer seien, so pflegten auch die übrigen Bürger zu sein», sowie die Umkehrung bei Hieronymus, Briefe 7, 5: *... talisque sit rector quales illi, qui reguntur,* «... und so sei der Herrscher, wie die, die beherrscht werden». Entsprechende Claudianzitate bei Otto, Nr. 1538. Cicero, Briefe an Atticus 5, 11, 5, spielt auf das Sprichwort in seiner reizvollen griechischen Fassung «Wie die Herrin, so die Hündin» an; vgl. Platon, Staat 8. 563 C.

Quamvis sint sub aqua, sub aqua maledicere temptant. «Wenn sie auch unter Wasser sind, noch unter Wasser versuchen sie zu schmähen.» Ovid, Metamorphosen 6, 376. Die lykischen Bauern hatten der mit ihren neugeborenen Zwillingen Apollo und Diana von der eifersüchtigen Juno umgetriebenen Latona einen erfrischenden Trunk aus ihrem Teich verwehrt, die Göttin schmählich beleidigt und das Wasser mutwillig getrübt; zur Strafe dafür verwandelte Latona sie allesamt in Frösche. Mit dem *quamvis* am Anfang und dem wiederholten *sub aqua* in der Mitte gibt der Ovidische Vers lautmalend das aufgeregte Quaken der verwandelten Bauern wieder.

Quandoque bonus dormitat Homerus. «Dann und wann schläft (selbst) der (sonst so untadelige) gute Homer einmal.» Aus Horaz, Ars poetica 359f.: *Indignor, quandoque bonus dormitat Homerus; / verum operi longo fas est obrepere somnum,* «Ich empöre mich, wenn denn der (sonst so untadelige) gute Homer einmal schläft; doch in ein langes Werk hat der Schlaf ein Recht sich einzuschleichen». Mit der Herauslösung des Temporalsatzes, dessen einleitende Konjunktion *quandoque,* «wenn denn einmal», in dem Geflügelten Wort zum Adverb in der Bedeutung «dann und wann einmal» wird, ist die feine Horazische Selbstironie verlorengegangen. Quintilian, Lehrbuch der Rhetorik 10, 1, 24, stellt dem Vers aus der Horazischen «Ars poetica» eine nochmals im letzten Buch seines Werkes (12, 1, 22) sowie später bei Plutarch, Cicero 24, 6, angeführte entsprechende kritische Bemerkung aus einem Freundesbrief Ciceros zur Seite: *... cum Ciceroni dormitare interim Demosthenes, Horatio vero etiam Homerus ipse videatur,* «... da ja dem Cicero zuweilen (selbst) Demosthenes, dem Horaz sogar Homer selbst zu schlafen scheint»

(Cicero, Briefe, Fragmente 9 A, 3 und 4). In Horazens «Poetik» folgt in Vers 361: *Ut pictura poesis,* unten S. 184, und in Vers 365: *Deciens repetita placebit,* oben S. 60. – Vgl. *Errare humanum est,* oben S. 72.

Quem di diligunt, / adulescens moritur. «Einer, den die Götter lieben, stirbt als ein junger Mensch.» Plautus, Bacchides 816f. Die lateinische Sentenz ist Wort für Wort aus der griechischen Vorlage der römischen Komödie, aus Menanders «Doppeltem Betrüger», übersetzt; der einzeln überlieferte Menandervers lautet: Ὃν οἱ θεοὶ φιλοῦσιν, ἀποθνῄσκει νέος, «Einer, den die Götter lieben, stirbt jung» (Fragment 111 Körte).

Qui tacet, consentire videtur. «Wer schweigt, scheint zuzustimmen.» Papst Bonifatius VIII., Liber sextus decretalium 5, 12, 43. In Anlehnung an Paulus im Corpus iuris civilis, Digesten 50, 17, 142 *(Qui tacet, non utique fatetur, sed tamen verum est eum non negare,* «Wer schweigt, gesteht nicht geradezu, aber es ist dennoch wahr, daß er nicht leugnet»), präzisiert die folgende 44. Regel: *Is, qui tacet, non fatetur, sed nec utique negare videtur,* «Der, der schweigt, gesteht nicht, aber er scheint auch nicht geradezu zu leugnen». Vgl. Cicero, Rede für Sestius 18, 40: *Tacendo loqui, non infitiando confiteri videbantur,* «Durch ihr Schweigen schienen sie zu sprechen, durch ihr Nicht-Leugnen zu gestehen»; De inventione 1, 32, 54: ... *quoniam taciturnitas imitatur confessionem,* «... da ja (verstocktes) Schweigen einem Geständnis gleichkommt», und Seneca der Ältere, Controversiae 10, 2, 6: *Sed silentium videtur confessio,* «Aber das Schweigen erscheint als Geständnis». Die Regel scheint auch im attischen Recht geläufig gewesen zu sein; vgl. Platon, Apologie des

Sokrates 27 C: «Ich nehme nämlich an, daß du zustimmst, da du ja nicht antwortest.» Vgl. ferner das gleichfalls «geflügelte» wieder Ciceronische *Cum tacent, clamant*, oben S. 58.

Quid novi ex Africa? «Was (gibt es) Neues aus Afrika?» Nach einem ursprünglich auf die unerschöpfliche Vielfalt der afrikanischen Tierwelt bezüglichen griechischen Sprichwort, das Plinius der Ältere, Naturgeschichte 8, 42, in lateinischer Übersetzung zitiert: *Unde etiam vulgare Graeciae dictum semper aliquid novi Africam adferre*, «Daher auch die in Griechenland volkstümliche Redensart, Afrika bringe immer wieder etwas Neues hervor». Das griechische Original erscheint zweimal, beide Male als «Sprichwort» angeführt, in den zoologischen Schriften des Aristoteles: Historia animalium 8, 28. 606 b 19f.: Ἀεὶ Λιβύη φέρει τι καινόν, «Immer wieder bringt Libyen etwas Neues hervor», und De generatione animalium 2, 7. 746 b 7f.: ... ὡς ἀεί τι τῆς Λιβύης τρεφούσης καινόν, «... da Libyen immer wieder etwas Neues hervorbringe». Vgl. die witzige Übertragung bei Anaxilas, Hyakinthos, Fragment 27 (in: Kock, Comicorum Atticorum Fragmenta): «Die Musik bringt wie Libyen, bei den Göttern! alljährlich eine neue Spezies hervor.» Die Bezeichnung «Libyen» steht hier jeweils für den Kontinent.

Quid sit futurum cras, fuge quaerere. «Was morgen sein wird, meide zu fragen.» Horaz, Oden 1, 9, 13. Im Sinne der Epikureischen Lebensphilosophie ruft Horaz einen Freund zu einem voll ausgekosteten, von Zukunftsängsten nicht geminderten Genuß des Augenblicks auf; vgl. das vielzitierte gleichfalls Horazische, äußerlich und innerlich nahe benachbarte *Carpe diem!* «Ergreife den Tag!», oben S. 50.

Quidquid agis, prudenter agas et respice finem. «Was du auch tust, tu es mit kluger Vorsicht und nimm Rücksicht auf das Ende.» Gesta Romanorum 103 (S. 431, Zeile 32 f. Oesterley). Die hier als erste von drei Lebensregeln angeführte Mahnung geht letztlich vielleicht zurück auf Jesus Sirach 7, 40 Vulgata: *In omnibus operibus tuis memorare novissima tua, et in aeternum non peccabis,* «Bei allen deinen Werken denke an deine letzten Stunden, und du wirst auf ewig nicht sündigen». Der griechische Locus classicus für solche «Rücksichtnahme auf das Ende» ist die Mahnung des Atheners Solon, eines der Sieben Weisen, an den sprichwörtlich reichen Lyderkönig Kroisos bei Herodot, Geschichte 1, 32, 9: Σκοπέειν δὲ χρὴ παντὸς χρήματος τὴν τελευτὴν κῇ ἀποβήσεται, «Auf das Ende einer jeden Sache muß man schauen, wie sie einmal ausgehen wird». Vgl. auch Aesops Fabel vom Fuchs und dem Bock (Nr. 9 Perry).

Quidquid delirant reges, plectuntur Achivi. «Was immer die Könige Wahnwitziges unternehmen, die Achäer (in dem Sinne: das gemeine Volk) haben dafür die Strafe zu zahlen.» Horaz, Episteln 1, 2, 14.

Quidquid id est, timeo Danaos et dona ferentes. «Was das auch ist, ich fürchte die Danaer (die Griechen), auch wenn sie Geschenke bringen.» Vergil, Aeneis 2, 49. Der Apollon- und Poseidonpriester Laokoon ruft die unschlüssig schwankende Menge der Trojaner zum Mißtrauen gegen das «Danaergeschenk» des «Trojanischen Pferdes» auf, das die Griechen bei ihrem hinterlistig vorgetäuschten Abzug von Troja voll von bewaffneten Kriegern am Strand vor der Stadt zurückgelassen haben. Die ersten Worte des Vergilverses *Quidquid id est* …, «Was das auch ist ...», beziehen sich an der Ursprungsstelle auf das rätselhafte «Trojanische Pferd»; im Geflügelten Wort werden sie, losgelöst von der anschaulichen Situation der Vergilischen Szene, im Sinne eines allgemeinen «Was es auch ist ...» verstanden.

Quieta non movere. «Ruhiges nicht aufrühren.» Die lateinische Version der griechischen Maxime Μὴ κινεῖν τὰ ἀκίνητα, oben S. 21. Die Quelle der lateinischen Version ist nicht nachgewiesen; vgl. aber Sallust, Verschwörung des Catilina 21, 1: ... *tametsi illis quieta movere magna merces videbatur,* «... wenn ihnen (den Catilinariern) auch (schon dieses), die ruhigen Verhältnisse in Bewegung zu bringen, als ein großer Gewinn erschien».

Quis custodit custodes? «Wer bewacht die Wächter?» Nach Juvenal, Satiren 6, 347f.: *Sed quis custodiet ipsos / custodes?* «Aber wer wird die Wächter selbst bewachen?» (gleichlautend wiederholt gegen Ende eines an Vers 365 anschließenden, nur in einer Oxforder Handschrift enthaltenen Einschubs, Vers O 31f.). Der Satiriker spricht an der Stelle von Sklaven, die ein von Eifersucht geplagter Ehemann seiner abenteuerlustigen Frau als Aufpasser beigibt – an eben diesen Aufpassern werde sie, schlau wie sie ist, ihre Verführungskünste zuallererst versuchen. Wohl in irrtümlicher Zurückführung auf den herrschenden Stand der sogenannten «Wächter» in Platons «Staat» wird Juvenals so schlicht wie scharf formulierte rhetorische Frage heute vielfach auf die behördlichen Kontrollen im öffentlichen Leben bezogen, in dem Sinne: «Wer beaufsichtigt die Aufsichtsinstanzen?»

Quis leget haec? «Wer soll (all) das lesen?» Persius, Satiren 1, Vers 2, in souveräner Selbstironie zur Eröffnung seines Buches, im Anschluß an das Luciliuszitat *O curas hominum, o quantum est in rebus inane,* oben S. 123.

(Domine), quo vadis? «(Herr), wohin gehst du?» Pseudo-Linus, Martyrium beati Petri apostoli 6 (in: Acta apostolorum apocrypha, herausgegeben von R. A. Lipsius und M. Bonnet, Band I, 1891, Nachdruck 1959, S. 7). Die Legende berichtet, angesichts der von Kaiser Nero nach dem Brande Roms im Jahre 64 n. Chr. ausgelösten ersten großen Christenverfolgung habe der Apostel Petrus aus der Hauptstadt fliehen wollen. Am Stadttor sei Christus ihm entgegengekommen; Petrus habe ihn angebetet und ihn gefragt: *Domine, quo vadis?* «Herr, wohin gehst du?» Als Christus ihm antwortete: *Venio iterum crucifigi,* «Ich komme, mich ein zweites Mal kreuzigen zu lassen», sei Petrus in die Stadt zurückgegangen, um sein Martyrium auf sich zu nehmen. Die kleine Kirche *«Domine, quo vadis?»* am Anfang der Via Appia Antica und ein Abdruck des Fußes Christi in der nahen Kirche San Sebastiano *ad catacumbas* erinnern an die Begegnung.

Quod bonum, faustum, felix fortunatumque sit. «Was gut, glückbringend, erfolgreich und gesegnet sei.» Eine ehrwürdige Segensformel, in dieser viergliedrigen Form zitiert zum Beispiel bei Cicero, De divinatione 1, 45, 102 *(... esset),* und ähnlich bereits bei Plautus, Trinummus 40f. *(ut nobis haec habitatio / bona, fausta, felix fortunataque evenat).* Meist wird die Formel in der dreigliedrigen Form *quod bonum, faustum felixque sit* zitiert, so zum Beispiel bei Livius, Ab urbe condita 1, 17, 10, gelegentlich auch mit dem vierten Glied *salutare,* «heilbringend». Valerius Messalla gebrauchte die Formel *quod bonum faustumque sit tibi domuique tuae,* «was gut und glückbringend sei für dich selbst und dein Haus», als er Kaiser Augustus im Namen von Senat und Volk als *pater patriae*, «Vater des Vaterlandes», begrüßte (Sueton, Augustus 58, 2). Ein parodistisches Zitat bei Apuleius, Metamorphosen 2, 6, 8.

Quod erat demonstrandum. «Was zu zeigen war» (in dem Sinne: «Was zu beweisen war»). Euklid, Elemente 1, 4 und öfter. Die auf den Anfangssatz zurückweisende stereotype Schlußformel der Beweise in der lateinischen Übersetzung; im griechischen Original lautet die Formel Ὅπερ ἔδει δεῖξαι, «Was zu zeigen war».

Quod licet Iovi, non licet bovi. «Was (einem) Jupiter erlaubt ist, ist einem Rindvieh nicht erlaubt» (in dem Sinne: «... ist deswegen noch lange nicht auch jedem Rindvieh erlaubt»). Die – wegen des Reimes sicher erst mittelalterliche – Quelle der schlichten Prägung ist nicht nachgewiesen. Eine Anspielung auf den Europamythos, in dem der Göttervater Zeus alias Jupiter in der Gestalt eines Stieres die phönizische Königstochter Europa über das Meer nach Kreta entführt, ist hinter der spielerisch gereimten Sentenz wohl kaum zu vermuten. Zur Sprachform vgl. Terenz, Heautontimorumenos 797: *Aliis si licet, tibi non licet*, «Wenn es anderen erlaubt ist, ist es (deswegen noch lange) nicht (auch) dir erlaubt»; zur Sache vgl. das ebenfalls Terenzische *Duo cum faciunt idem, non est idem*, oben S. 68.

Quod non est in actis, non est in mundo. «Was nicht in den Akten ist, ist nicht auf der Welt» (in dem Sinne: «Was nicht in die Prozeßakten eingeht, hat im Verfahren keine Gültigkeit»). Der Ursprung des Wortes ist nicht nachgewiesen, so wenig wie die Quelle der entsprechenden Regel *Quod non legitur, non credi-*

tur, «Was nicht gelesen wird, wird nicht geglaubt», und die der Sentenz *Verba volant, scripta manent*, unten S. 188.

Quod non fecerunt barbari, fecerunt Barberini. «Was (einst) die Barbaren nicht getan haben, das haben (jetzt) die Barberini getan.» Der dem zeitgenössischen Apostolischen Protonotar Carlo Castelli zugeschriebene Spottvers ist gemünzt auf Papst Urban VIII. (1623–1644) aus der römischen Adelsfamilie der Barberini; er ist eine Anspielung auf den «Vandalenakt», mit dem dieser die Vorhalle des Pantheons der kostbaren massiven Bronzeverkleidung unter der seither offenen Balkendecke beraubt hatte, um daraus das von Bernini geschaffene und im Jahre 1633 geweihte Tabernakel über dem Hauptaltar der Peterskirche und dazu noch eine Anzahl Kanonen zur Verteidigung der Engelsburg gießen zu lassen. Die vandalischen «Barbaren» unter ihrem König Geiserich hatten Rom im Jahre 455 n. Chr. geplündert.

Quod omnes tangit, debet ab omnibus approbari. «Was alle berührt, muß (auch) von allen gebilligt werden.» Papst Bonifatius VIII., Liber sextus decretalium 5, 12, 29, nach dem Corpus iuris civilis, Codex Iustinianus 5, 59, 5, 2: ... *ut, quod omnes similiter tangit, ab omnibus comprobetur*, «... daß, was alle gleicherweise berührt, (auch) von allen gebilligt werde».

Quod scripsi, scripsi. «Was ich geschrieben habe, habe ich geschrieben.» Evangelium nach Johannes 19, 22 Vulgata. Der römische Statthalter Pontius Pilatus zu den jüdischen Hohepriestern, die den Text der Inschrift über dem Kreuz Jesu: *Iesus Nazarenus Rex Iudaeorum* (abgekürzt: *INRI*), «Jesus von Nazareth, der König der Juden», abgeändert sehen wollten.

Quod supra nos, nihil ad nos. «Was über uns (hinausgeht), (bedeutet) nichts für uns» (in dem Sinne: «Was über unser menschliches Erkennen hinausgeht, hat keine Bedeutung für unsere Lebensführung»). Die prägnante Maxime wird mehrfach als Ausspruch des Sokrates angeführt, so bei Minucius Felix, Octavius 13, 1; Laktanz, Divinae institutiones 3, 20, 10; Epitome divinarum institutionum 32, 3 (*... quod supra nos esset, nihil ad nos pertinere*, «... daß, was über uns hinausgeht, nichts für uns bedeute»); Hieronymus, Apologia adversus libros Rufini 3, 28, in: Migne, Patrologia Latina, Band 23, Spalte 500 (*Quae supra nos, ...*); lediglich Tertullian, Ad nationes 2, 4 (*Quae super nos, ...*), führt das Wort – versehentlich? – als einen Ausspruch des Epikur an. Das der lateinischen Version genau entsprechende griechische Original ist bei Apostolios 15, 95 C (in: Leutsch-Schneidewin, Paroemiographi Graeci, Band II, S. 654) überliefert: Τὰ ὑπὲρ ἡμᾶς οὐδὲν πρὸς ἡμᾶς. Die Maxime bezieht sich in erster Linie auf die im doppelten Sinne «über uns» hinausgehenden Himmelsphänomene. In ihrer apodiktischen Schärfe wirkt sie eher kynisch als sokratisch; immerhin konnte sich ihre Absage an die Naturwissenschaft, wie das Zeugnis des Sextus Empiricus, Adversus mathematicos 7, 8, erkennen läßt, ohne weiteres an die verzerrende Apologetik anschließen, mit der Xenophon, Memorabilien 1, 1, 11 ff. und 4, 7, 6 f., seinen Lehrer Sokrates von der Anklage gotteslästerlichen Astronomisierens zu entlasten trachtete. Die Gegenüberstellung der Naturwissenschaft als «über uns hinausgehend» (ὑπὲρ ἡμᾶς, *supra nos*) und der Ethik als «uns angehend» (πρὸς ἡμᾶς, *ad nos*) geht auf Ariston von Chios, einen Schüler des Zenon von Kition, zurück (bei Stobaios, Anthologie 2, 1, 24).

Quos deus perdere vult, dementat prius. «Die der Gott verderben will, schlägt er zuvor mit Wahnsinn.» Nach Publilius Syrus, Sentenzen S 29: *Stultum facit Fortuna, quem vult perdere,* «Zum Toren macht Fortuna, den sie verderben will». Dem lateinischen Komödienvers liegt wohl das griechische Tragikerwort zugrunde, das ohne Nennung eines Autors in den Scholien zu Sophokles, Antigone 620 (in: Nauck, Tragicorum Graecorum Fragmenta, Adespota, Fragment 455) angeführt wird: Ὅταν δ' ὁ δαίμων ἀνδρὶ πορσύνῃ κακά, / τὸν νοῦν ἔβλαψε πρῶτον, ᾧ βουλεύεται, «Wenn der Gott einen Mann ins Unglück stürzen will, stört er ihm zuerst den Verstand, mit dem er sich beratschlagt».

Quos ego . . .! «Euch (werd') ich . . .!» Vergil, Aeneis 1, 135. Der Meergott Neptun droht den vier Winden, die ohne sein Geheiß das Meer aufgewühlt und die Flotte des Aeneas versprengt haben. Musterbeispiel einer «Aposiopese», des Abbrechens und Verstummens in hocherregter Rede. Die klassische göttliche Drohung findet sich zweimal auf den Wänden von Pompeji (Corpus Inscriptionum Latinarum, Band IV, Nr. 4409, vgl. Nr. 8798).

Quot capita, tot sensus. Siehe das folgende *Quot homines, tot sententiae.*

Quot homines, tot sententiae. «Wie viele Menschen, so viele Meinungen.» In dieser schlichten, knappen Fassung erscheint das lateinische Sprichwort zuerst bei Terenz, Phormio 454, später bei Cicero, De finibus bonorum et malorum 1, 5, 15, und noch bei Ambrosius, De virginibus ad Marcellinam sororem 2, 5, 33. Vgl. Horaz, Satiren 2, 1, 27f.: *Quot capitum vivunt, totidem stu-*

diorum / milia, «Wie viele Köpfe leben, ebenso viele tausend Bestrebungen (gibt es)», wozu Porphyrio anmerkt: *Dicit: Quot homines, tot esse sententias*, «Er meint: Wie viele Menschen, so viele Meinungen gebe es». Ovid, Ars amatoria 1, 759, hat das Sprichwort in einen Hexameter gefaßt: *Pectoribus mores tot sunt, quot in ore figurae*, «Im Inneren (des Menschen) gibt es so viele Wesensarten wie in seinem Äußeren Gesichtsformen». Einige weitere Abwandlungen bei Otto, Nr. 826. Aus der Verbindung der Terenz- und der Horazstelle ist das vielzitierte Geflügelte Wort *Quot capita, tot sensus*, «Wie viele Köpfe, so viele Sinne», hervorgegangen.

Quousque tandem abutere, Catilina, patientia nostra? «Wie lange schließlich noch willst du, Catilina, unsere Geduld mißbrauchen?» Cicero, 1. Rede gegen Catilina 1, 1. Der dramatische Auftakt der – für die Publikation im nachhinein gründlich umgearbeiteten – Rede vor dem Senat, mit der Cicero am 7. November 63 v. Chr. die Catilinarische Verschwörung rückhaltlos aufdeckte. Lucius Sergius Catilina, der Anführer der Verschwörung, nahm an der Senatssitzung teil; unter dem überwältigenden Eindruck der Ciceronischen Rede verließ er die Hauptstadt noch in der folgenden Nacht. Die einprägsamen Anfangsworte der Rede sind wiederaufgenommen bei Sallust, Verschwörung des Catilina 20, 9, wo Ciceros *Quousque tandem* dem Catilina in den Mund gelegt wird, und bei Livius, Ab urbe condita 6, 18, 5, wo es den dramatischen Auftakt zu einer Rede des Marcus Manlius Capitolinus bildet.

Redde legiones! «Gib (mir) meine Legionen wieder!» Der Klageruf des Augustus, nach Sueton, Augustus 23, 2: *Quintili Vare, legiones redde!* Auf die Nachricht von der katastrophalen Niederlage des Publius Quinctilius Varus gegen den Cheruskerfürsten Arminius im Jahre 9 n. Chr. «unfern des Teutoburger Waldes» (Tacitus, Annalen 1, 60, 3) habe Kaiser Augustus, so berichtet Sueton, sich mehrere Monate lang Bart und Haupthaar wachsen lassen, immer wieder seinen Kopf gegen die Türen geschlagen und laut klagend gerufen: «Quinctilius Varus, gib mir meine Legionen wieder!» In der «Varianischen Niederlage» wurden drei römische Legionen und zahlreiche Hilfstruppen gänzlich aufgerieben; Varus selbst wurde verwundet und gab sich in der Schlacht den Tod.

Relata refero. «Ich berichte (nur) das Berichtete» (in dem Sinne: «Ich berichte nur, was mir berichtet wurde»). Die lateinische Version des Herodoteischen Prinzips λέγειν τὰ λεγόμενα, oben S. 20. Die Quelle der lateinischen Version ist nicht nachgewiesen. Vgl. das entsprechende Prinzip der Überlieferung *Prodenda, quia prodita*, oben S. 141.

Rem tene, verba sequentur. «Halte dich an die Sache, die Worte werden folgen.» Cato der Ältere, Ad Marcum filium, Fragment 15, S. 80 Jordan, bei Julius Victor, Ars rhetorica 1 (in: Halm, Rhetores Latini minores, S. 374, Zeile 17f.). Eine Anspielung auf die ebenso rhetorikfeindliche wie überhaupt griechenfeindliche Catonische Maxime bei Horaz, Ars poetica 311: … *verbaque provi-*

sam rem non invita sequentur, «… und die Worte werden der vorbedachten Sache nicht unwillig folgen».

Repetitio est mater studiorum. «Die Wiederholung ist die Mutter der Wissenschaften.» Die Quelle des Wortes ist nicht nachgewiesen.

Res ad triarios venit (beziehungsweise **redit** oder **rediit**). «Die Sache kommt an die Triarier» oder «… ist an die Triarier gekommen.» Livius, Ab urbe condita 8, 8, 8 ff., erklärt die sprichwörtliche Wendung: Die römischen Legionen stellten sich in drei hintereinander tiefgestaffelten Linien auf dem Schlachtfeld auf. Wurden die ersten beiden Linien, die sogenannten *hastati* und die *principes,* zurückgeworfen, zogen sie sich hinter die kampferprobten, erfahrenen *triarii* in der «dritten» Linie zurück. Livius schließt seine Erklärung, 8, 8, 11: *Inde rem ad triarios redisse, cum laboratur, proverbio increbuit,* «Daher ist (die Wendung), die Sache sei an die Triarier gekommen, für harte Kämpfe im Sprichwort gebräuchlich geworden».

Res tantum cognoscitur, quantum diligitur. «(Jede) Sache wird nur so weit erkannt, soweit sie geschätzt wird.» Der Ursprung des Wortes ist nicht nachgewiesen.

Reservatio mentalis. «Gedachter Vorbehalt» (in dem Sinne: «Lediglich gedachter, unausgesprochener Vorbehalt»). Der Urheber dieser Bezeichnung für den von den Jesuiten gerechtfertigten, von Blaise Pascal scharf verurteilten unausgesprochenen Vorbehalt etwa bei einer Eidesleistung ist nicht nachgewiesen. Vgl. jedoch zum Beispiel Luther, An den christlichen Adel deutscher Nation (Weimarer Ausgabe, Werke, Band 6, S. 425): «Der Bapst hat ein edlis fundlin, das heysset *Pectoralis reservatio*», «... in der Brust gehegter Vorbehalt», und besonders das in zahlreichen Auflagen verbreitete Hauptwerk des jesuitischen Moraltheologen Hermann Busenbaum, Medulla theologiae moralis (1650), 3, 2, 2, 4, wo von einer *restrictio mentalis*, das heißt wieder einer lediglich «gedachten», unausgesprochenen «Einschränkung» die Rede ist.

Ridendo dicere verum. «Mit Lachen die Wahrheit sagen.» Nach Horaz, Satiren 1, 1, 24f.: *Ridentem dicere verum / quid vetat?* «Lachend die Wahrheit zu sagen, was verbietet es?»

Risum teneatis, amici? «Könnt ihr das Lachen wohl unterdrükken, Freunde?» Horaz, Ars poetica 5.

Roma aeterna. «Ewiges Rom.» Im Sinne der Augusteischen römischen Reichsidee (vgl. *Tu regere imperio populos, Romane, memento* ..., unten S. 178) hat der Liebesdichter Tibull als erster fast beiläufig von Rom als der «Ewigen Stadt» gesprochen, Elegien 2, 5, 23f.: *Romulus aeternae nondum formaverat urbis / moenia* ..., «Romulus hatte die Mauern der ewigen Stadt noch nicht aufgerichtet ...». Zum Gedanken der «Ewigen Stadt» vgl. die Verheißung eines «Reiches ohne Ende», die Vergil, Aeneis 1, 278f., den «Vater der Menschen und Götter», Jupiter, gegenüber Venus, der Mutter des Aeneas, aussprechen läßt: *His ego nec metas rerum nec tempora pono, / imperium sine fine dedi*, «Diesen (den Römern) setze ich weder Wendesäulen ihrer Dinge noch (begrenzte) Zeiten; eine Herrschaft ohne Ende habe ich ihnen gegeben».

Roma locuta (est), causa finita (est). «Rom hat gesprochen, die Sache ist abgeschlossen.» Nach Augustin, Predigten 131, 10, 10 (in: Migne, Patrologia Latina, Band 38, Spalte 734): «In dieser Sache (der des Pelagius) sind bereits zwei Synodalbeschlüsse an den Apostolischen Stuhl gesandt worden. Von dort sind auch die Entscheidungen eingetroffen: Die Sache ist abgeschlossen (*causa finita est*). Wenn doch einmal auch der Irrtum an sein Ende kommen könnte!» Die zweigliedrige geflügelte Fassung des Wortes erscheint zuerst in französischer Version bei Jean Baptiste Joseph Willart de Grécourt (1683–1743), in dem Gedicht «Philotanus»: *Rome a parlé, l'affaire est terminée.*

Sacrificium intellectus. «Opferung des Verstandes» (in dem Sinne: «Aufgabe der Verstandeserkenntnis zugunsten der Glaubenserkenntnis»). Vielleicht nach Paulus, 2. Brief an die Korinther 10, 4f. Vulgata: ... *ad destructionem munitionum, consilia destruentes et omnem altitudinem extollentem se adversus scientiam Dei et in captivitatem redigentes omnem intellectum in obsequium Christi,* «... zur Niederreißung der Befestigungswerke, indem wir Gedankengebäude niederreißen und jedes hochragende Bauwerk, das sich erhebt gegen die Erkenntnis Gottes, und in Gefangenschaft führen alles Verstandesvermögen zum Gehorsam gegenüber Christus».

Saepe stilum vertas, (iterum quae digna legi sint / scripturus). «Oft kehre den Griffel um, (um beim zweiten Mal etwas, was es verdient, gelesen zu werden, niederzuschreiben).» Horaz, Ars poetica 72f. Ähnlich praktisch wie unsere modernen Bleistifte mit einem Radiergummi am oberen Ende hatten die antiken Schreibgriffel, mit denen man Notizen und Entwürfe, aber auch Briefe auf wachsüberzogene hölzerne Täfelchen niederschrieb, ein spitzes und ein plattes Ende: Das spitze Ende diente dazu, die Buchstaben und Zahlen in die dünne Wachsschicht einzuritzen, das stumpfe dazu, einzelne Zeichen und Wörter wieder auszustreichen.

(Ollis) salus populi suprema lex esto. «(Diesen, das heißt: den höchsten Magistraten) soll das Wohl des Volkes das oberste Gesetz sein.» Cicero, De legibus 3, 3, 8.

Sancta simplicitas. «Heilige Einfachheit.» Hieronymus, Briefe 57, 12: *Venerationi mihi semper fuit non verbosa rusticitas, sed sancta simplicitas,* «Verehrungswürdig ist mir immer gewesen nicht die wortreiche Unbildung, sondern die heilige Einfachheit». Der Kirchenvater verteidigt an der Stelle die schlichte Sprache der Jünger Jesu: *Illorum in loquendo simplicitatem excusabat sanctimoniae magnitudo,* «Ihre Einfachheit im Reden war entschuldigt durch die Größe ihrer Heiligkeit». Zitate finden sich bei Rufinus, Historia ecclesiastica 10, 3, und öfter. – Der ironische Gebrauch des Wortes – im Sinne von: «Heilige Einfalt!» – geht auf eine Huslegende zurück: Der auf dem Konzil zu Konstanz im Jahre 1415 als Ketzer verurteilte und verbrannte Jan Hus soll auf seinem Scheiterhaufen *Sancta simplicitas!* ausgerufen haben, als er ein altes Weiblein ein Bündel Brennholz heranschleppen sah. – Durch den Ausruf des Mephistopheles in Goethes «Faust», Erster Teil, Vers 3037, in eben diesem ironischen Sinne ist die alte Prägung aufs neue «geflügelt» geworden.

Sapere aude! «Wage es (einmal), Vernunft zu üben!» Horaz, Episteln 1, 2, 40. Im vorderen Teil des Hexameters geht voraus: *Dimidium facti, qui coepit, habet,* «Die Hälfte des Werkes hat, wer (nur erst) angefangen hat» (oben S. 63), im nächsten Vers folgt darauf, in vollends gesteigerter Knappheit der Mahnung: *Incipe!* «Fang an!» Auch für ein Leben im Sinne der Vernunft, so will Horaz sagen, ist das Wagnis des Anfangs schon «die Hälfte des Werkes».

(Dictum) sapienti sat (est). «Für den Verständigen (ist) genug (gesagt).» Plautus, Persa 729, und Terenz, Phormio 541, beide Male in dem Sinne: «Für den, der einen klaren Verstand hat ...»;

heute zitiert in dem Sinne: «Für den, der die Hintergründe kennt ...»

Saxa loquuntur. «Die Steine sprechen.» Nach Lukan, Bellum civile 6, 618, wo die Hexe Erichtho zu Sextus Pompeius spricht: *Tellus nobis aetherque chaosque / aequoraque et campi Rhodopaeaque saxa loquentur,* «Die Erde und der Äther und das Chaos und die Meere und die Felder und die Rhodopäischen Felsen werden zu uns sprechen». Vgl. die Erwiderung Jesu auf die Aufforderung der Pharisäer, seinen Jüngern die Freudenkundgebungen über seinen Einzug in Jerusalem zu untersagen, im Evangelium nach Lukas 19, 40 Vulgata: *Si hi tacuerint, lapides clamabunt,* «Wenn diese schweigen, werden die Steine schreien».

Semen est sanguis Christianorum. «Ein Same ist das Blut der Christen.» Tertullian, Apologeticum 50, 13. Der christliche Kirchenvater ruft den römischen Statthaltern zu: «Und dennoch: nicht einen Schritt weiter bringt euch eure noch so ausgesuchte Grausamkeit; eine Verlockung ist sie vielmehr für unsere Gemeinde. Nur immer noch größer wird unsere Zahl, so oft wir von euch niedergemäht werden: Ein Same ist das Blut der Christen.»

Semper idem. «Immer derselbe» oder «Immer dasselbe». Vielleicht aus Cicero, Tuskulanische Gespräche 3, 15, 31: *Hic est enim ille vultus semper idem, quem dicitur Xanthippe praedicare solita in viro suo fuisse Socrate,* «Denn das ist jene immer gleiche Miene, die Xanthippe, wie man erzählt, an ihrem Gatten Sokrates zu rühmen pflegte». Vgl. Cicero, De officiis 1, 26, 90: ... *praeclaraque est aequabilitas in omni vita et idem semper vultus ea-*

demque frons, ut de Socrate idemque de C. Laelio accepimus, «... und ein leuchtendes Beispiel ist die Ausgeglichenheit in jeder Lebenslage und die immer gleiche Miene und gleiche Stirn, wie wir es von Sokrates und ebenso von Gaius Laelius gehört haben».

Semper sursum! «Immer aufwärts!» Die Quelle des Wortes ist nicht nachgewiesen; vgl. jedoch Platon, Staat 10. 621 C, den Schlußsatz des Werkes: «Aber wenn wir mir vertrauen in dem Glauben, daß die Seele unsterblich ist und die Kraft hat, allem Schlechten standzuhalten und ebenso allem Guten, so werden wir uns immer an den Weg nach oben halten (τῆς ἄνω ὁδοῦ ἀεὶ ἑξόμεϑα) und auf jede Weise Gerechtigkeit, verbunden mit Einsicht, üben wollen, auf daß wir sowohl uns selbst Freunde sind als auch den Göttern ...» Der hier gewiesene «Weg nach oben» bezeichnet den Weg von den bloßen Abbildern des Seienden zu den wirklich seienden Urbildern, den «Ideen», wie Platon ihn vorher, am Anfang des 7. Buches, in seinem «Höhlengleichnis» dargestellt hat.

Sero venientibus ossa. «Den zu spät Kommenden die Knochen.» Die Quelle des Wortes ist nicht nachgewiesen.

Si fractus inlabatur orbis, / inpavidum ferient ruinae. «(Selbst) wenn geborsten die Weltkugel einstürzen sollte, einen Unerschrockenen werden ihre Trümmer treffen.» Horaz, Oden 3, 3, 7f.

Si natura negat, facit indignatio versum, / (qualemcumque potest, quales ego vel Cluvienus). «Wenn die Natur ihn versagt, macht die Empörung den Vers, (so schlecht und recht, wie sie es eben vermag, wie ich oder Cluvienus sie machen)» (in dem Sinne: «Wenn das natürliche Dichtertalent ihn versagt, ...»). Juvenal, Satiren 1, 79f. Der in souveräner Selbstironie mitgenannte uns sonst unbekannte Cluvienus war ein zeitgenössischer, nach dem Urteil eines Scholiasten miserabler Versemacher.

Si parva licet componere magnis. «Wenn wir Kleines mit Großem vergleichen dürfen.» Vergil, Georgica 4, 176 (vgl. Bucolica 1, 23: *Sic parvis componere magna solebam*). Eine geläufige, im Griechischen wie im Lateinischen in vielfältigen Abwandlungen verbreitete Redewendung, vgl. Otto, Nr. 1008. Der Vergilstelle stehen am nächsten: Ovid, Metamorphosen 5, 416f. *(Quod si componere magnis / parva mihi fas est)*; Statius, Silvae 1, 5, 61f. *(Fas sit componere magnis /parva)*; Apollinaris Sidonius, Episteln 8, 6, 2 *(Si parva magnis componere licet)*.

Si tacuisses, philosophus mansisses. «Wenn du geschwiegen hättest, wärest du ein Philosoph geblieben.» Nach Boëthius, De consolatione philosophiae 2, 7, 67ff.: Ein arroganter Mensch, der sich lediglich um des stolzen Ruhmestitels willen Rang und Namen eines «Philosophen» angemaßt hat, läßt die Schmähungen eines Spaßvogels, der seine echt philosophische Unerschütterlichkeit auf die Probe stellen will, eine ganze Weile scheinbar ruhig über sich ergehen; schließlich fragt er, über seinen Herausforderer «gleichsam triumphierend», zurück: *Iam tandem ... intellegis me esse philosophum?* «Siehst du jetzt endlich ein, daß ich ein Philosoph bin?» Darauf erwidert jener «Spaßvogel» mit der von Boëthius als «äußerst bissig» angekündigten vernichtenden Pointe: *Intellexeram ..., si tacuisses*, «Ich hatte es (eben) einsehen wollen – wenn du geschwiegen hättest». Die Quelle der «geflügelten» Fassung dieser Erwiderung ist nicht nachgewiesen. Vgl. das Buch Hiob 13, 5 Vulgata: *Atque utinam taceretis, ut putaremini esse sapientes!* «Und daß ihr doch (nur) schweigen wolltet, daß ihr für weise gehalten werden könntet!», und Sprüche 17, 28 Vulgata: *Stultus quoque, si tacuerit, sapiens putabitur*, «Auch ein törichter Mensch kann, wenn er (nur) schweigen wollte, für weise gehalten werden».

Si vis amari, ama! «Wenn du geliebt werden willst, liebe!» Hekaton bei Seneca, Briefe an Lucilius 9, 6. Vgl. Ovid, Ars amatoria 2, 107: *Ut ameris, amabilis esto!* «Daß du geliebt wirst, sei liebenswert!»; Martial, Epigramme 6, 11, 10, die Schlußpointe des Epigramms: *Ut ameris, ama!* «Daß du geliebt wirst, liebe!»

Si vis pacem, para bellum! «Wenn du den Frieden willst, bereite den Krieg vor!» Nach Vegetius, Epitome rei militaris 3, Einleitung: *Qui desiderat pacem, praeparet bellum*, «Wer den Frieden wünscht, bereite den Krieg vor!» Vgl. schon vorher Cicero, 7. Philippische Rede 6, 19: *Si pace frui volumus, bellum gerendum est*, «Wenn wir den Frieden genießen wollen, muß der Krieg geführt werden»; Publilius Syrus, Sentenzen P 16: *Prospicere in pace oportet, quod bellum iuvet*, «Im Frieden muß man vorkehren, was für den Krieg förderlich ist»; Livius, Ab urbe condita 6, 18, 7: *Ostendite modo bellum, pacem habebitis*, «Zeigt den Krieg nur eben vor: (sogleich) werdet ihr den Frieden haben». Einige weitere Abwandlungen des Gedankens bei Otto, Nr. 244 und 245.

Sic erat in fatis. «So war es in den Schicksalssprüchen» (im Sinne von: «So war es vorherbestimmt»). Ovid, Fasti 1, 481.

Sic itur ad astra. «So wird zu den Sternen gegangen.» Vergil, Aeneis 9, 641. Eine Anspielung auf die Entrückung großer Heroen an den Sternenhimmel, wie besonders auf die «Verstirnung» des vergöttlichten Herakles. Apollo, der Schutzgott der Trojaner (und später des Augustus) begrüßt so den Sohn des Aeneas, den jungen Ascanius, der mit seinem ersten Bogenschuß den Rutuler Remulus, den Schwager des Turnus, getötet hat. Zitiert bei Seneca, Briefe an Lucilius 48, 11 (als rhetorische Frage) und 73, 15 (*Hac itur ad astra,* «Auf diesem Wege ...»).

Sic me servavit Apollo. «So rettete mich Apollo.» Horaz, Satiren 1, 9, 78. Der Schlußsatz der sogenannten «Schwätzersatire», in dem die fulminante Schlußpointe ausklingt: Ein wütender Kläger hatte den Schwätzer buchstäblich vor Gericht «gezogen» und damit zugleich den Dichter unverhofft von dem lästigen Begleiter befreit. Wie Porphyrio zu der Stelle bezeugt, nimmt Horaz hier einen schon in den Satiren des Lucilius (Vers 231 Marx) auf griechisch zitierten Homerischen Halbvers, Ilias 20, 443: Τὸν δ' ἐξήρπαξεν Ἀπόλλων, «Ihn aber entrückte Apollon», wieder auf, und nun mit besonderem Bezug: Apollon ist ja der Gott der Musenkunst und so der Schutzgott des Dichters.

Sic transit gloria mundi. «So vergeht die Herrlichkeit der Welt.» Patricius, Ritus ecclesiasticorum SS. Romanae Ecclesiae, Venedig 1516 (Nachdruck: Ridgewood, New Jersey, 1965) I, sectio 1, 5, Bl. VII b. Ritueller Zuruf an den neugewählten Papst, mit Bezug auf die Verbrennung eines Bündels Werg. Wohl nach dem 1. Brief des Johannes 2, 17 Vulgata: *Et mundus transit et concupiscentia eius,* «Sowohl die Welt vergeht als auch ihre Begehrlichkeit».

Silent leges inter arma. «Die Gesetze schweigen im Kreise der Waffen» (im Sinne von: «Die Gesetze schweigen, wo die Waffen sprechen»). Cicero, Rede für Milo 4, 11 *(Silent enim leges inter arma ...)*; die Stelle ist bei Quintilian, Lehrbuch der Rhetorik 5, 14, 17, als Beispiel angeführt. Vgl. Lukan, Bellum civile 1, 277: *At postquam leges bello siluere coactae ...*, «Aber nachdem die Gesetze schwiegen, vom Kriegslärm bezwungen, ...». In der Rede für Murena, 14, 30, spielt Cicero auf das Wort an: ... *cedat ... forum castris, otium militiae, stilus gladio, umbra soli*, «... es weiche ... das Forum dem Lager, die Muße dem Kriegsdienst, der Griffel dem Schwert, der Schatten der Sonne». Der Ursprung der späteren Abwandlung *Silent Musae ...*, «Die Musen schweigen ...», ist nicht nachgewiesen. Valerius Maximus, Denkwürdige Taten und Worte 5, 2, 8, schreibt Gaius Marius, dem Gegenspieler Sullas, den Ausspruch zu: *inter armorum strepitum verba se iuris civilis exaudire non potuisse*, «aus dem Getöse der Waffen habe er die Worte des bürgerlichen Rechts nicht heraushören können» (vgl. auch Plutarch, Marius 28, 3).

Similia similibus curantur. «Gleiches wird durch Gleiches geheilt.» Der Ursprung des Wortes ist nicht nachgewiesen.

Simplex sigillum veri. «Einfach ist das Siegel des Wahren» (in dem Sinne: «Die einfache Form ist der Ausweis der Wahrheit»). Die Quelle dieser durch den Anklang im Anlaut und das Bild des Siegels ausgezeichneten Maxime ist nicht nachgewiesen; vgl. jedoch die in der Sache entsprechende Sentenz bei Ammianus Marcellinus, Geschichte 14, 10, 13: *Veritatis enim absoluta semper ratio est simplex*, «Denn die immer unbedingte Gestalt der Wahrheit ist einfach».

Sine ira et studio. «Ohne Erbitterung und Begeisterung.» Tacitus, Annalen 1, 1, 6. Am Schluß des Proömiums seines letzten Geschichtswerkes kündigt Tacitus eine unvoreingenommene Darstellung der Epoche nach Augustus an, «ohne Erbitterung und Begeisterung», zu denen er keine Veranlassung habe. Ähnlich erklärt der Geschichtsschreiber bereits im Proömium seiner – älteren – «Historien», 1, 1, 3: *Sed incorruptam fidem professis neque amore quisquam et sine odio dicendus est*, «Aber wer sich zu unbestechlicher Zuverlässigkeit bekennt, darf einerseits niemanden mit (besonderer) Liebe darstellen, noch darf er irgendeinem anderen mit (persönlichem) Haß begegnen». Cicero, Rede für Marcellus 9, 29, kennzeichnet die Unbestechlichkeit des Urteils der Nachfahren mit der Gegenüberstellung: *Nam et sine amore et sine cupiditate et rursus sine odio et sine invidia iudicabunt*, «Denn sowohl ohne Liebe als auch ohne Beflissenheit, und wiederum sowohl ohne Haß als auch ohne Mißgunst werden sie urteilen». Die Taciteische Prägung geht letztlich auf griechische Vorbilder zurück; vgl. etwa die bei Demosthenes, Rede gegen Aristokrates (23), 96f., bezeugte Ausschließung einerseits von «Wohlwollen» (εὔνοια) und andererseits von «Feindschaft» (ἔχθρα) im attischen Richtereid. Wie Johannes Zonaras in seiner im 13. Jahrhundert in Byzanz verfaßten Weltchronik (7, 19) noch überliefert, mußten die römischen Censoren den Eid leisten, «weder jemandem zu Gefallen noch aus Feindschaft zu jemandem» (οὔτε πρὸς χάριν οὔτε πρὸς ἔχθραν) irgendwie tätig zu werden.

Sint Maecenates, non deerunt, Flacce, Marones. «Wenn (nur erst) Mäzene sich einstellen, so werden, Flaccus, Vergile nicht ausbleiben.» Martial, Epigramme 8, 55, 5. Eine Anspielung auf die Gönnerschaft des Maecenas für Vergil (mit dem Beinamen Maro), Horaz und andere.

Sint, ut sunt, aut non sint. «Sie sollen sein, wie sie sind, oder sie sollen nicht sein.» Papst Clemens XIII. (1758–1769) über den Jesuitenorden (Societas Jesu), mit Bezug auf die Forderung Ludwigs XV. von Frankreich, die Verfassung des Ordens von Grund auf zu erneuern. Nach einem zeitgenössischen Bericht ist der schlichte, knappe Ausspruch am 27. Januar 1762 gegenüber dem Ordensgeneral Lorenzo Ricci gefallen, der die Antwort des Papstes darauf dem französischen Gesandten übermittelte und darum auch selbst hie und da als Urheber des Ausspruchs genannt wird. Die kompromißlose Haltung Clemens' XIII. führte im Jahre 1764 zunächst zum Verbot des Ordens in Frankreich und im Jahre 1773 schließlich zu seiner Auflösung durch Clemens XIV.

Sit venia verbo. «Das Wort finde Nachsicht.» Vielleicht nach Plinius dem Jüngeren, Briefe 5, 6, 46: *Venia sit dicto,* «Das Wort finde Nachsicht», in dem Sinne eines «Unberufen»: am Ende der Beschreibung seines toskanischen Landguts merkt Plinius an, daß ihm in diesem Landhaus bisher noch keiner der Seinen gestorben sei. Heute wird die Wendung gebraucht zur abmildernden oder auch zuspitzenden Einführung eines irgendwie gewagten Wortes oder Satzes.

Societas leonina. «Gesellschaft mit dem Löwen.» Nach Gaius Cassius Longinus bei Ulpian im Corpus iuris civilis, Digesten 17, 2, 29: *Aristo refert Cassium respondisse societatem talem coiri non posse, ut alter lucrum tantum, alter damnum sentiret, et* *hanc societatem leoninam solitum appellare*, «Aristo berichtet, Cassius habe entschieden, eine Gesellschaft der Art, daß der eine nur den Gewinn, der andere nur den Verlust spüre, könne nicht eingegangen werden, und diese Gesellschaft häufig eine ‹Gesellschaft mit dem Löwen› genannt». Cassius, ein namhafter Jurist der frühen Kaiserzeit, spielt mit dieser Bezeichnung auf die Aesopische Fabel vom Löwen, dem Esel und dem Fuchs (Nr. 149 Perry) an, wo der Löwe von der gemeinsamen Jagdbeute den größten Anteil, den sogenannten «Löwenanteil» – und in der lateinischen Version des Phaedrus, Fabeln 1, 5, sogar die ganze Beute – für sich allein beansprucht.

Spectatum veniunt, veniunt, spectentur ut ipsae. «Um zu sehen, kommen sie, sie kommen, um selbst gesehen zu werden.» Ovid, Ars amatoria 1, 99. Ovid spricht vom Zustrom «aufgeputzter Frauen» (Vers 97: *cultissima femina*) zu den Schauspielen in den Theatern, die er den Liebhabern zuvor (Vers 89f.) als «fruchtbare Jagdreviere» empfohlen hat. Vgl. Aelian, Bunte Geschichte 7, 10, wo Xanthippe, die berüchtigt schwierige Frau des Sokrates, bei einer feierlichen Prozession zuschauen möchte, sich aber nicht in dem ebenso berüchtigten alten Mantel der beiden zeigen will, und wo Sokrates darauf erwidert: Ὁρᾷς, ὡς οὐ θεωρήσουσα, θεωρησομένη δὲ μᾶλλον βαδιζεις; «Siehst du nun, daß du gar nicht um zu sehen, sondern vielmehr um gesehen zu werden, hingehen willst?» Unklar bleibt, ob der zwei Jahrhunderte jüngere Aelian hier die elegante Ovidische Prägung wiederaufnimmt oder ob die beiden Stellen unabhängig voneinander auf eine gemeinsame – kynische? – Quelle zurückgehen.

Stat sua cuique dies, (breve et inreparabile tempus / omnibus est vitae). «Fest steht jedem sein Tag, (kurz und unwiederbringlich ist für alle die Zeit des Lebens).» Vergil, Aeneis 10, 467f.; Jupiter zu Hercules, vor dem Zweikampf des Rutulerkönigs Turnus mit dem jugendlichen Pallas, in dem Pallas den Tod findet. Macrobius, Saturnalien 5, 16, 7, nennt das Zitat unter den Worten, die «sprichwörtlich in aller Munde seien» *(vice proverbiorum in omnium ore funguntur).*

Sub specie aeternitatis. «Unter dem Gesichtspunkt der Ewigkeit.» Spinoza, Ethica more geometrico demonstrata (1677) 5, 29ff. passim. Spinoza lehrt, das menschliche Denken könne und solle die endlichen Dinge, sei es durch Vernunftschlüsse, sei es durch Intuition, als vergängliche Erscheinungen der einzigen wahren Substanz, des ewigen Gottes bzw. der ewigen Natur, und so «gewissermaßen unter dem Gesichtspunkt der Ewigkeit» betrachten und begreifen.

Summum ius summa iniuria. «Größtes Recht, größtes Unrecht.» Cicero, De officiis 1, 10, 33. Das von Cicero als «schon abgedroschenes Sprichwort» *(iam tritum sermone proverbium)* angeführte Paradoxon erscheint in ähnlich pointierter Form zuerst bei Terenz, Heautontimorumenos 796: *Ius summum saepe summa est malitia*, «Das größte Recht ist oft die größte Schlechtigkeit», und so auch bei Hieronymus, Briefe 1, 14 *(Ius summum summa malitia).* Durch das abgewandelte Zitat bei Columella, De re rustica 1, 7, 2: *Summum ius antiqui summam putabant crucem*, «Das größte Recht hielten die Alten für das größte Kreuz», wird der Rückschluß auf eine rhythmisch und lautlich strenge Prägung *Summum ius summa crux*, «Größtes Recht, größtes

Kreuz», nahegelegt, die freilich sonst nicht bezeugt ist. Vgl. die lockere Anspielung bei Cicero, Rede für Caecina 23, 65.

(Sunt hic etiam sua praemia laudi;) / sunt lacrimae rerum et mentem mortalia tangunt. «(Selbst hier hat die rühmliche Tat ihren verdienten Lohn;) es sind Tränen da für das Geschehene, und menschliches Leid berührt das Empfinden.» Vergil, Aeneis 1, 461 f.; der auf seiner Flucht aus Troja im Seesturm schiffbrüchig gewordene, im Schutze eines «Nebels» unerkannt das neugegründete Karthago durchstreifende Aeneas zu seinem getreuen Begleiter Achates, angesichts der plastischen Bildwerke eines eben vollendeten Tempels, in denen er mit Erschütterung den Kämpfen und Leiden des Trojanischen Krieges wiederbegegnet. Neben die Verherrlichung der heroischen Ruhmestaten durch die musische oder wie hier die plastische Kunst stellt Vergil hier die Erwiderung, die das Leiden der Menschen unter dem Krieg im Mitleiden der – noch so fernen – Mitmenschen findet.

Sunt pueri pueri, pueri puerilia tractant. «Kinder sind Kinder, Kinder treiben Kindereien.» Die Quelle des Verses ist nicht nachgewiesen. Die zweite Vershälfte lehnt sich in der Figura etymologica an Horaz, Episteln 2, 1, 116, an: *... tractant fabrilia fabri,* «... das Bauhandwerk betreiben die Bauleute». Die erste Vershälfte begegnet buchstäblich oder doch ähnlich in einem mittelalterlichen Sprichwort: *Sunt pueri pu(e)ri: parvi parvo satiati / ludunt, conformant; cito dant, cito pacificantur,* «Kinder sind Kinder: klein sind sie von kleinem gesättigt; sie spielen, sie formen; rasch geben sie, rasch sind sie befriedigt» (bei Werner, S 219). Paulus, 1. Brief an die Korinther 13, 11 Vulgata: *Cum es-*

sem parvulus, loquebar ut parvulus, sapiebam ut parvulus, cogitabam ut parvulus, «Als ich ein Kind war, redete ich wie ein Kind, verstand ich wie ein Kind, dachte ich wie ein Kind», hat zu dem Geflügelten Wort wohl kaum beigetragen.

Sursum corda! «Empor die Herzen!» Beginn der Praefatio zum Canon missae, wohl nach den Klageliedern des Jeremias 3, 41 Vulgata: *Levemus corda nostra cum manibus ad Dominum in caelos,* «Erheben wir unsere Herzen zusammen mit unseren Händen zum Herrn in die Himmel!»

Sustine et abstine! «Halte aus und enthalte dich!» Die lateinische Version der bei Gellius, Attische Nächte 17, 19, 6, zitierten Maxime des Epiktet: Ἀνέχου καὶ ἀπέχου, zuerst (?) belegt in: Breviarium Politicorum secundum rubricas Mazarinicas, Lugdunum 1695, Seite 1 des Hauptteils.

Suum cuique. «Jedem das Seine.» In dem alltäglichen, sprichwörtlichen Sinne «Jedem gefällt das Seine» zum Beispiel bei Cicero, Tuskulanische Gespräche 5, 22, 63: *In hoc enim genere ... magis quam in aliis suum cuique pulchrum est,* «Denn in dieser Gattung (der Tragödiendichtung) ... gilt noch mehr als in anderen jedem das Seine als schön», oder bei Plinius dem Älteren, Naturgeschichte 14, 71: *... quando suum cuique placet,* «... da ja jedem das Seine gefällt»; im gleichen Sinne bei Cicero, Briefe an Atticus 14, 20, 3; Petron, Satiricon 15, 1. – In dem politischen, juristischen Sinne «Jedem das Seine zuteilen» vor allem bei Cicero, De legibus 1, 6, 19, wo an die Ableitung des griechischen Substantivs νόμος, «Gesetz», von dem Verb νέμω, «zuteilen», erinnert wird: *Eamque rem* (das heißt: *legem*) *illi Graeco putant* *nomine a suum cuique tribuendo appellatam*, «Und diese Sache (das Gesetz) sei, wie jene glauben, mit ihrer griechischen Bezeichnung nach dem ‹Jedem das Seine Zuteilen› benannt». Cicero, De officiis 1, 5, 15, umreißt den Geltungsbereich der Gerechtigkeit mit diesen drei Bestimmungen: *in hominum societate tuenda tribuendoque suum cuique et rerum contractarum fide*, «darin, die Gesellschaft der Menschen aufrechtzuerhalten und jedem das Seine zukommen zu lassen, sowie in der Verläßlichkeit vertraglicher Abmachungen». Später definiert Ulpian im Corpus iuris civilis, Digesten 1, 1, 10: *Iustitia est constans et perpetua voluntas ius suum cuique tribuendi*, «Die Gerechtigkeit ist der beständige und dauerhafte Wille, jedem sein Recht zukommen zu lassen».

Tabula rasa. «Saubergeschabte Tafel» (mit Bezug auf das glattgestrichene, zum Einritzen der Schrift mit dem spitzen Griffel vorbereitete Wachstäfelchen; vgl. die Horazische Mahnung *Saepe stilum vertas*, oben S. 159). Nach Albertus Magnus, De anima 3, 2, 17: *Illius exemplar est ... tabula rasa et planata et polita,* «Ein Modell (für das aufnahmebereite Verstandesvermögen) ... ist das saubergeschabte, glattgestrichene und auf Glanz polierte Wachstäfelchen», und Thomas von Aquin, Summa theologiae 1, 79, 2: *(Intellectus humanus) ... in principio est sicut tabula rasa,* «(Der menschliche Verstand) ... ist am Anfang wie ein saubergeschabtes Wachstäfelchen». Das anschauliche Modell einer bildsamen Wachsmasse für die aufnahmebereite Seele begegnet zuerst bei Platon, Theaitetos 191 Cf., wo Sokrates das menschliche Gedächtnis mit einem bildsamen Wachsklumpen und den beim Kneten darin sich abzeichnenden Fingerabdrücken vergleicht. Die vorher angeführten Stellen gehen letztlich zurück auf Aristoteles, De anima 3, 4, 429 b 31 ff., wo in diesem Zusammenhang erstmals von einem «Schreibtäfelchen», d. h. einem Wachstäfelchen, «auf dem nichts geschrieben steht», die Rede ist. Die lateinische Bezeichnung *rasae tabellae,* in diesem Fall für die ausgeschabten, leergekratzten Wachstäfelchen, erscheint in anderem Zusammenhang bei Ovid, Ars amatoria 1, 437. Heute wird der Ausdruck in der Wendung «*tabula rasa* machen» vielfach auch in dem anderen Sinne «reinen Tisch machen» gebraucht.

Tantae molis erat Romanam condere gentem. «Solcher Mühsal bedurfte es, das Römergeschlecht zu begründen.» Vergil, Aeneis 1, 33, der Schlußvers des Proömiums. Das Wort *moles*, eigentlich «große Masse, drückende Last», deutet über die Irrfahrten des Aeneas und seine Kämpfe in Latium hinaus auf den ferneren Horizont des Sisyphosmythos zurück.

Tempora mutantur, et nos mutamur in illis. «Die Zeiten ändern sich, und wir ändern uns in ihnen.» Die Geschichte dieses vielzitierten Wortes läßt sich verläßlich nur bis in die Renaissance zurückverfolgen. In der angeführten geflügelten (gegen das Metrum verstoßenden) Fassung erscheint es zuerst bei Andreas Gartner, Proverbialia dicteria (1566); Matthias Borbonius zitiert die Sentenz in seinen «Aussprüchen» (bei Jan Gruter, Delitiae poetarum Germanorum, 1612) in der Fassung *Omnia mutantur, nos et mutamur in illis*, «Alle (Dinge) ändern sich, und wir ändern uns in ihnen», und führt sie auf Kaiser Lothar I. (840–855), einen Enkel Karls des Großen, zurück. John Owen ergänzt den Hexameter in seinen «Epigrammen» (1615) zu einem Distichon (8, 58): *Tempora mutantur, nos et mutamur in illis; / Quomodo? Fit semper tempore peior homo*, «Die Zeiten ändern sich, und wir ändern uns in ihnen; in welcher Weise? Immerfort wird der Mensch mit der Zeit schlechter». In die Spätantike hinauf führt schließlich eine in der Fassung ganz entsprechende, in der Sache widersprechende Sentenz bei Corippus, Iohannis 7, 91: *Tempora permutas nec tu mutaris in illis*, «Die Zeiten veränderst du, doch du änderst dich nicht in ihnen». Das Verhältnis zwischen den beiden offensichtlich aufeinander bezogenen Prägungen bleibt im dunkeln.

Tempus edax. «Die gefräßige Zeit.» Ovid, Metamorphosen 15, 234; Briefe aus dem Pontus 4, 10, 7. Vgl. das an der zweiten Stelle voraufgehende Sprichwort *Gutta cavat lapidem,* oben S. 84.

Terar, dum prosim. «Mag (die Sache) mich aufreiben, wenn ich ihr nur nütze!» Die Quelle des Spruches ist nicht nachgewiesen.

Tertium non datur. «Ein Drittes wird nicht zugestanden» (in dem Sinne: «... ist ausgeschlossen»). Ein grundlegender Lehrsatz der klassischen Logik, der sogenannte «Satz vom ausgeschlossenen Dritten»: Jeder bejahende oder verneinende Satz muß entweder wahr oder falsch sein; ein Drittes gibt es nicht. Die Quelle der Formel ist nicht nachgewiesen; vgl. jedoch Publilius Syrus, Sentenzen A 6: *Aut amat aut odit mulier; nil est tertium,* «Entweder liebt oder haßt eine Frau; ein Drittes gibt es nicht».

Timeo lectorem unius libri. «Ich fürchte den Leser (nur) eines einzigen Buches» (in dem Sinne: «den, der nur ein einziges Buch gelesen hat»). Die Quelle des Wortes ist nicht nachgewiesen.

Tolle, lege! Tolle, lege! «Nimm, lies! Nimm, lies!» Augustin, Bekenntnisse 8, 12, 29. In tiefgreifender religiöser Erschütterung vernimmt Augustin in seinem Garten in Mailand im Jahre 386 n. Chr. aus einem Nachbarhaus den mehrfach wiederholten Singsang eines Knaben oder Mädchens und versteht die Worte des Kindes als gottgesandte Aufforderung, die Heilige Schrift aufzuschlagen und die erste Stelle, auf die sein Blick treffe, nachzulesen. Das Losorakel trifft den Brief des Paulus an die Römer, die Schlußworte des 13. Kapitels: «... nicht in Schmausereien und Trinkgelagen, nicht in Buhlereien und Ausschweifungen, nicht in Streit und Eifersucht, sondern ziehet den Herrn Jesus Christus an und pfleget das Fleisch nicht so, daß Begierden erwachen.» Die Mahnworte des Apostels gaben dem Mailänder Rhetor den letzten Anstoß zu seiner Bekehrung zum Christentum. Diese Form des Losorakels, den Homer, den Vergil oder später die Bibel an irgendeiner Stelle aufzuschlagen und nachzulesen (*sortes Homericae, Vergilianae, Biblicae*), war seit der Spätantike allgemein verbreitet.

Trahit sua quemque voluptas. «Jeden (einzelnen) zieht seine (besondere) Lust an.» Vergil, Bucolica 2, 65. Die Sentenz zieht die Schlußfolgerung aus der Beispielreihe: «Die Löwin verfolgt den Wolf, der Wolf wieder die Ziege, die Ziege verfolgt den blühenden Klee, dich Corydon, o Alexis ...»

Tres faciunt collegium. «Drei (Mitglieder) bilden einen Verein» (das heißt: Es bedarf wenigstens dreier Mitglieder, um einen Verein zu bilden). Nach Marcellus im Corpus iuris civilis, Digesten 50, 16, 85: *Neratius Priscus tres facere existimat collegium*, «Neratius Priscus erklärt, daß drei (Mitglieder) einen Verein bilden». An den Universitäten wohl schon des hohen Mittelalters vielfach zitiert in dem Sinne: «Drei Zuhörer bilden eine Zuhörerschaft».

Tu ne cede malis, sed contra audentior ito, / (quam tua te fortuna sinet). «Du weiche dem Unglück dann nicht, sondern geh kühner gegen es an, (als dein Geschick dich lassen will).» Vergil, Aeneis 6, 95. Die cumäische Sibylle spricht dem aus seiner trojanischen Heimat flüchtigen, nach siebenjähriger Irrfahrt schließlich an die italische Küste gelangten Aeneas Mut zu, nachdem sie ihm für seine Ankunft in Latium neue furchtbare, blutige Kriege, einen «anderen Achilleus» und eine wiederum feindliche Juno vorausgesagt hat.

Tu ne quaesieris, scire nefas, quem mihi, quem tibi / finem di dederint. «Du forsche dem nicht nach – es zu wissen ist uns verwehrt –, welches Ende mir, welches dir die Götter gegeben haben.» Horaz, Oden 1, 11, 1 f. – Aus dem letzten Vers derselben Ode stammt das vielzitierte *Carpe diem* (oben S. 50).

Tu regere imperio populos, Romane, memento / – hae tibi erunt artes – pacique imponere morem, / parcere subiectis et debellare superbos. «Du, Römer, sei eingedenk, durch deine Befehlsgewalt die Völker (der Welt) zu beherrschen – diese Künste werden dir zukommen – und dem Frieden eine gesittete Lebensordnung aufzuprägen, die Unterworfenen milde zu schonen und die Unbotmäßigen niederzukämpfen.» Vergil, Aeneis 6, 851 ff.; der tote Anchises, der Vater des Aeneas, zu seinem in die Unterwelt hinabgestiegenen Sohn, auf dem Höhepunkt der «Heroenschau», in der er diesem die Zukunft der Römer vor Augen stellt. In sieben bedeutungsträchtigen, mächtig fortwirkenden Versen (847–853) bezeichnet Vergil in der Mitte der «Aeneis» die historische Aufgabe der Römer und hebt sie von der besonderen Leistung der Griechen ab: Den Griechen wird der Vorrang in der Bildenden Kunst, in der Literatur und in den Wissenschaften zugestanden, den Römern bleibt die politische Ordnung der Welt vorbehalten. Die entgegengesetzten Herrschaftsprinzipien der Milde gegenüber den Unterworfenen und der Härte gegenüber den Unbotmäßigen korrespondieren auf der einen Seite mit den beiden so sehr verschiedenen Stammgöttern Roms: der Liebesgöttin Venus als der Mutter des Aeneas und dem Kriegsgott Mars als dem Vater des Romulus, auf der andern Seite mit der Doppelbedeutung des Namens *«Roma»*, der umgekehrt gelesen als *«amor»* die «Liebe» und griechisch verstanden als *«rhóme»* die «Stärke» bezeichnet. Ein später Anklang an die Vergilverse findet sich noch bei dem letzten lateinischen Epiker der Antike, Corippus, In laudem Iustini 3, 331 f.: *Pax est subiectis, pereunt per bella superbi, / parcimus innocuis, sonti non parcimus ulli,* «Friede wird den Unterworfenen zuteil, durch Kriege gehen die Unbotmäßigen zugrunde; wir schonen milde die Unschuldigen, Schuldige schonen wir auch nicht einen».

Tua res agitur, (paries cum proximus ardet). «Um deine Sache geht es, (wenn die nächste Wand brennt).» Horaz, Episteln 1, 18, 84.

Tunica propior pallio est. «Das Hemd ist (einem) näher als der Rock.» Plautus, Trinummus 1154. Der junge Lysiteles rechtfertigt sich mit der sprichwörtlichen Wendung dafür, daß er zuerst seinen künftigen Schwiegervater Charmides, dann erst dessen Freund und Altersgenossen Callicles begrüßt. Theokrit, Idyllen 16, 18, spielt mit der Umkehrung: Ἀπωτέρω ἢ γόνυ κνάμα, «Weiter weg als das Knie ist das Schienbein», auf ein entsprechendes griechisches Sprichwort an.

Ubi bene, ibi patria. «Wo es einem gut geht, da ist das Vaterland.» Nach einem bei Cicero, Tuskulanische Gespräche 5, 37, 108, ohne Nennung eines Autors angeführten Tragikervers (des Pacuvius?) aus dem Munde des mythischen Teucer: *Patria est, ubicumque est bene*, «Das Vaterland ist, wo immer es einem gut geht» (in: Ribbeck, Scaenicae Romanorum poesis fragmenta, nicht zugewiesene Fragmente, Vers 92). Der gleiche Tragikervers auch bei Seneca, De remediis fortuitorum 8, 2, und Pseudo-Seneca, De moribus 43 *(... bene est)*. Ihren Ursprung hat die Prägung im Griechischen; wir finden sie bei Aristophanes, Plutos 1151: Πατρὶς γάρ ἐστι πᾶσ', ἵν' ἂν πράττῃ τις εὖ, «Denn Vaterland ist jedes, wo immer es einem gut geht», und bei Menander, Einzelverse 735 Jäkel (auch in: Nauck, Tragicorum Graecorum fragmenta, Adespota 318): Τῷ γὰρ καλῶς πράσσοντι πᾶσα γῆ πατρίς, «Denn für einen, dem es gut geht, ist die ganze Erde Vaterland». Eine reizvolle Verknüpfung mit dem gleichfalls «geflügelten» *Omnia mea mecum porto* (oben S. 127) bei Pseudo-Varro, Sentenzen 36: *Vir bonus, quocumque it, patriam suam secum fert; omnia sua animus eius custodit*, «Ein reifer Mensch trägt, wohin immer er geht, sein Vaterland mit sich; sein Inneres birgt all seinen Besitz». Einige weitere Variationen bei Otto, Nr. 1356.

Ultima (ergänze: **hora**) **latet.** «Die letzte (Stunde) ist verborgen.» Vielfach wiederholte Inschrift auf Uhren; vgl. die entsprechende Uhreninschrift *Mors certa, hora incerta*, oben S. 105.

Ultima Thule. «Das äußerste Thule» (in dem Sinne: «das am äußersten Rand der Welt gelegene Thule»). Vergil, Georgica 1, 30. Als erster hat der griechische Seefahrer Pytheas von Massilia (heute Marseille), der um 325 v. Chr. eine Erkundungsfahrt in den hohen Norden unternommen hat, in seinem Expeditionsbericht als den nördlichsten erreichten Punkt eine Insel Thule genannt, die noch sechs Tagereisen nördlich von Britannien liege und auf der die Sonne im Sommer nur für kurze Zeit untergehe (Fragment 6 a, 6 c, 7 a und 11 b Mette). Seitdem steht der Name Thule für den äußersten Norden und den Rand der Welt.

Ultra posse nemo obligatur. «Über sein Können hinaus wird niemand verpflichtet» (auch in der Form: *Ultra vires* ..., «Über seine Kräfte hinaus ...»). Nach Papst Bonifatius VIII., Liber sextus decretalium 5, 12, 6: *Nemo potest ad impossibile obligari,* «Niemand kann zu etwas Unmöglichem verpflichtet werden», was seinerseits zurückgeht auf Celsus im Corpus iuris civilis, Digesten 50, 17, 185: *Impossibilium nulla obligatio est,* «Zu Unmöglichem gibt es keine Verpflichtung». Der Ursprung der heute geläufigen Prägung ist nicht nachgewiesen. Vgl. Herodot, Geschichte 7, 172, 3: Οὐδαμὰ γὰρ ἀδυνασίης ἀνάγκη κρέσσων ἔφυ, «Denn noch niemals ist eine Nötigung stärker gewesen als das Unvermögen».

Una salus victis nullam sperare salutem. «Die einzige Rettung für die Besiegten (ist), auf keine Rettung mehr zu hoffen.» Vergil, Aeneis 2, 354; der Schlußvers der Rede, mit der Aeneas die jungen Trojaner zum letzten Kampf um die Vaterstadt aufruft.

Unus homo nobis cunctando restituit rem. «Ein einziger Mann hat uns (allen) durch sein Zaudern den Staat wiederhergestellt.» Ennius, Fragmente der Annalen, Vers 370 Vahlen. Der Vers ist in zahlreichen Zitaten überliefert, zuerst mehrfach bei Cicero: De officiis 1, 24, 84; Cato 4, 10 (an diesen beiden Stellen mit zwei folgenden Versen); Briefe an Atticus 2, 19, 2; weitere Zitate bei Otto, Nr. 479. Quintus Fabius Maximus Verrucosus hatte im 2. Punischen Krieg gegen Hannibal nach den verlustreichen römischen Niederlagen am Trasimenischen See und bei Cannae (217 und 216 v. Chr.; vgl. *Hannibal ante portas*, oben S. 86) als Diktator im Jahre 217 und Konsul in den Jahren 215 und 214 v. Chr. gegenüber der in Süditalien operierenden Hauptstreitmacht der Karthager eine langfristige Strategie des beständigen Hinhaltens verfochten und durchgesetzt, die den Römern nach einzelnen Erfolgen auf Nebenkriegsschauplätzen schließlich den Sieg in dem fast zwanzigjährigen erbitterten Ringen und dem Feldherrn Quintus Fabius Maximus selbst den zu Anfang spottenden, am Ende ehrenden Spitznamen Cunctator, der «Zauderer», einbrachte. Vergil, Aeneis 6, 845 f., hat dem vielzitierten Enniusvers durch eine fast wörtliche Übernahme in die Heroenschau der «Aeneis» seine hohe Reverenz erwiesen: *Tun Maximus ille es, / unus qui nobis cunctando restituis rem?* «Bist du jener Maximus, der du, ein einziger, uns (allen) durch dein Zaudern den Staat wiederherstellst?»

Urbi et orbi. «Der Stadt (Rom) und dem (Erd-)Kreis», «Der Stadt und der Welt». Die durch den lautlichen und rhythmischen Gleichklang und die Steigerung der Bedeutung ausgezeichnete Formel, mit der seit alters der Papst an hohen Feiertagen seinen Segen vom Balkon der Peterskirche aus «an die Stadt und die Welt» richtet. Cicero, 1. Catilinarische Rede, 4, 9, eröffnet das bedeutungsträchtige Spiel mit dem Gleichklang dieser Wörter, wenn er die Catilinarier Leute nennt, *qui de huius urbis atque adeo de orbis terrarum exitio cogitent*, «die es auf den Untergang unserer Stadt, ja der ganzen Welt abgesehen haben». Ovid, Ars amatoria 1, 174, faßt den Zustrom der Jugend nach Rom in ein Paradox: *... atque ingens orbis in urbe fuit*, «... und die große Welt war in der einen Stadt (versammelt)». Anläßlich des Festes des Grenzgottes Terminus bemerkt Ovid, Fasten 2, 683 f.: *Gentibus est aliis tellus data limite certo: / Romanae spatium est urbis et orbis idem*, «Anderen Völkern ist Land in festen Grenzen gegeben: Für das römische ist der Raum der Stadt und der Welt derselbe». Ähnlich rühmt später Namatian, De reditu suo 1, 66, die vereinigenden und versöhnenden Kräfte der Göttin Roma: *... urbem fecisti, quod prius orbis erat*, «... zur Stadt hast du gemacht, was vorher die Welt war». Apollinaris Sidonius, Carmina 7, 556: *Captivus, ut aiunt, orbis in urbe iacet*, «Gefangen, wie sie sagen, liegt der Erdkreis in der Stadt», bezeugt den geläufigen Gebrauch dieses wie die Ewige Stadt selbst unvergänglichen Wortspiels in der Spätantike.

Ut aliquid fiat. «Damit (doch wenigstens) irgend etwas geschieht.» Auch in der Form: *Ut aliquid fieri videatur*, «Damit es den Anschein hat, irgend etwas geschehe». Der Ursprung der Wendung ist nicht nachgewiesen.

Ut desint vires, tamen est laudanda voluntas. «Wenn auch die Kräfte fehlen, so ist doch der Wille zu loben.» Ovid, Briefe aus dem Pontus 3, 4, 79. Vgl. das Properzische *In magnis et voluisse sat est*, oben S. 93.

Ut pictura poesis. «Wie die Malerei, (so) die Dichtung.» Horaz, Ars poetica 361. In der Dichtung gebe es, führt Horaz aus, wie in der Malerei solche Kunstwerke, die bei näherer Betrachtung, und solche, die aus einiger Entfernung besser wirken; solche, die das Dunkel lieben, und solche, die bei hellem Licht betrachtet werden wollen; solche, die einmal gefallen haben, und solche, die auch zehnmal wiedergelesen noch gefallen werden. Vgl. Vers 365: *(Haec placuit semel, haec) deciens repetita placebit,* oben S. 60.

Ut sementem feceris, ita metes. «Wie du gesät hast, so wirst du ernten» (eigentlich gemäß der Folge der Zeiten im Lateinischen: «Wie du gesät haben wirst ...»). Cicero, De oratore 2, 65, 261. Die sprichwörtliche Sentenz geht auf eine anschauliche Wendung des Gorgias zurück, die Aristoteles, Rhetorik 3, 3. 1406 b 9ff., als «allzu poetisch» tadelt: Σὺ δὲ ταῦτα αἰσχρῶς μὲν ἔσπειρας, κακῶς δὲ ἐθέρισας, «Du hast das schändlich gesät und entsprechend übel geerntet».

Vae victis! «Wehe den Besiegten!» Livius, Ab urbe condita 5, 48, 9; Florus, Epitoma 1, 13, 17. Nach ihrer schweren Niederlage gegen die Gallier an der Allia im Jahre 387 v. Chr. und der Preisgabe der gesamten übrigen Stadt mit Ausnahme des Burghügels, des Kapitols, erkauften die Römer den Abzug der Feinde mit einem hohen in Gold zu zahlenden Lösegeld. Als der römische Offizier Quintus Sulpicius gegen die gefälschten Gewichte der Gallier Einspruch erhob, warf der gallische Heerführer – Livius hat ihm als erster den Namen «Brennus» gegeben – mit dem Ruf *Vae victis!* «Wehe den Besiegten!», auch noch sein Schwert zu ihnen in die Waagschale. Festus, De verborum significatione, S. 372 Müller, nennt den Ausruf «sprichwörtlich»; ein Zitat findet sich bei Plautus, Pseudolus 1317. Entsprechend führt später Plutarch, Camillus 28, 6, in seinem Bericht über den Vorfall die griechische Version des Wortes Τοῖς νενικημένοις ὀδύνη, «Den Besiegten Wehe!» mit dem Bemerken an, der Ausruf sei nunmehr längst «sprichwörtlich geworden».

Vanitas vanitatum, omnia vanitas. «Eitelkeit der Eitelkeiten, alles ist Eitelkeit.» Prediger Salomo 1, 2 Vulgata. Die bei Augustin, De vera religione 21, 41, zitierte Fassung *Vanitas vanitantium* …, «Eitelkeit der in Eitelkeit Befangenen …», geht auf eine falsche Lesart zurück (vgl. aber Augustin, Retractationes 1, 7, 3). Wie Prokop, Vandalenkrieg 2 (= Kriege Justinians 4), 9, 11, berichtet, wiederholte der im Jahre 534 n. Chr. in Afrika von dem byzantinischen Feldherrn Belisar besiegte Vandalenkönig Gelimer, als er noch in seinem Purpurmantel im Triumphzug vor den

Thron Kaiser Justinians geführt wurde, immer wieder die Worte des Predigers Salomo: «Eitelkeit der Eitelkeiten, alles ist Eitelkeit.»

Variatio delectat. «Abwechslung erfreut.» Die sprichwörtliche Wendung begegnet im Lateinischen erstmals in der «Rhetorik an Herennius» eines unbekannten Autors, 3, 12, 22, mit Bezug auf das Heben und Senken der Stimme beim Reden: *Auditorem ... varietas maxime delectat,* «Den Hörer ... erfreut vor allem die Abwechslung». Cicero, De natura deorum 1, 9, 22, läßt den Epikureer Velleius mit Bezug auf einen fiktiven Schöpfergott ironisch fragen: *Varietatene eum delectari putamus, qua caelum et terras exornatas videmus?* «Nehmen wir (denn etwa) an, daß er sich an der bunten Vielfalt erfreut, mit der wir Erde und Himmel ausgeschmückt sehen?» Vgl. Phaedrus, Fabeln 2, Einleitung 10 *(ut delectet varietas);* Valerius Maximus, Denkwürdige Taten und Worte 2, 10, externi 1 *(ut ... ipsa varietate delectent);* Justin, Epitoma historiarum Philippicarum Pompei Trogi, Einleitung 1 *(sive varietate et novitate operis delectatus).* Das lateinische Sprichwort geht zurück auf einen Halbvers des Euripides, Orestes 234: Μεταβολὴ πάντων γλυκύ, «Veränderung ist in allem süß», der sich bei Aristoteles mehrfach zitiert findet: Eudemische Ethik 7, 1. 1235 a 16f.; Rhetorik 1, 11. 1371 a 28; mit dem Superlativ γλυκύτατον und als «Dichterwort» eingeführt: Nikomachische Ethik 7, 15. 1154 b 28f.

Varium et mutabile semper / femina. «Ein buntschillerndes und wechselhaftes Wesen ist doch immer die Frau.» Vergil, Aeneis 4, 569f. Ein Traumbild des Götterboten Merkur zu dem schlafenden Aeneas, mit Bezug auf die liebeskranke, verzweifelte Dido.

Veni vidi vici. «Ich kam, ich sah, ich siegte.» Sueton, Caesar 37, 2. Wie Plutarch, Caesar 50, 3f., berichtet, hat Caesar mit diesen drei syntaktisch gleichgeordneten, rhythmisch gleichgewichtigen, gleich an- und auslautenden Worten seinem Vertrauensmann Gaius Matius in Rom seinen Sieg über König Pharnakes II. von Bosporos am 2. August 47 v. Chr. bei der pontischen Tempelstadt Zela (heute Zile, im Nordosten Kleinasiens) mitgeteilt, in dem er innerhalb von nur vier Stunden das gegnerische Heer aufgerieben, das Lager des Königs eingenommen und so den Pontischen Krieg endgültig für Rom gewonnen hatte. Plutarch zitiert Caesars Siegesbotschaft in griechischer Sprache: ἦλθον, εἶδον, ἐνίκησα, weist jedoch auf den «gleichlautenden Ausklang der Worte und die eindrückliche Kürze des Ausdrucks» im Lateinischen hin. Als Caesar im folgenden Jahr, 46 v. Chr., seinen vierfachen Triumph über Gallien und Ägypten und die Könige Pharnakes und Juba feierte, ließ er nach dem Zeugnis Suetons (Caesar 37, 2) für den Pontischen Triumphzug statt der Aufzählung einzelner Kriegstaten nur die drei Wörter *VENI VIDI VICI* auf die vorangetragenen Siegestransparente setzen. Die überaus brillante Prägung, ein Musterbeispiel für die lapidare Knappheit der lateinischen Sprache, ist zitiert bei Seneca dem Älteren, Suasorien 2, 22, und – wieder in der griechischen Version – bei Appian, Bürgerkriege 2, 91, 384; vgl. auch die Anspielung bei Cassius Dio, Römische Geschichte 42, 48, 1. Auffällig ist die formale Entsprechung zu einem bei Apostolios, 12, 58 (in: Leutsch-Schneidewin, Paroemiographi Graeci, Band II, S. 556), überlieferten «Sprichwort»: Ὁ κόσμος σκήνη, ὁ βίος πάροδος· ἦλθες, εἶδες, ἀπῆλθες, «Die Welt ist eine Bühne, das Leben ein Auftritt: Du kommst, siehst, gehst fort».

Verba docent, exempla trahunt. «Worte belehren, Beispiele reißen mit.» Die Quelle des Wortes ist nicht nachgewiesen; vgl. jedoch Seneca, Briefe an Lucilius 6, 5: *... quia longum iter est per praecepta, breve et efficax per exempla,* «... weil der Weg lang ist über die Vorschriften, kurz und wirkungsvoll über die Beispiele». Vgl. das mittelalterliche Sprichwort (bei Werner E 139): *Exemplo melius quam verbo quisque docetur,* «Durch das Beispiel wird jeder besser als durch das Wort belehrt».

Verba volant, scripta manent. «(Gesprochene) Worte fliegen (davon), geschriebene (Worte) bleiben.» Die Quelle der Sentenz ist nicht nachgewiesen. Vgl. *Quod non est in actis, non est in mundo,* oben S. 150.

Verum gaudium res severa est. «Wahre Freude ist eine ernste Sache.» Seneca, Briefe an Lucilius 23, 4, mit Bezug auf die im Innern des Menschen begründete, «im eigenen Hause geborene» und darum einzig beständige «wahre Freude», im Gegensatz zu den von außen an den Menschen herangetragenen, nur oberflächlichen, vorübergehenden trügerischen Vergnügungen. Voraufgeht (23, 3) die paradoxe Aufforderung: *Hoc ante omnia fac, mi Lucili: Disce gaudere!* «Das mache vor allem, mein Lucilius: Lerne dich zu freuen!»

Vestigia terrent. «Die Spuren schrecken.» Aus der Antwort des Fuchses in der Fabel, Horaz, Episteln 1, 1, 74f.: *Quia me vestigia terrent, / omnia te adversum spectantia, nulla retrorsum,* «Weil mich die Spuren schrecken, die alle zu dir hinein weisen, keine wieder zurück». Horaz zitiert die Aesopische Fabel vom alten Löwen und dem Fuchs (Nr. 142 Perry): Der altersschwache

Löwe, der sich in seiner Höhle krank stellt und dort von den anderen Tieren besucht wird, fragt schließlich den Fuchs, der sich wohlweislich aus sicherer Entfernung nach dem Befinden des «Kranken» erkundigt hat, warum er nicht zu ihm hereinkomme. Der Fuchs erwidert: «Von mir aus käme ich ja gern herein, sähe ich nicht die Spuren von vielen, die zu dir hineingegangen sind, doch von keinem, der wieder herausgekommen wäre.» Vgl. die Erzählung der Fabel bei Lucilius, Fragmente der Satiren, Vers 988f. Marx. Daher auch die Redensart von der «Höhle des Löwen».

Victrix causa deis placuit, sed victa Catoni. «Die siegreiche Sache hat den Göttern gefallen, aber die besiegte dem Cato.» Lukan, Bellum civile 1, 128. In der Einleitung zu seinem historischen Epos über den Bürgerkrieg zwischen Caesar und Pompeius wirft der Dichter die Frage nach dem Recht beider Bürgerkriegsparteien auf, um sie mit dieser Gegenüberstellung deutlich genug zu beantworten; Vers 126ff.: *Quis iustius induit arma, / scire nefas: magno se iudice quisque tuetur; / victrix causa ...*, «Wer mit größerem Recht die Waffen anlegte, das zu wissen ist uns verwehrt: auf einen großen Richter kann sich ein jeder (von ihnen) berufen; die siegreiche Sache ...» Marcus Porcius Cato ist der leidenschaftlichste und unversöhnlichste Verteidiger der römischen Republik gegen die Diktatur eines Caesar gewesen. Nach der entscheidenden Niederlage der Pompejaner bei Thapsus (an der Ostküste Tunesiens) im Jahre 46 v. Chr. nahm er sich unmittelbar vor der Ankunft des Siegers in Utica (an der Nordküste Tunesiens) das Leben; danach sein Beiname «Uticensis». In der Folge, zumal unter der selbstherrlichen Willkürherrschaft Neros, ist dieser Cato Uticensis neben dem Caesarmörder Brutus zur Symbolgestalt des stoisch orientierten politischen Widerstandes gegen den Prinzipat der Caesaren geworden; Lukans – unvollendetes – Epos sollte mit seinem Tod enden. Ein Zitat der Lukanstelle bei Boëthius, De consolatione philosophiae 4, 6, Zeile 131ff.

Videant consules, ne quid detrimenti res publica capiat. «Die Konsuln mögen darauf sehen, daß der Staat keinen Schaden nehme.» Die festgeprägte, allgemeine Formel des *senatus consultum ultimum,* des «äußersten Senatsbeschlusses», mit dem der römische Senat nach dem Obsolet-Werden des Dictator-Amtes, spätestens seit dem Jahre 121 v. Chr., im inneren oder äußeren Notstand den amtierenden Konsuln außerordentliche Vollmachten verlieh, so zitiert zum Beispiel bei Cicero, 1. Catilinarische Rede 2, 4.

Video meliora proboque: / deteriora sequor. «Ich sehe das Bessere und erkenne es an: Dem Schlechteren folge ich.» Ovid, Metamorphosen 7, 20f. Die zwischen Leidenschaft und Besinnung hin und her gerissene Medea vor der Entscheidung, ihrem Geliebten Jason, dem Führer der Argonauten, gegen ihren Vater Aietes, den König von Kolchis, mit ihren Zauberkünsten zur Gewinnung des Goldenen Vlieses zu verhelfen. Vgl. Euripides, Medea 1078ff., und Hippolytos 380ff. Im Mittelalter war der Ovidvers sprichwörtlich geläufig (bei Werner D 75: *Deteriora sequor, video meliora proboque).*

Vincere scis, Hannibal, victoria uti nescis. «Zu siegen weißt du, Hannibal, den Sieg zu nutzen weißt du nicht.» Livius, Ab urbe condita 22, 51, 4. Maharbal, der karthagische Reiteroberst, zu

Hannibal, als dieser nach der katastrophalen Niederlage der Römer bei Cannae im Jahre 216 v. Chr. seine Aufforderung, noch gleichentags zum Marsch auf Rom aufzubrechen, unentschlossen ablehnt. Vorauf geht in Maharbals Erwiderung die Sentenz: *Non omnia nimirum eidem di dedere* …, «Nicht alles – wen wundert's? – haben die Götter dem gleichen Mann gegeben …». Livius merkt an der Stelle an, der Aufschub dieses einen Tages habe, so glaube man, für die Hauptstadt Rom und das römische Reich die Rettung bedeutet. Ein Zitat des Wortes bei Ammianus Marcellinus, Geschichte 18, 5, 6. Vgl. den Schreckensruf *Hannibal ante portas*, oben S. 86.

Vita brevis, ars longa. «Das Leben ist kurz, die Kunst ist lang.» Nach Seneca, De brevitate vitae 1: … *illa maximi medicorum exclamatio … vitam brevem esse, longam artem*, «… jener Aufruf des größten der Ärzte, … das Leben sei kurz, lang die Kunst». Seneca zitiert den Anfang des ersten Hippokratischen Aphorismus: Ὁ βίος βραχύς, ἡ δὲ τέχνη μακρή, ὁ δὲ καιρὸς ὀξύς, ἡ δὲ πεῖρα σφαλερή, ἡ δὲ κρίσις χαλεπή, «Das Leben ist kurz, die Kunst lang, die Gelegenheit flüchtig, der Versuch gefährlich, die Entscheidung schwer». Griechische Zitate des Hippokratischen Aphorismus finden sich bei Demetrios, De elocutione 4 und 238 (die ersten drei bzw. vier Glieder, als Beispiel für einen «trockenen» Stil) und bei Lukian, Hermotimos 1 und 63 (die ersten beiden Glieder). Wie die Zitate bezeugen, ist die strenggebaute Antithese der ersten beiden Glieder bereits in der Antike von der ärztlichen «Kunst» auf jede Lehre und jedes Können überhaupt übertragen worden.

(Profecto enim) vita vigilia est. «(Denn wahrhaftig): Das Leben ist eine Wache» (in dem Sinne: «Ein wahres Leben ist nur das wache Leben»). Plinius der Ältere, Naturgeschichte, Einleitung 18. Vgl. Senecas Devise *Vivere militare est*, unten S. 192.

Vitam impendere vero. «Das Leben einsetzen für die Wahrheit» (eigentlich: «Das Leben in die Waagschale werfen für die Wahrheit»). Juvenal, Satiren 4, 91.

Vivat, crescat, floreat! «Er (sie) lebe, wachse, blühe!» Die Quelle dieser dreigliedrigen, sich steigernden Glücks- und Segensformel ist nicht nachgewiesen.

Vivere militare est. «Leben heißt Kriegsdienst leisten.» Nach Seneca, Briefe an Lucilius 96, 5: *Atqui vivere, Lucili, militare est*, «Und doch heißt leben, Lucilius, Kriegsdienst leisten». Vgl. den Wahlspruch des älteren Plinius *Vita vigilia est*, oben S. 192.

Vivos voco. Mortuos plango. Fulgura frango. «Die Lebenden rufe ich. Die Toten beklage ich. Die Blitze breche ich.» Die Inschrift auf der im Jahre 1486 von Ludwig Peiger in Basel gegossenen sogenannten «Schillerglocke» des Schaffhauser Münsters, die jetzt in einem kleinen Hofraum an der Ostseite des Kreuzgangs aufgestellt ist. Die dreigliedrige, durch gleiche Anlaute und Ausklänge, Entsprechungen und Entgegensetzungen streng gebundene Inschrift inspirierte Schiller zu seinem «Lied von der Glocke»; Schiller kannte sie aus J. G. Krünitz, Oeconomische Encyclopädie, Band 19, 1780, Seite 99.

Volenti non fit iniuria. «Dem Einwilligenden geschieht kein Unrecht.» Nach Papst Bonifatius VIII., Liber sextus decretalium 5,

12, 27: *Scienti et consentienti non fit iniuria neque dolus*, «Dem Wissenden und Zustimmenden geschieht kein Unrecht und zumal kein Betrug», was wiederum zurückgeht auf Ulpian im Corpus iuris civilis, Digesten 50, 17, 145: *Nemo videtur fraudare eos, qui sciunt et consentiunt*, «Niemand scheint diejenigen zu betrügen, die wissen und zustimmen». Die Quelle der geläufigen noch knapperen Fassung ist nicht nachgewiesen; das einfache *volenti* hat seinen Ursprung wohl bei Ulpian im Corpus iuris civilis, Digesten 47, 10, 1, 5: ... *quia nulla iniuria est, quae in volentem fiat*, «... weil das kein Unrecht ist, das an einem Einwilligenden geschieht», oder im Codex Iustinianus 2, 4, 34: *Cum ... nec umquam volenti dolus inferatur*, «Da ... niemals an einem Einwilligenden ein Betrug verübt wird».

Vox populi vox Dei. «Die Stimme des Volkes ist die Stimme Gottes.» Petrus von Blois, Briefe 15 (in: Migne, Patrologia Latina, Band 207, Spalte 54): *Scriptum est: Quia vox populi, vox Dei*, «Geschrieben steht: Weil es die Stimme des Volkes ist, ist es die Stimme Gottes». Petrus von Blois ermahnt die Geistlichen, das Urteil der Gemeinde über sie zu beachten; er bezieht sich offenbar auf Jesaja 66, 6 in der lateinischen Übersetzung der «Vulgata»: *Vox populi de civitate, vox de templo, vox Domini reddentis retributionem inimicis suis*, «Stimme des Volkes von der Stadt, Stimme vom Tempel her, Stimme des Herrn, der Vergeltung übt an seinen Feinden». Der hebräische Urtext lautet in der Übersetzung der Zürcher Bibel: «Horch! Getöse von der Stadt, horch, vom Tempel her! Horch! Der Herr übt Vergeltung an seinen Feinden.» – Vgl. daneben auch Seneca der Ältere, Controversiae 1, 1, 10: *Crede mihi, sacra populi lingua est*, «Glaube mir, heilig ist die Zunge des Volkes».

FORMELN UND FLOSKELN

Die zahlreichen lateinischen (samt wenigen griechischen) «Formeln und Floskeln», die im folgenden kurz erklärt werden, sind in der Gegenwart wohl das lebendigste und auf die Zukunft hin auch das zählebigste gesprochene Latein. Sie haben keinen literarischen Ursprung, der nach Autor und Werk, Kapitel und Paragraph nachgewiesen werden könnte, und fallen somit auch nicht unter den geläufigen Begriff des «Geflügelten Wortes», den Georg Büchmann seinerzeit geprägt hat. Viele von ihnen sind aus einer lateinischen Fachsprache in den allgemeinen Sprachgebrauch übergegangen, wie zum Beispiel «*ad acta* legen» aus der Kanzleisprache, «*bona fide* handeln» aus der Jurisprudenz, die *Condicio sine qua non* aus der Philosophie oder die *Persona non grata* aus der Diplomatie. Ausgesprochen Fachsprachliches ist hier beiseite gelassen. Noch tiefer auf der vielfach abgestuften Skala, die vom gelehrten Zitat über das Geflügelte Wort zu diesen «Formeln und Floskeln» hinabführt, steht die erstaunliche Menge der einzelnen lateinischen und griechischen Wörter und Formen, die sich ganz oder fast unverändert in unserer Sprache eingebürgert haben, wie zum Beispiel das «Alibi» oder das «Placet» («Plazet») oder das «Pro und Contra»; hiervon sind einige wortgeschichtlich interessante Beispiele – typisch ist der Wechsel der Wortart – in diese Zusammenstellung aufgenommen.

A *maiori:* «Vom Größeren her» gesehen, um so eher.
A *minori:* «Vom Kleineren her» gesehen, um so eher.
A *posteriori:* «Vom Späteren her», im nachhinein.
A *potiori:* «Vom Mächtigeren her» gesehen, erst recht.
A *priori:* «Vom Früheren her», von vornherein.
Absit: «Das sei ferne!»

Ad absurdum führen. «Ins Sinnlose» fortführen.
Ad acta: «Zu den Akten».
Ad fontes: «Zu den Quellen».
Ad hoc: «(Eigens) dazu, zu dem Zweck».
Ad hominem: «Auf den (bestimmten) Menschen, die (bestimmte) Person» bezüglich.
Ad infinitum: «Ins Unbegrenzte».
Ad libitum: «Nach Belieben».
Ad litteram: «Auf den Buchstaben» genau.
Ad nauseam: «Bis zur Seekrankheit, bis zum Erbrechen».
Ad oculos demonstrieren: «Vor Augen» führen.
Ad rem: «Zur Sache».
Ad spectatores: «Zu den Zuschauern».
Aetatis suae (auf Porträts, mit einer Altersangabe): «Seines bzw. ihres Alters», im Alter von ...
Agenda: «Zu erledigende (Dinge)». Daher die Agenda: der Terminkalender.
Agens: «Das Treibende», die treibende Kraft.
Alias (mit einer Namensangabe): «Anders, sonst», unter anderem Namen ...
Alibi: «Anderswo». Danach das Alibi: der Nachweis eines Tatverdächtigen, zur Tatzeit an einem anderen als dem Tatort gewesen zu sein.
Allotria (ἀλλότρια) treiben: «Andere», den eigentlichen Verpflichtungen «fremde (Dinge)» treiben.
Alma mater: Die «(akademische) Nährmutter», die Universität.
Anni currentis (a. c.): «Des laufenden Jahres».
Anno Domini (A. D., mit einer Jahreszahl): «Im Jahre des Herrn ...».
Ante Christum natum (mit einer Jahreszahl): «... vor Christi Geburt».

Argumentum ex silentio: «Beweis aus dem Schweigen» der Quellen.
Artes liberales: Die sieben «freien Künste», die einem freien Menschen zukommenden Wissenschaften, unterteilt in das Trivium (Grammatik, Dialektik, Rhetorik) und das Quadrivium (Arithmetik, Geometrie, Astronomie, Musik).

Bona fide: «In guter Treue, in gutem Glauben».
Bonus: Ein «Guter», ein Pluspunkt, eine Gutschrift.

Casus belli: Der (gegebene oder nicht gegebene) «Fall für den Krieg», der Kriegsgrund.
Ceteris paribus: «Unter im übrigen gleichen (Bedingungen)».
Communis opinio: «Allgemeine Meinung», verbreitete Ansicht.
Condicio sine qua non: «Bedingung, ohne die (etwas) nicht (sein kann)», unerläßliche Bedingung.
Confer (cf., mit einer Stellenangabe): «Vergleiche . . .!»
Consilium abeundi: «Empfehlung zum Abgehen», Androhung der Verweisung von einer Schule.
Contra geben: «Gegenworte» geben, widersprechen.
Contradictio in adiecto: «Widerspruch im Beigefügten» (wie in: «weißer Rappe»).
Coram publico: «Im Angesicht des Publikums», in aller Öffentlichkeit.
Corpus delicti: «Gegenstand des Vergehens» (z. B. das Tatwerkzeug oder das Diebesgut).
Creatio ex nihilo: «Schöpfung aus dem Nichts».
Credo: «Ich glaube». Daher das Credo: das christliche Glaubensbekenntnis, überhaupt die Grundüberzeugung.
Crimen laesae maiestatis: «Verbrechen der Majestätsbeleidigung».
Cum grano salis: «Mit einem Korn Salz», mit Einschränkungen.

Cum tempore (c. t., nach einer Stundenangabe): «Mit Zeit», d. h. mit «akademischem Viertel» (z. B. 8 c. t.: 8.15).
Cura posterior: «Spätere Sorge», zweitrangige Sorge.
Currentis (nach einer Datumsangabe): «Des laufenden» Monats oder Jahres.
Curriculum vitae: «Lebenslauf».

Damnatio memoriae: «Verdammung des Gedenkens», Auslöschung des Gedenkens an einen Verurteilten.
Datum (ursprünglich auf Urkunden, mit Angabe des Ausstellungstages): «Gegeben», ausgestellt am ... Daher das Datum: Bezeichnung des Kalendertages.
De facto: «Von der Tat her», tatsächlich.
De iure: «Von Rechts wegen», rechtlich.
Deo gratias: «Gott (sagen wir) Dank», Gott sei Dank.
Differentia specifica: «Artspezifisches Unterscheidungsmerkmal».
Dono dedit (d. d., mit den Namen des Schenkenden und des Beschenkten): «... hat dies ... zum Geschenk gegeben».

E contrario: «Aus dem Gegenteil» (etwas beweisen).
Ecce: «Siehe da!»
Eo ipso: «Eben, gerade dadurch».
Ergo: «Also:» (eine Schlußfolgerung einleitend).
Et cetera: «Und das übrige», und so weiter.
Ex aequo: «Aus dem gleichen», im gleichen Rang.
Ex aequo et bono: «Nach Recht und Billigkeit».
Ex cathedra: «Vom (päpstlichen) Stuhl aus», aus päpstlicher Vollmacht.
Ex eventu: «Aus dem Ausgang» einer Sache (eben diese Sache vorhersagen).

Ex libris (in Büchern, mit dem Namen des Besitzers): «Aus den Büchern», aus der Bibliothek des ...

Ex officio: «Aus der Amtspflicht», von Amts wegen.

Ex professo: «Aus dem Erklärten», erklärtermaßen.

Ex silentio: «Aus dem Schweigen» der Quellen (etwas erschließen).

Ex voto (auf Weihgaben): «Aus einem Gelübde», in Erfüllung eines Gelübdes.

Exempli gratia (e. g.): «Um des Beispiels willen», zum Beispiel.

Exsequatur: «Er übe (sein Amt) aus, er vollziehe (das Urteil)». Daher das Exsequatur: die Beglaubigung eines auswärtigen Konsuls, der Vollstreckungsbefehl für ein ausländisches Gerichtsurteil.

Exit, exeunt (bei Abgängen von der Bühne): «... geht ab, ... gehen ab».

Explicite: «Ausdrücklich».

Expressis verbis: «Mit ausgedrückten Worten», ausdrücklich.

Extra: «Außerhalb», gesondert; besonders, speziell. Daher das Extra: Die Dreingabe, die Sonderausstattung, die Sonderveranstaltung.

Extremo (extr., in Stellenangaben): «Am Ende» des Kapitels.

Fabula docet (mit einer «Moral»): «Die Fabel, die Geschichte lehrt ...» Daher das Fabula docet: die «Moral» einer Geschichte.

Facit (zum Abschluß einer Rechnung): «Das macht ...» Daher das Fazit: das Ergebnis.

Fecit (fec., mit dem Namen des Künstlers): «... hat es gemacht».

Finis: «Ende».

Floruit (mit einem Namen und der Lebenszeit): «... blühte um ...», hatte seine Hauptschaffenszeit um ...

Fons et origo: «Quelle und Ursprung».

Fulmen in clausula: Ein «Blitz am Schluß», die brillante Schlußpointe einer Rede.

Genius loci: Der «Schutzgott des Ortes».
Gratis: «Für den (bloßen) Dank», unentgeltlich.
Grosso modo: «Auf grobe Weise (gerechnet)», im großen und ganzen.

Hic et nunc: «Hier und jetzt».
Hoc est (mit einer Erklärung): «Das ist, das heißt ...».
Homo faber: Der «Mensch als Schmied», der technikbegabte Mensch.
Homo novus: Ein «neuer Mensch», ein Neuling, ein Emporkömmling.
Homo sapiens: Der «vernunftbegabte Mensch».
Honoris causa: «Ehrenhalber».
Horribile dictu: «Schrecklich zu sagen».
Horror vacui: «Der Schauder vor dem Leeren».

Ibidem (ibid., in Stellenangaben): «ebenda», am gleichen Ort.
Id est (i. e., mit einer Erklärung): «Das ist, das heißt ...».
Implicite: «einschließlich», ohne ausdrückliche Erwähnung.
Imprimatur: «Es werde gedruckt». Daher das Imprimatur: die Freigabe von Texten und Bildern zum Druck, «Gut zum Druck».
In absentia: «In Abwesenheit».
In abstracto: «Im Abstrakten», im allgemeinen, an Begriffen (betrachtet).
In actu: «In Tätigkeit».
In aeternum: «Auf ewig».
In concreto: «Im Konkreten», im besonderen, am Einzelfall (betrachtet).

In contumaciam: (Einen Angeklagten) «seiner Unbeugsamkeit (gegenüber der Vorladung) zum Trotz», d. h. in Abwesenheit (verurteilen).

In corpore: «In Körperschaft», geschlossen (an einer Veranstaltung teilnehmen).

In cunabulis: «In der Wiege», uranfänglich. Daher die Inkunabeln: die vor dem Jahr 1600 erschienenen «Wiegendrucke» aus den Anfängen der Buchdruckerkunst.

In extenso: «Im Ausgespannten», ausführlich.

In extremis: «In den äußersten» Todesnöten.

In flagranti: «Auf brennender», d. h. auf frischer Tat.

In globo: «In der Masse», im ganzen, zusammen.

In memoriam (mit dem Namen des Toten): «Zum Gedenken an ...».

In natura: «In Natur» (d. h. nicht in künstlicher Nachbildung), leibhaftig.

In nuce: «In der Nuß», keimhaft, im kleinen.

In pectore: «In der Brust», d. h. noch unausgesprochen. Daher über das Italienische «etwas in petto haben».

In perpetuum: «Auf unbegrenzte Zeit».

In persona: «In Person», persönlich.

In puncto (mit einem Stichwort): «Im Punkte ...», betreffend ...

In saecula saeculorum: «Auf die Jahrhunderte der Jahrhunderte hin», in alle Ewigkeit.

Inserat: Ursprünglich ein Manuskriptvermerk für den Setzer: «Er soll (das) einrücken»; daher das Inserat: die Anzeige.

In situ: «In der (ursprünglichen) Lage».

In spe: «In Hoffnung», in Aussicht genommen, zukünftig.

In statu nascendi: «Im Stadium des Entstehens», im Werden.

In toto: «In seiner bzw. ihrer Gesamtheit», gänzlich.

In vitro: «Im (Reagenz-)Glas».

In vivo: «Am lebenden (Objekt)».

Individuum: «Unteilbares» Einzelwesen.
Initio (in., in Stellenangaben): «Am Anfang» des Kapitels.
Inter alia: «Unter anderem».
Interim: «Inzwischen». Daher das Interim: die Übergangsregelung.
Ipsissima verba: «Seine bzw. ihre eigensten Worte».
Ipso facto: «Durch die Tat selbst», eben, gerade dadurch.
Item (in Aufzählungen): «Ebenso», weiterhin.
Ius gentium: «Völkerrecht».

Kat' exochen (κατ' ἐξοχήν), «In hervorragender Weise», par excellence.

Lapsus: «Ausgleiten», Versehen.
Lapsus linguae bzw. *memoriae:* «Ausgleiten der Zunge bzw. des Gedächtnisses», Versprecher bzw. Gedächtnistäuschung.
Loco citato (l. c.): «An der (vorher) zitierten Stelle».
Locus amoenus: Ein «lieblicher Ort» unter schattenspendenden Bäumen, an einem munter plätschernden Bächlein.
Locus classicus: «Klassische (Beleg-)Stelle».
Locus communis: «Gemeinplatz», eine allgemein anwendbare Beweisführung.

Malus: Ein «Schlechter», ein Minuspunkt, ein Abzug.
Medium: «Mittleres»: Vermittler oder Träger von Informationen und Meinungen; Vermittler oder Träger physikalischer Schwingungen; spiritistische(r) Mittler(in) zwischen Diesseits und Jenseits.
Memorandum: «Zu Bedenkendes», Denkschrift.
Metabasis eis allo genos (μετάβασις εἰς ἄλλο γένος): «Übergang in eine andere Gattung».

Minus: «Weniger», abzüglich. Daher das Minus: der Fehlbetrag, der Mangel.

Mixtum compositum: «Vermischtes Zusammengesetztes», kunterbuntes Durcheinander.

Modus procedendi: «Weise des Vorgehens», Verfahrensweise.

Modus vivendi: (Erträgliche) «Weise des (Zusammen-)Lebens, des (Über-)Lebens».

More geometrico: «Nach geometrischer Art», nach Art der Geometrie.

Mores lehren: (Anständige) «Sitten» lehren.

Mos maiorum: «Sitte der Väter».

Motu proprio: «Aus eigenem Antrieb».

Mutatis mutandis: «Nach Änderung des zu Ändernden», mit den entsprechenden Änderungen.

Nihil obstat: «(Dem Begehren) steht nichts entgegen».

Nobile officium: «Ehrenpflicht, Ehrenamt».

Nominatim: «Namentlich».

Nota bene (NB): «Merke wohl! wohlgemerkt!»

Nova (von Büchern gesagt): Die «Neuen», die Neuerscheinungen.

Novissima verba: Die «letzten Worte» eines Sterbenden.

Novum: Etwas «Neues», etwas Noch-nicht-Dagewesenes.

Numerus clausus: «Geschlossene Anzahl», begrenzte Anzahl von Zulassungen zu einem Hochschulstudium.

Orbis terrarum: Der «Kreis der Länder», die (aus der Perspektive der Mittelmeerländer gesehene) Welt.

Opere citato (op. cit.): «In dem (vorher) zitierten Werk».

Pari pari: «Gleich zu gleich».

Pars pro toto: «Ein Teil für das Ganze» (z. B. vier «Köpfe» für vier Menschen).

Passim (in Stellenangaben): «Weithin», an zahlreichen, verstreuten Stellen.

Passus: «Schritt», Abschnitt eines Textes.

Pater familias: «Vater, d. h. Haupt der Hausgemeinschaft» (*familias:* eine alte Genetivform).

Pater noster ...: «Vater unser ...» Daher das Paternoster für das Gebet des Herrn, der Paternoster – nach dem Rosenkranzbeten – für den endlosen Aufzug.

Patria potestas: «Väterliche Gewalt».

Pendente lite: «Bei schwebendem Rechtsstreit», bei schwebendem Verfahren.

Per definitionem: (Schon) «durch die Definition».

Per pedes (apostolorum): «Zu Fuß (wie die Apostel)».

Pereat! Pereant!: «Er möge, sie mögen zugrunde gehen!»

Periculum in mora: «Gefahr (ist) im Verzuge», d. h. Gefahr liegt im Zögern.

Persona grata bzw. *non grata:* «Willkommene bzw. unerwünschte Person».

Pinxit (pinx., auf Gemälden, mit dem Namen des Künstlers): «... hat es gemalt».

Placet: «Es gefällt». Daher das Plazet: die Zustimmung, das Einverständnis.

Plebs (im Lateinischen weiblich, im Deutschen vielfach männlich gebraucht): Das niedere Volk, die kleinen Leute.

Plus: «Mehr», zuzüglich. Daher das Plus: der Überschuß, der Vorzug.

Post Christum natum (mit einer Jahreszahl): «... nach Christi Geburt».

Post festum: «Nach dem Fest», zu spät (kommen); im nachhinein.

Post hoc, non propter hoc: «Danach, nicht deswegen».

Post mortem: «Nach dem Tode», nach Eintreten des Todes.
Posteriora: «Spätere», zweitrangige Sorgen oder Pflichten.
Postscriptum (PS., unter Briefen): «Nachschrift».
Postum veröffentlicht: Als «letztes» Werk nach dem Tode des Autors veröffentlicht. Das adverbiell gebrauchte postum, «nach dem Tode», geht auf den lateinischen Superlativ postumus, «der letzte», zurück; eine irrige Volksetymologie, die post, «nach», mit humus, «Erde», verbinden will, hat zu der unausrottbaren falschen Schreibung «posthum» geführt.
Prae: «Vor» (anderen). Daher das Prae: der Vorzug.
Praemissis praemittendis (p. p., in Briefen anstelle von Titel und Anrede): «Unter Vorausschickung des Vorauszuschickenden».
Praeter propter: «Vorbei an, nahe bei», etwa, ungefähr.
Prima causa: Die «erste Ursache» in der Kausalkette.
Prima facie: «Nach dem ersten Augenschein», nach dem ersten Eindruck.
Primum movens: Das «erste Bewegende» in der Kausalkette.
Primus: Der «Erste», der Klassenbeste.
Primus inter pares: Der «Erste unter Gleichen» in einem Kreis.
Pro und Contra: «Für und Wider».
Pro forma: «Für die Form», zum Schein.
Pro Mann, *pro* Kopf, *pro* Nase: «Für (jeden) Mann, (jeden) Kopf, (jede) Nase», für jeden.
Pro memoria: «Zur Erinnerung».
Pro rata (parte): «Nach festgesetztem Anteil», in bestimmtem Verhältnis.
Pro tempore: «Für die (gegenwärtige) Zeit», einstweilen, vorläufig.
Procedere (auch «Prozedere» geschrieben): «Das Vorgehen», das Verfahren.
Progressus ad infinitum: Ein «Fortschreiten ins Unbegrenzte».

Prosit!: «Es nütze!», zum Wohl!
Puncto (mit einem Stichwort): «Im Punkte ...», betreffend ...

Qua: «Wo, wie», soweit, in seiner bzw. ihrer Eigenschaft als ...
Quantum: Das «Wieviel», die Menge.
Quasi: «Gleichsam», sozusagen.
Quiproquo bzw. *quidproquo:* «Wer für wen?» bzw. «Was für was?». Daher das Quiproquo bzw. Quidproquo: die Verwechslung einer Person bzw. einer Sache mit einer anderen.
Quod deus bene vertat!: «Was (der) Gott zum Guten wende!»
Quodlibet: «Was beliebt», ein buntes Allerlei.

Rebus sic stantibus: «Wenn bzw. da die Dinge so stehen», bei diesem Stand der Dinge, unter diesen Umständen.
Redivivus: «Wiederbelebt», wiedererstanden.
Referat (ursprünglich ein Aktenvermerk): «Er soll (darüber) berichten»; daher das Referat: der Bericht.
Referendum: «(Dem Volk) vorzulegende Sache», Volksentscheid.
Requiescat in pace: «Er bzw. sie ruhe in Frieden».

Scilicet (sc., mit einer Erklärung): «Zu wissen ist erlaubt», zu verstehen in dem Sinne: ..., zu ergänzen: ...
Sculpsit (sculps., auf Plastiken, mit dem Namen des Künstlers): «... hat es geschnitzt, gemeißelt bzw. gegossen».
Sic!: «So!» (zur Bekräftigung eines Wortlauts, dessen Richtigkeit Zweifeln ausgesetzt sein könnte).
Sine die: «Ohne Tag», ohne Festsetzung eines neuen Termins (ein Treffen vertagen).
Sine tempore (s. t., nach einer Stundenangabe): «Ohne Zeit», d. h. ohne «akademisches Viertel» (z. B. 8 s. t.: 8.00).

Spiritus rector: «Lenkender Geist», führender Kopf.
Stante pede: «Stehenden Fußes», unverzüglich.
Status: «Zustand», rechtliche Qualifikation (z. B. Diplomatenstatus).
Status quo: Der «Zustand, in dem (etwas ist)», der gegenwärtige Zustand.
Status quo ante: Der «Zustand, in dem (etwas) vorher (gewesen ist)», der vorherige Zustand.
Studium generale: «Allgemeines Studium» im Gegensatz zum Fachstudium.
Sub omni canone: «Unter allem Maßstab», scherzhaft: «unter aller Kanone».
Sub sigillo: «Unter Siegel», vertraulich.
Sub voce (s. v., mit einem Lexikon-Stichwort): «Unter dem Stichwort ...».
Sui generis: (Eine Sache) «eigener Art», eine Sache für sich.
Sui iuris: (Eine Person) «eigenen Rechts».
Summa summarum: Die «Summe der Summen», die Gesamtsumme.
Suo loco: «An seinem (gehörigen) Ort».
Suo tempore: «Zu seiner (gehörigen) Zeit».

Taedium vitae: «Ekel vor dem Leben», Lebensüberdruß.
Tale, quale: «So, wie (es ist)», unverändert.
Terminus ante quem bzw. *post quem:* Der «Zeitpunkt, vor dem bzw. nach dem (ein historisches Ereignis geschehen sein muß)».
Terminus technicus: «Fachsprachlicher Begriff».
Terra incognita: «Unbekanntes Land», unerforschtes Gebiet.
Tertium comparationis: Das «Dritte im Vergleich», der Vergleichspunkt, in dem zwei Dinge miteinander verglichen werden.

Testimonium paupertatis: «Nachweis der Bedürftigkeit», «Armutszeugnis».
Tractandum (heute «Traktandum» geschrieben): Laut Traktandenliste auf einer Sitzung «zu behandelndes (Geschäft)».

Ultima lima: «Letzte Feile», letzte Glättung eines Textes.
Ultima ratio: «Letzte Überlegung», letzter Ausweg.
Ultimatum (neulateinisch, von *ultimus*, «der letzte»): «Letzte», befristete Aufforderung vor einer Zwangsmaßnahme.
Ultimo: «Am letzten (Tag des Monats)».
Unicum: Etwas «Einzigartiges», Unvergleichliches; ein einzigartiger (Mensch), ein Original.
Ut exemplum bzw. *fabula docet* (zum Abschluß einer «Moral»): «Wie das Beispiel bzw. die Fabel lehrt».

Vademecum: Ein «Geh mit mir», eine zum beständigen Mitführen bestimmte und entsprechend kurzgefaßte Wegleitung.
Varia: «Verschiedene (Dinge)», Verschiedenes.
Vaticinium ex eventu: «Voraussage (über eine Sache) nach dem Ausgang (eben dieser Sache)».
Verbatim: «Wörtlich».
Versus (v., mit der Nennung zweier Parteien): «Gegen».
Veto: «Ich erhebe Einspruch». Daher das Veto: der Einspruch oder das Einspruchsrecht eines Einzelnen.
Via (mit einer Ortsangabe): «Auf dem Wege über ...», über ...
Vice versa: «Umgekehrt».
Videlicet (vid., mit einer Erklärung): «Zu sehen ist erlaubt»; zu verstehen in dem Sinne ..., zu ergänzen ...
Visum: «Gesehen», Sichtvermerk.
Vivant sequentes!: «Es leben die Nachfolgenden!»
Vivat! bzw. *vivant!:* «Er lebe!» bzw. «Sie leben!» Daher ein Vivat: ein Hoch!

SCHLAGWORTREGISTER

Das folgende Register erschließt die deutschen Übersetzungen der griechischen und lateinischen Geflügelten Worte. Sämtliche Schlagwörter sind in der Grundform angegeben; die Zahlen beziehen sich auf die Seiten.

Abwechslung 186
Achäer 147
Achilleus 22
Adler 42
Afrika 146
Akten 150
alle, alles 26, 48, 117, 127, 128, 151
alle meine Habe 127
alt 12
anderer 38
ändern, sich 175
Anfang, Anfänge 11, 33, 140
anfangen 63
Angeklagter 92
Angenehmes 126
Anstrengungen 96
Anwalt 36
Apella 56
Apollo 165
Arbeit 15, 96, 97
arbeiten 128
Armer 134
Arzt 101
atmen 68
aufreiben, sich 176
aufspüren 114
aufwärts 162
Augenblick 17
aushalten 30, 136

Barbaren 151
Barberini 151
Bart 47
Bauch 138
Befehl 178
begehren 114
Begeisterung 167
Beispiele 188
beraten 67
Berge 131
berichten 20, 155
Besiegte 181, 185
Besitz 18
Besitzende 47
Besseres 190
Bester 9, 35
beten 128
Betrug 138
betrügen 106

bewachen 148
bewegen 13, 21, 148
Bewegliches 137
Bewunderung 113
billigen 151
Blitze 192
Blut 161
Brief 70
bronzen 31
Brot 130
Brust 33, 135
Brutus 74
Buch 20, 122, 176
Büchlein 86

Caesar 45
Catilina 154
Cato 189
Christen 53, 161
christlich 41

Danaer 147
darüber hinaus 118
dasselbe 68, 109, 161
Dauphin 36
denken 54
Denkmal 76
derselbe 161
Deutschland 139
Dichter 28, 64
Dichtung 184
Dienerin 137
drei 177
dreimal 13
Drittes 176
du 74
durchhalten 172

Ei 34
Eifer 167
Eile 79
einfach 166
Einfachheit 160
Einigkeit 93
Einsicht 28
einstürzen 162
Eintracht 55
eintreten 7, 54
einwilligen 193
Eitelkeit 185
empor 172
Empörung 162
Ende 147, 178
enthalten, sich 172
entzweien 64
Erbitterung 167
Erde 13
erfinden 113
erfolgreich 149
erinnern, sich 102
Erinnerung 80
erkennen 12, 17, 79, 120, 156
erneuern 95
ernten 184
erproben 76
erröten 70
Erz (Bronze) 76
erziehen 23
Ewigkeit 170

fern 141
feststehen 170
Feuer 37
finden 16
Flamme 37
fliehen 82

fließen 16
fragen 146
Frau(en) 95, 105, 186
Freiheit 93
Freiheit, dichterische 139
fremd 89
Fremder 31
Freude 46, 188
freuen 83
Freund(e) 17, 39, 40, 66, 139
Frevel 43
Friede(n) 134, 164
fromm 137, 138
fürchten 124, 147
für uns 152

Gabe 14
Gallien 83
geben 49, 65
Gebete 87
Gebiet 58, 94
gebieten 64
geboren (werden) 131
Gebrauch 36
Geduld 154
gefallen 61
gehen 165
Geist 103
Geld 112
gemeinsam 17
genug 160
Geometrie 7
Gerechtigkeit 79
Gerücht 78
geschehen 96, 183
Geschenke 147
Geschichte 99
Geschichtsschreibung 132
Geschmack 60
Geschriebenes 188
Gesellschaft 168
Gesetz(e) 7, 22, 121, 159, 166
Gespräch 136
gesund 103
Gewohnheit 55
Gift 91
Glaube 58
glauben 56, 57, 76
Gleiches 166
Glieder 64
Glück 80
glückbringend 149
glücklich 47, 79, 111
Gold 45
golden 31, 44
Gott 7, 35, 61, 71, 111, 153, 193
Götter 30, 145, 178, 189
Grenzen 73
Griechisch 83
Griffel 159
groß 93
Größerer 52
Größeres 133
Großes 163
Gründung 34
grüßen 105
gut 49, 60, 71, 149, 180

Hain 98
Hälfte 11, 63
Hand 100
Hannibal 86, 190
Haß 125
hassen 124
Haus 54, 140
Heil 77, 181

heilen 101, 143, 166
Heiliges 95
heiraten 48
heiter 90
Hemd 179
Herde 143
herrschen 133
Herz(en) 30, 95, 135, 172
heute 89
Hippokratisches Gesicht 78
hoffen 68
Homer 144
hören 43
Hund 51
Hündischeres 30
Hunger 45

ich, das Ich 38, 73, 153
Ilios 16
inzwischen 96
irren 72
Irrtum 29

Jahre 70, 123
Jubel 92
jung 83, 145
Jupiter 33, 123, 150

Kaiser 50
Kalenden 35
keiner 7, 111
Kinder 171
Kirche 77
klären 116
Klaue 75
Kleines 163
Kleinigkeiten 104
Knochen 162
kommen 169, 187
König(e) 22, 24, 27, 143, 147
Können 181
können 117, 118
Konsuln 190
Kräfte 183
Kreis(e) 54, 115
Kreislauf 18
kreißen 131
Krieg(e) 27, 48, 164
Kriegsdienst 103, 192
Kunst 191

Lachen 157
Lakedämonier 31
Leben 48, 96, 101, 191, 192
leben 19, 61, 118, 140, 192
Lebende 192
Lebewesen 23
Lehren 25, 65
lehren 62
Lehrer 139
Leid(en) 25, 95
leiden 133
lernen 12, 65, 118
lesen 9, 83, 148, 176
Leser 176
Leuchten 98
Licht 75, 80
Liebe 41, 91, 93, 128
lieben 124, 164
Liebende(r) 39, 103
liegen 31, 134
Linie 120
Lobredner 98
Löwe 53, 75, 168
lügen 28
Lügner 128
Lust 73, 177

Malerei 184
Mann 9, 42, 182
Maschine 61
Maß 10, 73
Masse 101, 103
Maus 131
Mäzene 167
Medikament 143
Meer 17
Meinungen 153
Menge 124
Mensch(en) 10, 23, 27, 29, 70, 89, 113, 128, 153
Menschendinge 18
Menschengeschlecht 43, 125
menschlich 72
Messers Schneide 15
Mißbrauch 35
mißbrauchen 154
mithassen 25
mitlieben 25
Mitte 101
Mittelmaß 44
mitten in die Dinge hinein 93
morgen 89, 146
Mühe 125
Mühsal 97, 175
Muse 9
Muße 61, 129
mutig 80
Mutter 156

Nachsicht 168
Nacht 127
Name 116
Natur 101, 107, 108, 162
Natürliches 107
Natur, zweite 55
Neues 146
neuntes Jahr 119
nichts 21, 23, 45, 74, 110, 112, 113, 121
niemand 111
Nomos 22
notwendig 109
Nutzen 46
Nützliches 126

Öl 125
Opferung 159
Osten 75
Österreich 48

Papst 86
Parnaß 83
Partei, andere 43
Philologen 36, 50
Philosoph 47, 163
Philosophie 137
philosophieren 140
Platon 40
Postumus 70
Prätor 104
Punkt, springender 141

Rächer 76
Rauhes 135
Recht 170
Rechtsstreit 36
Redner 135
rein 96
retten 165
Rettung 181
Rhodos 87
Rindvieh 150
Rock 179

Rom 67, 157, 158, 182
Römer 178
Römergeschlecht 175
Ruhe 95
Ruhiges 148
«Rühre mich nicht an!» 115

Sache 81, 116, 155, 156, 178
Sache, siegreiche 189
säen 184
sagen 11, 20, 121
Sagunt 67
Same 161
Satire 63
Schaden 190
schaden 114
Schande 15
schändlich 107
Schatten 29
Schicksal(e) 41, 66, 86, 164
schinden 23
schlafen 144
Schlange 97
schlecht 122
Schlechteres 190
schmähen 144
Schönes 13
Schoß der Götter 9
schreiben 151
Schuld 101
Schule 118
Schwanz 91
schweigen 58, 105, 145, 163, 166
Schweiß 30
schwierig 114
Seefahrt 109
Seelchen 41
Seele 41, 65
sehen 169, 187
Sehne 112
sein 54, 82, 119, 168
Seine, das 172
selbst 11, 12, 120
sicher 101
Siegel 166
siegen 88, 187, 190
singen 42, 133
Sinn, gleichmütiger 36
Sitten 123
Soldat 103
Sorgen 122, 123
sprechen 65, 158, 161
springen 87
Sprünge 107
Spuren 37, 188
Staat 23, 182, 190
Stadt 34, 182
stehen 13
Stein(e) 84, 161
sterben 67, 102, 103, 105, 118, 145
Sterblicher 113
Sterne 135, 165
Stimme 193
stinken 116
stören 115, 116
Strafe 121
Stunde(n) 90, 105
sündigen 133, 134

Tafel 100, 174
Tag 16, 50, 62, 63, 120, 170
Tag, schwarzer 62
tapfer 134
Tapfere 80
Taverne 103

Teufel 36
Teutonisches Wüten 82
Theologie 137
Thule 181
Tiefe 60
Tochter 80, 123
Tod 56, 101, 105, 111, 127
Toga 51
Tore 86
Tote 60, 192
Tränen 87, 171
Traum 29
trau, schau, wem 80
Triarier 156
trinken 71, 122
Troer 82
Tropfen 84
Tyrannen 94

Übel 20, 21
überliefern 141
Übermaß 21, 110
über uns 152
umkehren 159
unbekannt 7
Ungeheures 27
ungeschrieben 7
Ungläubige 94
Unglück 177
Unrecht 170, 193
unruhig 95
unvernünftig 67

Vater 27, 132, 133
Vaterland 14, 67, 132, 133, 180
Veränderung 123
verbergen 19, 48, 97, 180
Verbotenes 114
Verdammnis 101
verderben 153
Verein 177
verfluchen 41
vergehen 165
Vergile 167
vergleichen 163
verleumden 42
verlieren 125, 139
Vernunft 160
Vers 162
Verstand 112, 159
verständig 160
verstehen 57
Verträge 130
verwerfen 9
Verwunderung 113
viel 106
Vielherrscherei 24
Vielwisserei 28
Vogel 14
Volk, Völker 105, 124, 159, 178, 193
Volksgunst 44
vollenden 113
Vollendung 30
Vorbehalt 156
Vorsatz 103
Vorsicht 147
Vorteil 57
Vorzeichen 116

Wache 192
Wächter 148
Waffen 42, 51, 166
wagen 160
Wagenrennen 130
Wahnsinn 153

Wahres 166
Wahrheit 94, 157, 192
Wahrnehmung 112
Wand 179
waschen 100
Wasser 11, 144
wehe 185
weichen 52, 177
Wein 94, 122
weinen 73
Welt 79, 106, 150, 162, 182
Wiederholung 156
Wille 89, 183
willig 66
wissen 23, 71, 91, 178
woher 30
wohin 149
Wohl 159
Wohlwollen 50
Wolf 89, 99
wollen 61, 93, 114
Wort(e) 27, 139, 155, 168, 188
Worte, geflügelte 15
Wünsche 137
Würde 129
Würfel 8, 37

Zähne 27
Zaudern 182
zehnmal 60
Zeichen 14, 88
zeigen 150
Zeit(en) 82, 98, 123, 175, 176
Zeus 8, 33
Zorn 22, 63, 167
Zungen 78
zu sehr 110
zu spät 162
zustimmen 145
zwei 68
Zweifel 92
zweimal 13, 109
zweite Gedanken 8
zweite Natur 55
Zwietracht 55